挑战

**"零目击"**

**"零动机"**

**"零证据"**

绝对困境

# 零线索

胡超 著

湖南文艺出版社
·长沙·

# 目 录
## Contents

| | | |
|---|---|---|
| 楔　子 | ●胜负 | /001 |
| 第 01 章 | ●漆黑的残骸 | /005 |
| 第 02 章 | ●漆黑的恨意 | /025 |
| 第 03 章 | ●历史学与心理学 | /045 |
| 第 04 章 | ●黑与白 | /069 |
| 第 05 章 | ●兵法 | /093 |

## contents

第 **06** 章　●078与079　/109

第 **07** 章　●站内信　/129

第 **08** 章　●邮件　/145

第 **09** 章　●真相　/165

第 **10** 章　●声声慢　/185

第 **11** 章　●曾经真的很爱你　/211

番 外 篇　●不曾发生的故事　/237

"目击证人""摄像头监控""现场痕迹证据",

是侦破案件的直线线索。

挑战"零目击""零动机""零证据"的绝对困境，

从完美现场中找破案的关键信息！

楔子

胜负

## ××××年××月××日××点××分

## 距离案发还有××××小时

他打开窗,将胸中的浊气全部吐了出去。

可那又怎么样?他吸进胸肺的,仍然全都是令人胸闷的废气。

自从决定杀掉那个人开始,他就再也没有舒心过。

窗外的树郁郁葱葱。晚风轻柔地吹着树叶,吹得树叶沙沙作响。

如果是几年前,他或许会因这份恬静而陶醉。

不过一切都变了。

"不可饶恕,我绝不饶恕。"

他的思绪在升温,和炎热的空气混在一起,渐渐充满了房间。

计划其实已经准备妥当了。

计划其实已经实施起来了。

既然已经打算杀掉他,剩下的事情反而简单。

怎么杀,根本不是问题。

简简单单一个锯条,大摇大摆走到他身后往他脖子一抹就可以了。

但那样是不行的。

问题在于,杀人之后,那才是重点。

比起成功杀死对方,成功逃脱法律制裁才是第一重要的。

这应该是一个反推的过程,先想好杀掉他之后会发生什么,自己又会怎样。

找到一个最好的结果，再根据这个结果去决定杀人的方法。

一旦杀人，就不仅仅是对付他这个敌人那么简单了。

能够利用的资源，要尽数利用起来。

而且如果有什么意外，杀人失败，又会如何，这个也要考虑进去。

毕竟这是第一次杀人。

他知道，在这个城市，还有另一个人，在想和他一模一样的问题。

"怎么杀？杀了之后，怎么办？杀不了，又怎么办？想吧，好好想吧，然后推进计划吧。

"齿轮已经开始转动了？不不不，他不会用这么愚蠢与无聊的比喻。

"尸体已经开始腐烂了。"

他喃喃自语道。

# 第01章
# 漆黑的残骸

**独白诗**

所有的
我亲手撒下的渔网
却只朝我而来
我束手就擒
我奉献怀抱
然而,此刻
打开我透明的胸膛
你会发现
爱已荡然无存
还剩下什么
那么
还剩下什么
是疯狂吗
还是恶毒

# 1

## 2008年7月29日　8:50　爆炸后第1天

蓝晴今早起得有点晚了，刚从公交车上挤下来，舒了一口气，就匆匆往公司里赶。

从家里出来时，她没来得及吃早饭。公交车上又是一顿拥挤，蓝晴觉得肚子被挤得更饿了。打卡后先冲杯麦片吧，明明都是周二了，人还是那么多，真烦。

她就这么想着，加快了脚步。

还没来到公司门口，蓝晴便望见公司大门右边的停车场门口围着很大一圈人，还停着两辆警车。几根醒目的黄色警戒线已经拉好，围观的人正在线外朝里观望。开车来上班的同事，也被警察用手势挡在了线外，纷纷掉转车头，去别处寻找停车位置。

"怎么了？发生什么事情了？"蓝晴瞄了一下手表，离上班还差6分钟，于是挤到人群边缘，轻轻地询问挨在身边的一位同事。

"啊？你还不知道吗？昨晚停车场发生爆炸了，林经理被炸死了！"

"啊？爆炸？林经理？哪个林经理？"蓝晴大吃一惊，如同听到天方夜谭一样愣在原地。嘴里这么问着，她心里却很快地浮过一个人的名字。

"就是研发一部的经理林嘉啊，前阵子还说要结婚的那位。"蓝晴的同事叹了口气，"那么帅的一个好男人，死了好可惜。凶手是谁,警察目前也没有头绪。好恐怖。"

"不会吧?这怎么可能?"蓝晴吸了一口气说,"那,还有什么消息吗?"

"其他就不知道了,听早先来的同事说,还有一位公司的同事也炸死在里面,好像是一个程序员吧。我也不太清楚,比你早来不了多少。这也太夸张了,爆炸啊,在咱们公司居然发生了爆炸啊……"

"嗯。"蓝晴低过头,往公司里走去。

只是此时,她想的已经跟工作无关了:林嘉死了?为什么会死?到底是怎么死的?自己的好姐妹苏米,这下怕是要伤心了吧。该怎么面对她,又该怎么去安慰她呢?

铁雨赶到DIBI公司时,感觉到自己的身体在发抖。

他不清楚是紧张,还是难以克制的兴奋。作为一名初次出任务的刑警,显然还不具备独当一面的能力。因此和他一起来的,还有刑警队队长张笑。

正确的说法,铁雨只是跟随张笑来的。

DIBI是一家国际知名企业集团旗下的公司,该集团经营的业务十分丰富。在市郊的这家公司大约有400人,主要业务是电脑与手机平台上网络游戏的研发及运营。

作为案发第一现场的停车场,已经杜绝了闲杂人士的进入。张笑带着铁雨赶到时,一位先来的年轻刑警立即向走在前面的张笑打招呼:"张队,你来了!"

张笑点了点头,说:"现场什么情况?"

年轻的刑警开始汇报:"张队,现场发生了两次爆炸,第一次爆炸的是电瓶车中的炸弹,车主经确认是公司的一名骨干程序员江秋,现已身亡。第二次爆炸的,就是这辆奔驰。"

刑警把脸转向右边,伸手指着离电瓶车残骸不远的一辆汽车的残骸说:"这辆车的车主是公司研发一部的经理林嘉,发生爆炸时,他就在车里,现在也已经死亡。"

铁雨往停车场的出口望了一望,看起来汽车已经离开停车位一段距离,车头的方向也是对着出口的。而电瓶车残骸虽然已经离得较远,还是可以看出它爆炸的痕迹就在车尾不远处。

张笑"嗯"了一声,表示在听。"汽车是怎么爆炸的?也是被安放了炸弹?"

"啊,不。"年轻的刑警以为张笑嫌自己没有说清楚,口气显得有点不安。

"汽车上并没有发现炸弹,爆炸的原因目前还不清楚,初步判断是汽车的油箱被引燃了,最终结果还得请技术科的同事来鉴定。"

一直在听的铁雨,学着张笑的口吻,尽量用一种成熟的口气问:"电瓶车里的炸弹,是什么情况?"

"电瓶车里的炸弹是一枚简单的遥控炸弹,一个被改造得电池短路的手机跟炸弹绑在一起。当这个手机有电话打进来时,短路造成的电火花就会引爆炸弹。"

说话的刑警不满地看了铁雨一眼,表情有点不悦,似乎讨厌这个年轻同事打断自己的汇报。

"不过,跟一般的炸弹有点区别。"年轻刑警不再理铁雨,回过头对张笑说。

"哦?"张笑虽然在问,但锐利的目光却一直在注视着现场。

停车场呈T字形,一条长道垂直于一条短道。长道的两侧并排停放汽车,短道上,则一般停放着电瓶车与自行车。在长道与短道交会处,往往最靠近短道的那辆汽车旁会紧挨着几辆自行车或者电瓶车。下班后员工从内部电梯到负一层,从短道的最左端进入车库,然后从长道的一头离开。

"是这样的,这个炸弹的引爆装置较简单,炸弹似乎捆绑了一个含有不少汽油的瓶体,在近些年的爆炸案件中比较独特。炸弹足够炸死人,因爆炸溅射而燃烧的汽油也能扩大杀伤范围,我判断罪犯是要尽可能扩大伤亡人数,目标是公司而非个人。"

张笑点了点头,对年轻刑警的表现表示了认可。然后他对年轻刑警身后一位40岁左右、穿着高级西服的人说:"请问,你是公司的负责人?"

"啊,对,我是公司的总经理齐飞,现在公司由我负责。"齐飞还算镇定,眉头紧皱,也没有流露出过多的惊慌神色。

"齐经理你好。我是负责这次案件的刑警队队长张笑。请你配合下我们的工作,带我们去监控室看下录像吧。"

"好的,张队长这边请。"

张笑对刚才的年轻刑警伸了一下手。

"小秦,你跟我一起去监控室查看昨天的监控录像,待会儿备份一份带回局里。小铁,你也来。看完视频,你们再去走访下公司的内部员工,调查下受害人的情况。"

张笑一行三人跟着带路的齐经理往监控室走去。从一进停车场,张笑就注意到监控摄像头在门口较显眼的位置,他并不觉得罪犯会没有注意到监控。

# 2

"事情是这样的,张队长。"齐经理一面带路,一面侧过头向张笑描述报案过程。

"我有晨跑的习惯,平时来得都比一般员工要早。"齐经理回忆着今早的遭遇,脚步不经意间放缓了一些。

"我来到公司时,大概8点20分吧。保安王海慌慌张张地来找我,说是他今早8点换班,在停车场入口的保安室里,发现昨晚值夜班的小孔倒在里面,满头是血……他确认小孔还有脉搏之后,就赶紧进了车库,接下来就发现停车场里发生的爆炸了。一辆电瓶车和一辆轿车被炸毁,电瓶车附近有炸死的人的尸体,轿车里也有一个被炸死的人,尸体被烧焦了,他已经认不出是谁来了。"

"嗯,那个小孔现在人呢,苏醒了没有。"张笑在齐经理停顿时,插问了一句。

"当时还没有苏醒,我已经派一个开车来的员工先送他去医院了。"齐经理说完后看着张笑,张笑没有再问,他才继续说道:"王海见到现场情况后就退了出来,然后找到我,跟我汇报了这事。我一听马上就报警了,然后也来到停车场前确认了一下,暂时不让公司的员工进去破坏现场。随后110的警察同志就来了,法医也来了,说是确定那被炸的两人都已死亡。再后来,这位小秦同志也来了……"齐经理的语速越来越快,情绪也变得有些激动。

"报警后我就去了监控室看昨晚的录像,罪犯和爆炸过程,都被摄像头拍到了!"

"哦?"张笑愣了一下,爆炸被拍到自然极其有利案件的侦破,但罪犯打晕了保安却那么容易被摄像头拍到,让他略感意外。

很快,齐经理就从停车场短道的左侧走到电梯前,张笑与小秦一行人走入电梯,齐经理按了一下1层,电梯门关闭。

到了监控室,张笑发现DIBI公司的大多数摄像头都用来监测公司的内部环境,只有两个摄像头用来监控T字形停车场。一个从车库入口,由外向内监视长道。另一个在短道的左尽头的员工电梯口附近,由左向右监视电梯口和短道。

"我们公司18点下班,在20点30分之前,基本上员工们就会走得差不多了。但是一些项目如果进入关键时期,就会有一些项目成员留下来加班。公司内部有值勤保安,会在最后一个人离开后检查一遍再走。昨晚值班的，就是今早发现现场的王海。值完晚班，他就会交夜班，值夜班的就是被罪犯伤了的小孔。"

齐经理开始操作连接监控系统的电脑，调出录像资料。

"我们在查看录像时，发现罪犯是大约22点进入停车场的。"录像资料被调到张笑眼前的屏幕上，时间显示在22点05分。

3秒后，齐经理用手指点中屏幕上的一个人影，说："他就是这时候进来，在江秋的电瓶车上放炸弹的！我们公司的保安小孔，只怕也是那会儿被他给伤了！"

录像中，有一个穿黄T恤的人影从停车场入口沿着长道跑了进去。他明显早有准备，直接跑到了林嘉的车左侧，似乎在掏出一件物品后，俯下身钻进了车底。

22点12分，嫌疑人从车底爬出来，开始往外跑。嫌疑人身体很健壮，行动也很敏捷。从画面上看，年龄在20岁以上30岁以下。

张笑的眼睛盯着屏幕，一动不动。嫌疑人很快跑出了长道，在画面中消失了。

"张队长，请看这边。这就是林嘉，我们研发一部的经理。"齐经理调出另一个监控头摄制的短道录像，"这是昨晚19点55分，在爆炸发生前，他去车内取东西。"

屏幕上，一位身形挺拔、看上去很干练的年轻人，从停车场的电梯出来，由短道的左边开始往右走。在T字形车库的长短道交会处，他转身往右拐，消失在屏幕中。

张笑把目光移回长道的录像，林嘉右拐后进入了长道。冲着镜头走了几秒钟后，他来到自己在拐角的奔驰车前。只见他打开了左边车门，进入车内。

不一会儿，林嘉从车内出来，手里多了一个文件袋。他原路返回了短道，从电梯离开了负一层停车场。

"昨天都没什么人加班，最后走的就是遇害的那两名员工。研发一部的经理林嘉,还有跟他一个部门的主程序员江秋。林嘉取了东西后停车场就没人来过,直到他们离开时发生爆炸。"

录像资料被调到23点8分,短道的录像里林嘉和江秋一前一后出了电梯,来到停车场。两人并肩而行,江秋背着一个挎包,似乎在与林嘉交谈。快要走到拐角时,江秋掏出了一个手机开始拨打电话,比林嘉走慢了一步。

从停车场出口的长道摄像头往里看,林嘉先进入长道,从左侧上了自己的奔驰。

奔驰开始倒车,将车头对准停车场门口时,江秋也打完了电话出现在画面中,走到了原本紧挨奔驰停车位的电瓶车旁。

爆炸发生了。

电瓶车从中间部位发生了剧烈的爆炸,江秋当场被爆炸波及,着火的身体飞了出去。停车场中,以电瓶车为中心,形成了一个"火焰地毯"。紧接着,不远处要驶离停车场的奔驰也从尾部发生了爆炸,被火焰吞噬。

录像中火焰的热量似乎足以透出屏幕。江秋的身体在地上燃烧,林嘉也没能从焚烧中的奔驰车里逃出来。

"地面的火焰没有持续多久,但车子大概烧了3个小时。我们公司在市郊,算是比较偏僻的,昨晚值班的保安小孔又被打晕过去……所以一直没人知道。后来的事,就是我刚才说的了。"

"录像中的人,是你们公司的员工吗?"张笑问。

"不清楚,我没有什么印象。"公司有400多人,齐经理没有办法都记住。

"能确定不是你们公司的人吗?"

"这个,我也……不能确定。张队长,你看是不是要把这个人的截图发给我公司的员工,让全员指认一下?就算不是公司的员工,说不准会有人认识。"

"行,那有劳你了。一有消息,请尽快联系我们。"

"好的,我马上就去。"齐经理接过了张笑给他的名片。

"嗯。"张笑站起身来,"小秦,你备份录像资料带回警队,注意截图,看能不能辨认出嫌疑人,或许他有前科。然后把尸体鉴定报告和现场勘查报告都送去我办公室,你准备一下,我回来后开会。小铁,你去公司内部调查,有发现及时通知我。"

铁雨和叫秦怀阳的年轻刑警都点了点头。

"齐经理,麻烦你带我去公司内部走访一下吧,我想向你了解一下情况。另外,还想请你把两名受害人的个人资料给我们一份。"

"好的,张队长,我们去会议室吧。"

# 3

面对眼前的警察,蓝晴显得有点局促。

"请不要紧张,我只是例行问一些简单的问题,你想到什么就说什么吧。"铁雨打量着布置精巧的会议室,拉了一把椅子坐下,掏出了记事本和笔。

张笑给予任务后,铁雨就把第一个发现现场的保安王海请到监控室的小桌旁进行了询问。王海显得有些紧张,不过回答得跟齐经理的转述没什么出入,他早上来接班时,爆炸已经发生很久了。之后,铁雨就开始对公司内部其他人员询问。既然要走访受害人同事,还是从公司入口的前台开始比较好。

"嗯。"蓝晴怯生生地回答。

不是应该会说"请一定要据实回答"吗,蓝晴心里想。她等着警察的第一个问题。

"我叫铁雨,跟你一样,刚参加工作不久。"铁雨看着眼前的女孩,笑了一笑。

"是这样，DIBI公司有受到过什么恐吓之类的吗，比如电话、传真和信件。"

"没有吧，公司一直很正常啊。"

"公司内部有什么传闻没有呢？或者一点点受到攻击的征兆？任何你感觉能跟这次事件扯上关系的都可以说说。"

"……好像没有。"

"仔细想想。"

"……真的没有啊。"

"你看看这个人，认不认识？"

铁雨把自己的手机递给蓝晴，上面是刚才他在监控室拍下来的嫌疑人照片。

"啊，这个是犯人吗？"

"请问你有没有见过他？"

"没有。"蓝晴摇了摇头，"刚才齐经理发了个全员邮件，问我们员工有没有人认识他。我没有见过这个人啊。"

"那我换下一个问题，关于两名被害人，你有什么了解？请说说他们的情况。"

"我想想啊。"

遇害的人是林嘉和江秋。齐经理的邮件已经告诉大家这个不幸的消息了。

蓝晴稍微地回忆了一下，作为前台工作人员，林嘉留给了她很深刻的印象。

"林经理……他来公司才半年吧，好像是从国外留学回来的，平时人很好，怎么说呢，很自信很阳光，每次来公司都会很有礼貌地跟我打招呼。"

"年轻有为，对吧？"

"嗯，就是这样的。他给人的感觉很健康积极，举手投足都透着一股自信。每次和他打交道都会受鼓舞,是个很优秀的人。"

"请等一下,他开车来上班,为什么不从停车场电梯走,而是要从公司大门进?"

铁雨问道。

"哦,原本他是坐电梯的啦。可是后来因为他未婚妻苏小姐的工位在门口进去不远的地方,从大门去苏小姐那边会比较方便。他每早都去跟苏小姐问早安,有时候还会送一枝鲜花或是一盒巧克力,有时候还会送一些书。苏小姐比他晚来的话,他就会把礼物留在她桌上。"

"苏小姐?"

"啊,苏米,我们公司的一个美工。她出差了,应该是今天下午回来的。唉,她要知道这个消息,一定会昏过去的吧,我都不知道要怎么才能安慰她啊……"

蓝晴轻轻地叹了一口气,眉头锁了起来。

"是这样啊……那她回来后我会去找她了解下情况。林嘉昨天上班和平时一样吗?有什么异常的细节没有?另外,你知不知道他有什么仇家?得罪了什么人?"

"没有,跟平时一样。也没听说过他得罪了什么人。他跟他部门的每个人关系好像都很好,他挺会与人相处的。"

"嗯,说说另一个吧。"

"另一个啊,他叫江秋,是林嘉部门的主程序员。平时工作挺努力的,从来不迟到也不请假,不过话也比较少。"

"他什么时候来的公司?"

"两年前,公司成立时作为第一批员工进来的,跟我一样。"

"林嘉比他晚来这么久,但是好像职位比他高?"

"是这样的。林嘉能力比较强,学历也比江秋高一些。而且他们工种不一样啊,一个是部门经理一个是程序员,我没听说他们因为职位高低的事情弄得不开心。"

"江秋呢？他有没有跟公司谁有矛盾？昨天有没有异常呢？"

"这个……江秋是程序员，平时比较忙吧，除了他同部门的，很少跟人打交道，没听说跟谁有不和啊。对不起，我是真的不太了解他有没有得罪谁，应该不会有吧。"

"好吧。林嘉和江秋都是本地人吗？亲属关系如何呢？"

"林经理是本地人，就住在市内，家庭条件挺好的。江秋嘛，我记得他不是本地的。好像在市里上大学，然后就留下工作了。"

"江秋结婚了吗？有没有女朋友？"

"他没结婚，也没有女朋友。"

"爆炸是昨天晚上发生的，"铁雨在记事本上做了些记录，"你们一般都在那个点下班吗？他们那么晚走是正常的吗？"

"这个我不是很清楚，你可以问齐经理。"蓝晴有点局促不安，"我一般18点30分就走了，不过我听他们说要加班的时候，是都走得挺晚的。"

"你刚才说，林嘉跟江秋的工作能力都很出色，那么他们部门会不会遭到其他部门的嫉妒，或者有什么对他们不满的传言？你放心，我们的谈话是保密的。"

"应该……没有这个问题吧，不同部门之间涉及的领域也不一样嘛，各有各的项目吧。"蓝晴坐得有点久，恰好情绪也放松了下来，就在椅子上动了一下。

"辛苦你了，我再去找别人问问。"铁雨站起来后笑了一下，向蓝晴伸出了手。

蓝晴也站了起来，与铁雨握了下手。这个警察，问得还真是快啊，态度也很好嘛。

"对了，"铁雨说，"请给我苏小姐的联系方式。"

铁雨走出会议室，蓝晴轻轻跟了出来，带上了门。

张笑与齐经理正向会议室走来，身后还跟着好几个员工。他们应该是来自林嘉和江秋的那个部门吧，铁雨略微判断了一下，迎上前去。

"张队长。"

"有情况吗？"铁雨摇头。

"小铁，刚才齐经理接到电话，昨晚值夜班的保安孔建国在医院苏醒了，现在意识很清醒，你去了解下情况。还有，小秦会把案件资料送到我办公室，回去就开会。"

"好的。"

消毒水的味道，对铁雨而言，无论什么时候都很难闻。

铁雨走进病房，小孔头部缠着绷带，正靠着枕头坐在病床上。看见一位穿警察制服的人进来，他努力调整了一下坐姿。

"不用起来，你多注意身体。我叫铁雨，是参与这起案件侦破的刑警。"

做完简短的自我介绍，铁雨拉过一把椅子，靠近病床坐下。拿出记事本和笔后，他问了一下看护的护士：

"请问，他的伤不要紧吧？"

"没有生命危险，颅内有点水肿，轻微脑震荡，多注意休息会比较好。"护士正忙着给小孔换点滴，顺口回答了他的问题。铁雨等着护士把点滴换完。直到她离开了病房，才开始向小孔问话：

"感觉还好吧？我进来时问过医生，他也说你没有大碍。"

"比刚醒来时好多了，就是有点想吐，不过我可以回答警官你的问题。"

"叫我小铁就行。我是警，不是官。"铁雨笑了笑，"没问题就好，看来你同事及时把你送到医院了。"

"嗯，公司虽然在市郊，但是公司门口的公路连着一条市内高速，算是不幸中的大幸吧。事情我都听说了，唉。"

"你听谁说的？"

"齐经理，他打了电话给我。我手机带过来了，护士帮我接的。"

"稍等。"

小铁的手机振动起来。他站起身走出病房，来到走廊。

"铁雨吗？我是秦怀阳。张队长让我把录像资料中嫌疑人的截图发给你，这个比你在监控室对着屏幕拍的清晰。你在那边问一下吧。15点在会议室开会，记得赶回来。"

"好的，谢谢。"铁雨挂掉了电话。很快，他收到了两条新信息。他打开一看，是小秦传来的嫌疑人照片。看样子，他跑进和跑出停车场的时候，都被摄像头拍到了。

铁雨转身回到了病房，小孔正等着他。他坐回椅子，把手机递给了小孔。

"请看一下，你对这人有没有印象？"

小孔盯着看了许久，在努力回忆。过了几分钟，小孔把手机交还给铁雨，摇了摇头。铁雨把手机上嫌疑人的正面图片换成了一张背面的，又交给了小孔。

"不要紧，再看看，慢慢想。"

小孔盯着手机看了几分钟，抬头欲言又止，铁雨用眼神鼓励他。

"我能再看一眼前面那张吗？"

"行。"铁雨把手机接过来，滑动屏幕调出上一张图片，还给小孔。

"看起来有点眼熟，最近一个月来，我总感觉有人在公司附近转悠，是不是这个人，我不敢肯定。我没见过那个人穿过这件衣服。"

铁雨飞快地在记事本上做了记录。

"那么转悠的人你认得出吗？他为了什么在这里转悠呢？跟公司的人有仇？"

"这个……我就不太清楚了，对不起啊。公司在郊区，本来人是比较少的，不过从公司门口出去，不远的地方有条小吃街。那条街上有KTV、按摩室、小超市什么的。杂七杂八的人也很多，比较乱。不知道是不是那条街上的人。"

DIBI公司附近有这样一条街？铁雨回忆了第一次去爆炸现场的经过。看样子待会儿回去得查查。

"你跟林嘉、江秋有交情吗？"

"交情我哪谈得上。"小孔苦笑了一声，"只不过他们人都挺好，有次我休假去市区，赶上林经理也回家，他看下雨了让我搭了一次顺风车，从高速公路走快多了。江大哥对我也很好，我向他借过几次电瓶车，他也都借给我。"

"请节哀顺变吧。"铁雨停了一下，留了一点时间给小孔叹气，"你能想起来昨晚发生了什么事吗？"

"昨晚的事情我想不起来太多了，大概在21点55分吧，我和平常一样出了保安亭，想去绕着公司走一圈，再检查一下停车场。"

"为什么是那个时间呢？"

"哦，是这样的，一般我们都有整点巡逻的。公司在郊区，离公司稍微远一点就是市区和相邻县城交界的地方，治安会有点问题。但我们公司是科技公司嘛，里面装了很多摄像头，一般没有什么人来找麻烦。"

"然后呢？"

"然后我刚出保安亭不久，还没到公司大门口，就感觉后脑被重重敲了一下，后来，后来就不知道了。"

"就是说，你最后记得的，是从保安亭出来，巡逻的时候被打晕了？"

"是的。"

"打你的人,你有看到他吗?或者当晚你有看到什么可疑的人没有?"

"没有啊警官,打我的人你们有没有线索啊?"

"目前我们还在调查阶段,刚才你看的那个人,你能不能确定昨天是他打的你?"

"不知道,"小孔说,"我没来得及回头就被下黑手了,没看见打我的人。"

"你们公司的员工,晚上一般几点离开公司?"

"这个不一定的,不加班的话,准点18点半可以走。如果要加班就不好说了,多晚都有。实在太晚了,不走了睡在公司的也有的。"

"如果晚了又要回去的话,他们怎么回家?"

"不是太晚的话,门口去高速路那里有公交车,最晚一趟好像是21点半。如果没公交车了,可以去那条小吃街打黑车,叫出租车也行,不过出租车比较难叫到,这里太偏了。"

"公司内外的人,知道是你昨晚轮班吗?"

"应该不知道吧,轮班是保安们自己的事,其他员工不晓得的。"

铁雨看了下手表,算上回程的时间也差不多该走了。会议上张笑会公布一些线索也不一定。他从记事本上撕下一张纸,写下号码递给了小孔。

"谢谢你支持我们的工作。如果你想起了什么,请给我打电话。"

# 4

公安局,会议室。

铁雨提前半小时赶了回来,把自己得到的资料向张笑做了汇报。张笑不置可否,让他去会议室找秦怀阳一起准备。不久后,他自己也进来了。

张笑看了一下人数,除了秦怀阳和铁雨,其他人员也都到齐了。

"开始吧。"

"是。"秦怀阳打开了投影仪,开始了案情汇报,首先确定这是一次恶性的利用爆炸物的故意杀人事件。投影上播放着从DIBI公司备份回来的录像资料,其中"黄T恤"潜入、逃出,以及林嘉与江秋进入停车场后被害的片段,被设置了循环播放。

"一共两名死者,说说死者情况。"张笑说。

"死者林嘉,男,29岁,DIBI公司研发一部经理兼项目制作人,户口就在本地。目前双亲都在国外,家庭条件比较优越,个人能力也很强,是公司的核心人员之一。据公司的人反映,他在公司没有与任何人结怨。他的女友苏米,也是DIBI公司的员工,两人已经订婚,苏米在出差中,根据DIBI公司给她安排的工作,她今天下午应该会回到本市。"

秦怀阳说话的同时,铁雨开始用投影播放现场的照片,包括汽车残骸、地面燃烧痕迹、在汽车中烧焦的尸体等。当秦怀阳介绍林嘉的情况时,他调出了秦怀阳从DIBI公司拷贝回来的林嘉照片。

照片上的林嘉棱角鲜明,长相英俊。

张笑听着秦怀阳的简要说明,眼睛看着投影上的录像资料,尽可能地在脑海里整理这些信息。

"死者江秋,男,27岁。户口在市区外的D县,但在市区内租了房子。在公司担任的职务,是林嘉部门的主程序员。据初步调查,他和公司其他员工也没有矛盾冲突。对了,江秋有一个弟弟,在市内的明青大学读书,平时有往来。"

听完秦怀阳的发言,会议室的气氛一时之间紧促了起来。每个人都在梳理案情,铁雨也开始思考。

"现场情况呢?"大家在等着秦怀阳的说明。

"DIBI公司地下停车场就是第一现场。2008年7月28日21点55分，DIBI公司保安孔建国在绕楼巡视时被人从后击打头部失去知觉；22点05分，嫌疑人从停车场正门进入并爬入林嘉的奔驰车底；22点12分，嫌疑人从停车场正门离开。目前尚不能确定袭击孔建国的是否为嫌疑人，以及罪犯的人员数量。

"爆炸发生在23点08分。炸弹是藏在江秋的电瓶车里的，构造比较简单，通过手机引爆。当有电话打进被用来充当引爆器的手机时，炸弹就会爆炸。炸弹爆炸时，两人的位置如视频中所示，江秋站在自己的电瓶车附近，当场死亡，而林嘉此时正在奔驰车中。爆炸后，林嘉的汽车从尾部油箱着火，随后也发生了爆炸。法医判断林嘉是在爆炸中昏迷，继而在车内被烧死的。

"现场发现的有用线索比较多。嫌疑人为男性，根据视频中其身高与车身高度的对比，得出嫌疑人身高为173厘米到176厘米之间，年龄目测为18岁到28岁之间。被用来充当手机引爆器装置的电话SIM卡也已找到，但还不确定最终能否识别出来，技术科还需要一点时间才能知道结果。除了手机引爆器的SIM卡，我们还找到了江秋的个人电话和其中的SIM卡。在汽车里找到了两部被烧焦的手机残骸，并从中找到两张SIM卡。SIM卡都送去修复了。江秋挎包里的一台笔记本电脑在爆炸时已经损坏。"

秦怀阳把案件的基本情况讲解了一遍，大家匆匆做了笔记。

"你那边还有什么要补充的没？"张笑对铁雨说。

"距离DIBI公司南边不远处有一条豆香街，在那条街上活动的人群，成分比较复杂。被击伤的保安孔建国和另一名保安王海，都觉得嫌疑人有可能是来自那条街上的闲散人员。"

"大家有什么要指出的没？"

齐经理那边一直没来联系张笑，嫌疑人应该不是DIBI公司的员工。可能是因为目前的资料还不够多，大家都没有轻易发表意见。

"那么，"张笑站起身来，下达了命令，"小秦，你带一个人反复查看案发前后的录像资料，看能否再挖出点有用的东西。然后观看一个月内停车场的录像资料，分析被害人与嫌疑人的信息。小穆，你去查查DIBI公司附近那条高速上的摄像头，看嫌疑人是不是从高速跑了。小铁，你去询问被害人的同事与亲友，然后去DIBI公司进行深入调查。其余人，准备跟我一块儿去DIBI公司附近的豆香街进行排查走访，出发！"

铁雨看了一眼播放录像资料的投影，走出了会议室。

## 5

"那个林嘉的未婚妻应该回来了吧，先找她好了。"

铁雨掏出在开会前调成静音的手机，上面有三条未读短信。前两条都是女友发来的，打开看了看，说的都和他想的一样，还是那几句话。他不知道怎么回，叹了口气，把这两条短信删掉了。

第三条短信是妈妈发来的，说是看本周他哪天能休息，能不能回家陪陪弟弟，她要出去一趟。铁雨回了个短信，告诉妈妈现在还不能确定。

刚毕业不久就进入警队，一切都生疏得很，铁雨很感激张笑第一次带他去现场就委派比较重要的工作给自己。同批进来的除了秦怀阳与穆小沫，还有其他几个新人。培训这一大批新人让张笑很是头疼过一阵子。

眼下发生了案件，对他们新人而言是难得的实战机会。只是他没想到自己初次出警的案件性质就这么恶劣。爆炸案，D市十几年也出不了一个。

刚到现场的时候，铁雨心脏跳得很快，是什么时候恢复正常的都忘了。铁雨回忆起出警的第一天，细节浮现出来。保安被打，嫌疑人爬到车底，逃跑，爆炸，尸体。

"没记错的话，嫌疑人跑进停车场后根本没有停下来观察，直接就奔着那辆奔驰车去了。也就是说，他是冲着那个林嘉去的吧？可为什么炸弹不放在汽车下面，而要藏在一旁的电瓶车里呢？结果爆炸发生的时候，把那个叫江秋的也给搭上了。是怕炸弹无法杀死车里的人，才藏在旁边的电瓶车里吗？

"嫌疑人到底有几个？要杀的到底是谁呢？

"难道是无差别杀人？

"秦怀阳一定在盯视频，不知道他能不能有新的发现？有发现的话肯定会跟自己联系。

"爆炸案动静不小，不知道会不会成立专案组？成立专案组的话，张笑应该还是会有指挥权吧？D市又不是什么大地方。到时候自己能进专案组吗？"

初出茅庐的第一案，铁雨想跟完。

# 第02章
# 漆黑的恨意

**独白诗**

我亲吻着自己的墓碑

转身退去

踏上红色的地毯

送别幸福

或许

这样就足够

不

绝不

惩罚的十字架

必定立起

# 1

**2008年6月10日　19:00　距离爆炸发生还有49天**

我要弄死他。

我要弄死他。

我要弄死他。

我要弄死他。

阿泰狠狠地吐掉了叼在嘴里的烟蒂，在心里不停地咒骂。

就算是到了现在，他的肋下还隐隐作痛。"那小子，出手那么重，要不是老子当时喝多了，也不至于被他打成那样。"

更不会在看中的女人面前，被他踩住了脸。

回忆起自己被踩在地上，看着那有钱的公子哥带着那女人扬长而去的一瞬间，阿泰恨不得马上敲破一个啤酒瓶，用尖锐的玻璃狠狠地冲那公子哥的脸上扎进去。

"不就是摸了一下脸吗，有什么大不了的，有必要哭哭啼啼吗？那个女人，装什么纯，一看人家长得帅又开好车，还不是假惺惺地被哄上车了！肯定是开到什么鬼地方鬼混了吧。有钱了不起啊，我总有一天会比他祖宗十八代还有钱！"

阿泰根本没想到自己会躺那么久。

两周前，他不过是和往常一样，先在台球厅玩了一个下午，逼着几个附近的中学生比球，然后赢了个百来块钱，再后来就去歌厅玩了。等阿泰醉醺醺地从歌厅里出来，已经是20点多了。他决定去小吃街上再吃点烧烤，光喝酒对身体不好嘛。

在烧烤摊上点了20来根肉串，老板手脚还算利索。刚踢了条凳子到烧烤摊边的小桌子旁，竟然看见有一个年轻女人也坐在那儿。模样还挺好看的，腰很细，屁股和胸部也很有料。

"妈的，"阿泰又骂了一声，"不就摸了一下吗，又不会怀孕，叫什么叫。"

记得当时在桌子边坐下后，他随口问了一句："美女，一个人吃东西啊，没男朋友陪吗？"

那女人狠狠地瞪了他一眼，毫不掩饰地把自己坐的凳子拉出好远，根本不理睬他。

"我跟你打招呼是看得起你！你不作声就算了，还跑那么远干什么，看不起我吗？我还偏就要摸你一把了！"

"啧啧，那手感还真是不错，天然的……"阿泰一边回忆一边在发笑。那女人脸上被摸了一把后，像是被烫到一样，尖叫起来了。接着她就挣扎着站了起来，抓起在桌旁的包就想逃走。

"嘿嘿，逃走哪有那么容易，要不是那小子出来，我哪能光摸一下你的脸就让你给走了。"

阿泰的肋骨又传来了一阵隐痛，仿佛在间断地提醒一下他，不要忘了那晚的屈辱。

"没错，当时左手抓住了那女人的包，那女人拉拉扯扯的，可又怎么抢得过。眼看着那女人就要哭了，自己的右手也一把就要抓住女人的乳房……谁知道旁边闯出来一个年轻人，一把就抓住了我的手腕，把我给甩开了！"

阿泰甩了甩手腕："哼，要不是我喝醉了，哪有那么容易就被他放倒。"接下来的事情阿泰已经不愿意去多想了——自己去扇他耳光，结果被人家一脚就踹倒了，那小子还狠狠地在自己脸上蹬了一

第02章·漆黑的恨意

脚！本来就喝多了的阿泰眼睛开始有点看不清了，想爬起来又发现自己胸部痛得要死，只好眼睁睁看着那小子踩住自己的脸，满脸不屑地骂了一句："人渣。"

然后他就拉着那女人的手，上了一辆奔驰车，扬长而去。

"妈的，难怪当时爬不起来，原来是肋骨被那小子给踢断了。"阿泰在医院躺了三天多，又在家里养了快两周才出来，花了不少钱。

伤好得差不多时，阿泰跑到小吃街去四处打听。结果没一个认得那女人跟那小子。

"还好我也不蠢，那女人很漂亮，脸上用的化妆品和那个包，好像也都是高级货……开奔驰的就更不用说了，这小吃街就没人开得起。想来想去，也只有离小吃街不远的那个什么DIBI公司里的人开得起了。"

阿泰对车还是比较了解的，学汽修时自己就比一般人要学得快。之后在一家汽修店上班，做得也还算顺利。说起来，他在汽修店被赶出来，也是一辆奔驰搞出来的事情。

一辆磕碰了的奔驰被送来修理，阿泰三两下就修好了。

趁车主还没来取，阿泰偷偷开了车出去玩，想带着自己的女人也风光一下。谁知道就是这一出去，把工作丢了。一个骑摩托的混账撞碎了奔驰的尾灯，阿泰赶紧开回汽修店，刚好被前来的车主撞见。那个肥猪一样的奔驰车主一点不讲情面，在店里大闹了一场。

"开奔驰了不起啊？跩什么跩？"

"不就一个破灯吗？店里至于把我赶出来？"

被店里赶出来后，其他汽修店消息灵通，也不肯要他。阿泰陆陆续续做了几份其他工作，当过保安，干过物流打包，还送过外卖，却也都做不长。

丢地上的烟蒂已经熄灭了，阿泰眯起眼睛，不停回忆着挨打那晚的场景。那辆奔驰的型号他虽然只扫了一眼，却记得清清楚楚。小吃街这附近从来没见过。

自己打听到在DIBI公司上班的人很多都住市里，上下班都开着车……没错，那小子肯定是DIBI公司的人，跑得了和尚跑不了庙，老子怎么说也得打断你三根肋骨加一条腿才够本。

阿泰又点燃一根烟，呼出了一个烟圈。

来DIBI公司门口转悠不到三天，他就发现了那辆奔驰车。

"没错，就是那辆！那颜色，那车型，不会错的。开奔驰车的正是那小子，每次车子一进停车场不久他就出来了。没事还拿着一枝玫瑰，一本小书什么的，肯定就是送给那晚上遇到的漂亮女人。还精英人士呢，送什么玫瑰花，比我还俗。等我打断你的腿，再找机会办了你的女人！不是喜欢送花吗，到时候我替你送一包安全套给她。"

妒火中烧的阿泰晃了晃脑袋，设法让自己冷静一些。被风一吹，他发现这么做还是有点效果的。"今天又没机会下手了，白白热出一身汗。那小子如果从公司内部直接到停车场，开着车出来的话，自己可是一点办法也没有。"

阿泰从来都不觉得自己笨。

在DIBI公司门口转悠的这些天，他很快发现了DIBI公司经常会有人加班，晚上总有几个人落单，最后才出来。另外，加班时偶尔也有人出来逛两圈透气。"既然那小子开那么好的车，应该也得干很重要的事吧，不可能从不加班啊，除非他是老板。不过他不是老板，老子已经在网吧查过了。DIBI公司做的游戏老子也玩，查起来一点都不难。"

阿泰也不是没想过埋伏到停车场里去等他，不过那样行不通。

当过保安的阿泰知道，停车场里有摄像头，如果在那里打伤他一定会被拍到。到时候警察很容易就抓到自己，坐牢和赔钱都他妈的很麻烦。

"那就继续等机会吧,反正自己就住在小吃街。没事就过来转悠一下,看有没有机会。"

"这个仇是一定要报的。"

# 2

## 2008年7月30日　9:13　爆炸后第2天

"请问苏米小姐在家吗?"

铁雨按了一下门铃,对着公寓里喊了一声。

里面似乎没有人,于是他又按了一下,说:"苏米你好,我是早上电话里跟你约好的警察铁雨,请开门。"

公寓里传来了脚步声。

总算来开门了,铁雨站直了身体,整理了一下身上的制服。

昨天傍晚打电话给林嘉的未婚妻苏米,对方没有接。再联系齐经理,齐经理说苏米在公司听到噩耗之后情绪一度崩溃,没有办法辨识视频里的嫌疑人,被送回家去了。

女人嘛,可以理解。

今早一起来,铁雨便赶到了局里,又将录像资料看了几遍。

然后他打了苏米的电话,这次没等多久对方就接听了。铁雨和她约了时间,打算在去DIBI公司深入调查之前,先见一见她。

铁雨按照手机中苏米给的短信中的地址找到了她家,这是一栋不错的公寓。当公寓门打开时,铁雨看到了一个很漂亮的年轻女人。虽然没有化妆,神情也极度憔悴,不过这仍然掩盖不了她天生丽质的姣好容颜。

"你好……请进来坐吧。"

"打扰了。"

苏米穿着一件淡蓝色的纱裙，一头长长的直发显得有点乱。

请铁雨进房间时苏米说得很慢，看上去每说一字都需要很大的力气。铁雨注意到苏米的眼睛比自己想象的还要红肿，脸色也十分苍白，这让皮肤白皙的她散发出惹人怜惜的气息。苏米让铁雨走进来后，自己率先在沙发上坐了下来。

就要结婚的未婚夫被炸死了，换了是别人也难以承受吧。铁雨摇了摇头，也在客厅的沙发坐了下来。客厅装饰得简洁而富有灵性，衬托出了主人不错的品味。

"你看起来一晚都没睡，还好吗？"

苏米不说话，目光呆滞。

"苏小姐，林先生的事情我也很遗憾。但在这个时候，还希望你能坚强起来，协助我们早点破案，好还林先生一个公道。"

"我不知道，我什么都不知道啊……我回来的时候，就变成这样了……"

苏米悲痛欲绝，情绪又有些失控，铁雨也不好说话，静静等了一会儿。没多久，苏米慢慢恢复平静。

"就问一些例行的问题，没准一些不经意的小细节，就能成为重要的线索呢。"

"嗯……你问吧。"又等了一会儿，苏米终于开口道。

"请你先看一下，看你认不认识这个人。"铁雨用手机调出了嫌疑人的图片，递给了苏米，然后掏出了记事本和笔。

苏米接过了手机，仔细端详起图片来。

"图片不止一张，你滑动下屏幕，慢慢看。"

突然，苏米想起了什么，像要惊呼般猛地一把捂住了嘴巴，滚烫的眼泪随即在红肿的眼眶内涌出。

"是他！"

"是谁？"铁雨顿时充满了警觉，马上将身体前倾到苏米面前，

第02章·漆黑的恨意　031

用关注的眼光盯着她的脸。

"是他……对，应该是他！"苏米把铁雨的手机扔在自己身边的沙发上，双手捂住了自己的脸，开始抽泣起来，肩膀也在轻微地耸动。

铁雨没有说话，他取回手机，看着嫌疑人图片，等待苏米恢复平静。

她认出来了，太好了。

5分钟左右，苏米渐渐停止了抽泣。她把双手从脸上放下来后，低了低头，深吸了一口气："这个人很像我见过的一个人……这是两个多月前的事情。"

"嗯，请详细说一说吧，这是一条很宝贵的线索。"

"离我们公司不远，有一条小吃街，走路大概15分钟……其实也不能说是小吃街，那里什么都有，比如夜总会什么的。有一天我心情不好去那里玩，结果被人骚扰了，就是照片上的这个人。"

"当时有没有报警？"

"没有的。在这个人骚扰我的时候，林……林嘉救了我。"

"哦？你的未婚夫救了你？"

"不是。"苏米摇了摇头，两只手十指交叉，垂下来放在了膝盖上。"其实那时候我们才认识不久，林……林嘉来公司的时候，我跟他刚好在同一个部门，迎新会的时候见了一面，印象不坏。是后来工作中才慢慢熟起来的。"

"你是和林嘉一起去小吃街的吗？"

"不是。我一个人去的，当时心情不好，想去转一转。然后在一个烧烤摊点了一点吃的，在路边的桌子旁边坐着等。后来，你刚才给我看的图片上的这人，就来了。我也不知道他是喝醉了，还是装的，总之对我……拉拉扯扯的，我很害怕。我想逃走，可他抓住了我的包，还要对我……动手动脚。"

"嗯。在市郊的话,治安或许会不太好。咳。"铁雨想试着安慰一下眼前这位陷入回忆的漂亮女人,但意识到了自己的立场,有点尴尬地假咳了一声。

"我很害怕,但是又对那个无赖没什么办法,我本来想包就不要了,转身跑掉喊救命,可是我的身份证和很多证件都在包里……那时候林嘉来了,他一把就抓住了那流氓的手,把他甩了好远。"

"后来呢?"

"后来……他们就打起来了,那流氓打不过林嘉,林嘉打倒他后,我们就赶紧上林嘉的车离开了。"

"原来嫌疑人跟林嘉有过接触。"铁雨自言自语地说。

"那他事后有没有来报复过你们?"

"没有的。刚回去的时候我也很不安,担心他来公司报复我们,可是过了几天都没有来。后来我想想,我并不常去小吃街,他根本就不认识我,就算想报复也不知道我是谁,也找不到我啊,再后来我就把这事给忘了。没想到,隔了这么久,他竟然来害……害死了林嘉。"

苏米努力说完后,双手再次掩面,眼泪又流了出来。铁雨从眼前茶几的纸盒里抽出了一张纸巾,递给了她。

"那么林嘉之前认不认识他?"

"我问过他,他说不认识。那时候他从国外回来没多久,来公司的时间也不是很长。"

"你还记得具体是哪一天吗?打架的事情。"

苏米想了一会儿,说:"记不清了……大概是6月吧,也许是5月。"

铁雨沉默了一分钟左右。

嫌疑人没有立即报复,有可能是在那段时间进行了炸弹的制作和准备。但是林嘉之前不认识他,发生的矛盾也仅仅是拳脚冲突,嫌疑人竟然用炸弹进行了如此剧烈的报复，未免也太狠毒了。那嫌疑人很有可能极度地仇富，多半也是有前科的吧。

张笑已经就这方面去进行了排查和抓捕，如果有了什么进展，铁雨知道自己马上会得到消息。

"苏小姐，你和林嘉已经订婚了，但是没有住在一起吗？"

"没有。"苏米似乎有点吃惊铁雨会问她这个问题，显得有点愠怒，"我虽然跟他订了婚，但婚礼还要明年才举行，我们平时都是住在各自的公寓里。"

"出事前林嘉有和你说起过什么吗？"

"没有，"苏米回忆了一下，"出事前和以前一样，他没有说有什么不对劲的地方。"

"那么，还请你告诉我林嘉的地址，我想去他家里排查一下，看有没有什么线索。"

"这样吧，我带你去。以前周末的时候，我偶尔会去给他整理房间，我有他家的钥匙。"苏米擦了擦眼睛，起身走向卧室，"请你稍等一会儿。"

数分钟后，苏米出了卧室，套上了一身时尚大方的夏日休闲装。她玲珑美妙的身材几乎让客厅变得鲜艳起来。苏米走到自己公寓门口，将旁边衣架上挂着的一串钥匙取了下来。

"铁警官，我们走吧。"

林嘉的公寓比铁雨想象的还要好。

房间很宽敞，餐厅和客厅也同样装饰得十分有格调。墙壁上的玻璃壁柜中放置着不少价值不菲的名贵洋酒，还有一些古玩。铁雨看了看，一个都不认识。

"铁警官，你们是怎么发现罪犯的呢，都已经发现罪犯了为什么不去抓人，还来林嘉的公寓呢？"苏米的情绪已经恢复到了接近常态,性格中理性的一面渐渐有了表现,语气中夹杂着几分幽怨。

"目前还不能肯定嫌疑人就是凶手,照片中的嫌疑人已经有其他警员去进行排查和抓捕了。警员们各自有任务,但都是为早日破案服务的。还请苏小姐放心吧。"

铁雨用眼睛扫着林嘉的公寓,心不在焉地敷衍。这些话在他刚入警队的时候就学习过,要照顾相关人员的情绪,但也没必要透露太多办案的细节。

林嘉的公寓有三间卧室,其中靠玄关最近的一间被用来充当客房,离玄关最远的是林嘉自己的卧室,而中间的一间,被林嘉当成了书房。铁雨在门口望了望,房间内有一面很大的书墙,靠着窗子有一张书桌,书桌上有一台电脑和不少杂志图书。

"可以进去看一看吗?"

"嗯,可以。"

铁雨走进林嘉的书房。房间里散发着一股书香,书墙上琳琅满目,尽是书籍。铁雨走近书墙,开始打量着林嘉的收藏,他想从思想上更接近被害人,更多地了解被害人。

"苏小姐,林先生是海外留学回来的吧。"

"嗯,他回国才6个月多一点吧。"

"林先生什么时候来公司的呢?"

"3月份,他是今年3月份来公司的。"

"不知道他在国外研究的是哪个方向?"

"历史。他是学历史的。"

"哦。历史跟很多实用性学科不一样,要耗其毕生努力才能有毫末的建树啊。林先生看起来,不是个浮躁的人。"

"林嘉……他很有事业心,头脑也很灵活。"

"林先生对自己的事业有什么看法?"铁雨一边打量房间,一边继续着话题,他想转移苏米的注意力,尽量把她从悲痛中释放出来。

"我以前和他聊天时,他说历史是个贵族学科,需要耗费大量的时间和金钱,就业却不是很热门。"苏米回答着铁雨的问题,表情也渐渐缓和,"当初他去海外读研时,他的家庭一直希望能说服他学金融,但他……坚持了自己的选择。他说历史并非像金融学那样与高薪职业联系紧密,但是学到的大量知识再加上灵活的头脑,一样可以有所作为。"

"林先生最后选择的职业,是在DIBI公司担任管理人员?"

"并不是那样的。林嘉……他刚完成学业就进了一家在国外的游戏开发公司。当时他只是一个没有经验的策划,还谈不上制作人。因为那边的一个研发项目涉及古代题材,而林嘉除了专业优势外,还会高级编程技巧,所以才成为那个项目策划的不二人选。不久后那个项目市场反应特别好,他也得到了职位的提升。"

"原来如此,林先生虽然是个历史学的高级人才,但对市场把握也很有一套。"

"嗯……林嘉之前常跟我说,学以致用才是最重要的。他之所以选择游戏行业,也是希望把自己擅长的东西表达出来,让历史的魅力以最流行的方式传达给普通人。"

"林先生做得十分成功,了不起啊。"铁雨称赞道。

"林嘉在那个项目获得成功之后,不久就成了制作人。再后来,他就回国发展了。比起一般人,我想也许因为他学历史见多识广吧,能更多地知道人们在想什么,所以对用户心理把握得特别好。回国后他担任了第一开发部的部门经理,同时他也会成为一些重要项目的负责人。"

"这些情况,都是林先生对你说的吗?"

"嗯。"苏米经过短暂的回忆,情绪又显得十分低落,"和他认识后,他断断续续对我说的,有些是我想多了解他,自己问的。他给我看过他当时进DIBI国内分公司的简历。"

"他的简历？能让我备份一份吗？"

"啊，当时他给我看的是他的电子档案，我手上是没有的，公司里，我的权限也不够去看。人力资源部和齐经理那里才可以看到。"

"好的。对他了解越多，越有利于我们侦破案件，希望苏小姐你能理解。"

铁雨与苏米交谈，同时也在打量着林嘉的藏书。

他发现林嘉对自己的学科很有感情，藏书很大部分都是跟历史有关。既有《史记》《资治通鉴》《二十四史》等一般历史爱好者的常备书，也有《成语词典》《辞海》等工具书。更多的，则是国内以及海外的大量历史专业著作。

铁雨把视线下移到历史相关图书的下一层时，发现了不少侦探和推理小说。虽然这些书比不上历史类图书的数量，也远远多于其他类别的图书了。

"林先生对侦探和推理小说有特别的兴趣？"

"侦探小说……"

苏米愣了一下，发现铁雨在看林嘉的藏书才反应过来。

"是的。林嘉以前除了他自己的专业历史书，也很爱看这方面的小说。"

"哦？林先生怎么看待这个事情？我是指他看推理小说的这个爱好，他有说过吗？"推理小说中往往包含不少罪案知识，铁雨来了兴趣。

"我想想啊……"苏米眼神有点涣散，极力回忆林嘉生前的言行，"他说……他说历史的知识是他的储备，而这些推理小说可以让他养成随时调动这些知识的习惯。如果再加上逻辑思维的培养，就……就可以获得一种利用知识的技巧。他说这种技巧就是洞察。"

"洞察？"铁雨转过头来，看着苏米问道。

第02章·漆黑的恨意　037

"他……他说历史是过去,把过去和眼前的事情看得清楚明白,仅仅叫作观察,能结合已有的信息看到将来,才是他认为的洞察。其实,每次听到他说这些,我都觉得离自己有点远,我对历史了解不多,跟他……跟他讨论这个也比较少。他兴致来了说起这些的时候,我有一句没一句听的。"

铁雨把自己的手很轻地放在了书墙中的一本《世界通史》上,沉默了十多秒,看起来在细细回味刚才苏米对林嘉生前言行的回忆。

苏米说得也入神,声音在安静的书房里十分清晰。

"林先生确实见识不凡啊。"铁雨叹了口气,"看得出他十分热爱自己的专业,《世界通史》和《全球通史》这种书,对他而言应该太简单了吧,为什么买了这么多套?"

"这个我也问过,他说那些书其实版本和编订者不一样,内容是有出入的。他希望自己能从多个角度看待同一件事,所以就都买回来了,当时……当时我还笑他浪费。"

"原来如此,林先生不愧为青年才俊,对自己的求知也是一丝不苟,佩服。"铁雨察觉到苏米的情绪又开始变得低落,皱了皱眉,不自觉地多次夸奖受害的林嘉,试图缓和书房里被这股让他不适的哀伤感染的气氛。

这个林嘉……性格还有细致的一面。铁雨暗暗记在心里,打算待会儿为林嘉记录一些关键词:细致、思辨、有知识,且有一定的罪案知识。

"苏小姐,很感谢你的配合。你提供的线索对我们也很重要。一旦抓获了嫌疑人,我们会请你来进行辨认。"

"我……我一定去!"苏米咬了咬嘴唇,坚强地回答。

"对了,关于另一名受害人,江秋,你有什么线索可以提供吗?"铁雨又问道。

"没有吧……我和他虽然在一个项目工作过,但平时都没什么联系。"苏米愣了一下，咬了咬嘴唇，似乎在回忆，然后回答道。

"谢谢。相信苏小姐你也知道很快林嘉的家人会来替他料理身后事，还请你节哀顺变，照顾一下老人，安抚好他们的情绪。相信林先生在天有知，也会希望你勇敢面对的。"

"我……我一定尽……尽力。"

"那我先告辞了，趁还有时间，我想去DIBI公司多了解一些林先生的情况，再次感谢你的配合。你要一起走吗？"

苏米摇了摇头。

# 3

## 2008年7月30日　11:10　爆炸后第2天

铁雨离开了林嘉的公寓，而苏米继续留在那里，静候在悲痛中赶来的林嘉家人。

对于林嘉，铁雨已有了一个初步印象。从他受的教育和对自己业余时间的支配来看，似乎是一个年轻、能干、颇善于观察和思考的人。

这样的一个人，回国又不久，到底为什么会被杀害呢？真的就是因为在豆香街打了那个嫌疑人吗？说不准。

难道是国外有仇家买凶杀人？或者是误杀，嫌疑人要杀的并不是他？

不得不说嫌疑人对爆炸的时机掌握得太好了，早一点或者晚一点，都可能无法达到目的。他是在哪儿观察停车场的呢？

铁雨目前根本无法作出任何判断，需要更多的调查来获取更多的信息。他掏出手机打了电话给张笑还有秦怀阳，告诉他们嫌疑人与林嘉有过冲突的事情。

DIBI公司有不少跟林嘉频繁接触的同事，林嘉每天大部分的时间也都是在公司里，铁雨无论如何都是要再去一趟的。

开车从市区出发，大约四十分钟后铁雨就看见DIBI公司精致的写字楼了。铁雨低头看了下手表，计算了下时间。第一次来DIBI公司的时候，是与同事一起从小吃街那边的公路赶来的，用时超过了一小时。这次走高速公路，时间大大地缩短了。

DIBI公司的写字楼并不高，只有四层。

写字楼是玻璃外墙结构，透过外面可以勉强看见公司内部最靠近玻璃墙的一些办公桌。最上面一层是员工活动中心，拥有小型的健身室。据说来年，公司还会在写字楼后修建一个小型的室内游泳馆，最近IT一族很流行用游泳这种运动来驱散工作带来的身心疲惫。

铁雨把警车停入了地下停车场。停车场已经清理干净，停了不少员工的车辆。出来时，保安亭的王海跟他打了一个招呼。铁雨从大门进入公司。

接待铁雨的仍然是齐飞，比起上次的临危不乱，这一次他的镇定显得自然了许多。

"齐经理，很感谢你配合我的工作。"

"哪里，作为公司负责人，我也有义务协助警方早日侦破案件。"

"能劳驾你带我去看一下林嘉办公的地方吗？我想找一找看，或许会有一些线索。"

"没问题，铁警官这边请。"齐经理做了一个手势，转身开始带路。他向大厅中央靠里的电梯走去，铁雨跟随在他后面。

"齐经理，公司的运转没有受到太大影响吧？"

"唉，算是恢复正常运转了，但要完全消除事件的影响，短期内怕是没什么可能的了。"齐经理叹了一口气，语气中透露出几分倦意。

"DIBI公司虽然不在市区，但这次事件还是吸引了一大批媒体的记者朋友，跟他们打交道很费神，处理起来也需要十二分的谨慎。"

"齐经理看起来很辛苦啊，不容易。"

"确实有点疲劳，我以往的工作经验可不包括处理这种事情啊。"齐飞勉强地笑了一下，"到了，请跟我来。"

电梯停在了第三层。铁雨跟着齐经理出来，往电梯口的右边走去。

"这就是我们的研发一部，林嘉和江秋出事前，就在这里工作。林嘉是研发一部的部门经理，平时在自己的独立办公室办公。"齐经理用手指了一个房间。

铁雨停下脚步，看了一下周围。

DIBI公司的第三层是环形结构，从电梯出口往右走便是齐经理指的房间，那是林嘉的办公室。再往右走，就是一片标准的写字楼工作隔间，有铭牌标明这里是属于林嘉管理的研发一部。另一名受害者江秋，应该是在那片隔间工作。

"林嘉出事后，目前是我暂时接管他的工作。他对工作相关文件的管理很清楚，接手起来还不算困难。江秋的座位在靠着墙的那一块，他出事后，他的位置也没有人坐，东西也都没有人动过。"

"那林嘉的办公室呢？"

"因为一些事务的处理，我偶尔会在他的办公室办公。不过他的物品我都没有动过，有一些是他的私人物品，我是想等他的家人到了后，陪同他们一起处理。"

"方便的话，我想分别去他和江秋生前的工作环境调查一下，可能会找到对案件侦破有帮助的线索。"

"没问题，铁警官要先调查哪儿？"

"先去林嘉的办公室吧。"


齐经理带着铁雨进入了林嘉的办公室。

办公室很精致，几个简易的书柜与一张书桌，桌上有摆放整齐的文件和一台办公电脑。同时，办公室内还有一些林嘉的个人物品，比如变形金刚的模型以及一些游戏周边。书桌右边还有两张沙发，估计是会客用。在沙发的附近，还有一张支好了的行军床。

铁雨走到书桌前，看了一眼书柜。书柜里和他想的一样，是大量的历史相关图书。里面还放着几本《三十六计》《孙子兵法》之类的文化读物。

"林嘉生前，是担任研发一部的部门经理吧。"

"是的，林嘉工作能力比较出众，所带项目的业绩也相对较好。"

"他在出事前具体是做些什么工作呢？一般和什么外人接触？"

"林嘉当前参与的项目是一个电脑端的大型线上游戏。在设计中会尝试同步开发手机端并共享数据。这个项目的题材，涉及中华历史传说，所以他不但是管理者，还亲自参与项目开发，担任了制作人。但工作上他并不常与公司以外的人接触，那是市场部的事情。"

"他是项目的最高负责人？"

"对的。这个项目是中华古典历史题材，所以林嘉是不二人选。"

"那张床，林嘉有在办公室过夜的习惯吗？"铁雨指了指那张行军床。

"这个……"齐经理有些尴尬，"工作忙的时候，忙得太晚就不回去了吧，太疲劳开车也不安全。"

"我有时候忙得太晚了其实也会在公司过夜的。"像是要补充一样，齐经理又说道。

铁雨已经掏出了记事本和笔，把自己和齐经理的对话进行了记录，然后用笔指了指办公桌上的电脑。

"齐经理，方便打开林嘉的办公电脑吗，我想进行检查。"

"这个……公司有规定不能泄露开发机密，我们行业的特殊性还请铁警官理解一下，里面的数据文件跟我们的产品休戚相关。"齐飞面露难色地说。

"齐经理不用担心，我暂时不会拷贝，除非确认里面的文件与案件有关。如果要带走资料，我会通过正规手续依法进行的。还希望你配合。"

"这……好吧，我先替你把电脑打开。林嘉出事后，这电脑只有我一个人有权限使用了。"齐飞说完后启动了林嘉的电脑，输入验证密码后，电脑顺利登录。

铁雨把记事本和笔放在了办公桌上，坐在电脑前开始查看里面的数据。电脑的桌面是苏米的艺术照，照片上的苏米穿着白色长裙，斜躺在草地上，妩媚动人。

桌面上有备忘录显示着林嘉与苏米来年的婚期。铁雨改变电脑中文件夹的属性，将隐藏的文件全部显示出来。铁雨一个一个依次浏览，发现其中有一个以林嘉个人名字命名的压缩文件，并且这个文件显示为隐藏属性，这让他产生一丝警觉。

"齐经理，这个文件，请问是否属于贵公司的商业机密？"

"这个，请铁警官稍等，我考虑一下。"齐经理皱起了眉头。

铁雨说得很客气，当然他自己也很清楚这个以个人名字命名的文件不太可能属于公司文件。林嘉对工作的处理十分有条理，项目相关的资料排列都一目了然。齐经理接手林嘉的工作后，也十分清楚它们的内容。

"抱歉，铁警官，毕竟我作为DIBI公司本市分部目前的最高负责人，有遵守公司所有条例的义务。我目前不知道这文件与公司机密是否有关，容我查看一下。"

齐飞抓起桌上的鼠标，尝试解压命名为"林嘉"的压缩文件，文件提示要输入密码。齐飞输入一个密码后，提示密码有误。齐飞愣了一下，又依次输入两个密码，仍然提示密码有误。齐经理脸上显得有点尴尬。

"铁警官，公司项目文件如果要保密的话，不同权限的员工无论设置怎样的密码，都是有文件备份的。林嘉登记的密码我试过了，打不开。据我看来，这文件确实有可能是林嘉的私人文件。如果您能通过法律途径，也就是有搜查证明，可以将它备份回去的。"

"好，有劳齐经理了，我会通知同事过来备份的。"

铁雨站起身来，拿起了放在桌上的记事本和笔，向外走去。

"能请你带我去江秋的办公场所看一看吗？"

"好的。"

齐经理抢先一步走到办公室门口，打开了门。两人走出办公室，由里往外走到研发一部的工作隔间区域。

江秋的隔间在最外面一层，靠着公司的玻璃外墙。作为一个程序员，江秋的桌子相对其他人的显得十分干净，除了几本编程与计算机技术的工具书，几乎没有其他物品。

"他的办公电脑呢？"

"江秋是我们的主程序员，级别足够，公司给他配置了个人笔记本电脑。出事那晚，笔记本电脑就带在他身上。"

"那笔记本电脑是你们公司财产吧，可以就这样带回去？"

"可以的，这些设备都会登记在使用者名下，这样灵活一些，一些工作他可以带回家去做。"

铁雨皱起了眉头。他从江秋的工位起身走到墙边，发现刚才两人在大楼靠里的电梯出来后，绕了个半圆，又回到了大楼的前部。

江秋工位的位置就在墙边。铁雨从玻璃墙往外望去，可以看见远处通向市区的高速公路与普通公路。铁雨把视线放低一些，刚好看见公司的大门口与停车场的入口附近区域。

"齐经理，能和你再谈谈吗，我想详细了解一下林嘉与江秋在公司的表现情况，如果能找几个他原来部门的员工那就更好了。"

"我一定配合，铁警官，我们去三层的会议室吧。"

# 第03章
# 历史学与心理学

**独白诗**

你站在镜前
你的身边,尽是黑暗
你的身后,已成粉末
镜中的你
如此丑陋
而你径直走入镜中

# 1

## 2008年7月30日　12:15　爆炸后第2天

DIBI公司,三层会议室。

会议室很精致,两个玻璃柜中陈列着DIBI公司的游戏周边和获取的业内奖项。墙壁上挂着一些字画,其中有一些出自DIBI公司美术人员的作品。

这间会议室的空间比一层的大会议室要小一点。铁雨找了一张靠着茶几的真皮沙发,刚坐下,齐飞就推开门进来了。

跟齐飞一起进来的,还有一位年轻的女员工,她端着两个纸杯,里面是热茶。

"铁警官,请喝茶。"齐飞说。

女员工把热茶放在沙发前的茶几上,对铁雨恬静地笑了一笑。然后她退后几步,站在齐飞的身边,眼里是好奇的目光。

"铁警官,这是赵小琳,研发一部的美术人员。小琳你先出去吧,告诉一下孙晨曦,待会儿铁警官想找你们了解一下关于林嘉和江秋的事情。"

"麻烦你们了。"铁雨从沙发上起身说道。

"好的。待会儿您叫我就好。"叫赵小琳的女孩礼貌地笑了一下,然后走出会议室,关上门离开了。

"齐经理,那我就先问了。先请你说说林嘉吧,他平时在公司是怎样的一个人呢?"

"这个，作为他的直属上司，其实我之前对他的工作内容没有过多的干涉。说句实话，之所以是他的上司，或许是因为我在经验上占据优势。真正对于研发工作，我不一定比他强。所以在我看来，他是个很有想法，而且创造欲很旺盛，敢于探索和冒险的人。"

"他的这种作风，对他的事业有没有帮助？"

"嗯，怎么说呢，算是有帮助的。他回国后策划的几个小项目都很成功，后来做管理工作，也游刃有余。我想，应该是得益于他的知识储备较丰富，学习能力强。"

"他是一个新进人员，在贵公司升职很快，会不会遭到同事的嫉恨？"

"我没有听到类似的传言，目前为止公司也还没出现这种情况。"齐经理回答。

"他在工作上和同事发生过矛盾冲突吗，他有没有表露过对同事或者下属的不满？"

"没有。"

"那有没有他的同事或者下属向你表达过对他的不满？"

"这个，也没有。"

"嗯。那么齐经理，江秋呢？也请你谈一谈他吧。"

"江秋是老员工，以前在一些项目中与我有过合作。"齐经理低头想了一下，"简而言之就是技术能力很强，是绝对的骨干成员。至于为人，比较内向吧，平时言谈举止有些放不开，感觉很谨慎。但是与人沟通是完全没有问题的。不，应该说他表达能力其实很好，只是不喜欢说话，不是不会说话。我这么说不知道你懂不懂我意思。"

铁雨在记事本上进行速记，齐经理很有礼貌地在间隙中等待，没有表现出任何不耐烦的神情。

"那么，江秋有没有跟公司的其他员工发生冲突，或者不合？"

"呵呵，那就更不可能了，他是个老好人。虽然有人说老好人发起火来比一般人厉害得多,不过江秋来公司三年,还真没跟人发生过什么冲突。再说,大家都是给老板打工,其实也没多大的利益好争的,相处得都比较融洽。做游戏嘛,工作氛围一般也比较开心,大家又都年轻,沟通没问题。"

"大家都给老板打工?齐经理你不是老板?"

齐飞笑了。

"我不是,我只是个经理,真正的老板是个外国人,现在不在国内。"

随着谈话的展开,齐飞面对同样也是年轻人的铁雨渐渐不再那么拘谨。

"嗯,那就这样。谢谢齐经理的配合。能请林嘉部门的几位员工来谈谈吗,占用你们工作时间了。"

"不要紧的。铁警官请稍等,我去叫他们来见你。"齐飞说完起身离开了小会议室。

不一会儿,赵小琳和一个年轻男子打开门,走了进来。

赵小琳快走了几步,坐在了铁雨对面的沙发上,好奇地看着铁雨,年轻男子则坐在了她的身边。他长得比较瘦弱,戴着一副眼镜,眼神疲倦,气色看起来也不太好。

"铁警官,我叫赵小琳,是研发一部的一名美工。这位是孙晨曦,现今在我同部门担任主程序员。我们和林经理还有江秋是在同一个部门工作。"

"你们好。我的来意其实比较简单,请不要紧张。只是想调查一下林嘉和江秋出事前,在你们部门的表现而已。"铁雨语气很缓和地说道,"当然,我也想通过你们的介绍更多地了解一下他们的个人情况。"

"哦,铁警官你有什么问题就问吧。林经理平时对我们挺好的,江秋也很好相处的。我们不紧张啦。"赵小琳看起来不太怕生,率先回答说。

"先说林嘉吧,作为你们的上司,他给你们的印象如何。"

"林经理啊,他是个很有主见的人,带领我们做项目的时候目标从来都很明确,决策也十分果断。我想他也是个自信心和自尊心很强的人吧。是吧?"赵小琳说完扭头看孙晨曦,孙晨曦点头附和。

"自尊心强?他有没有跟你们部门的成员发生过不和?"

"哦,没有啦。林经理自尊心强是他对产品要求很严格,不允许我们部门的业绩从第一名的位置滑落。有时候就算是连续好几天加班,也是因为他不会对产品质量做出妥协。"

"他这么做,你们部门的员工没有意见吗?"

"没有的,加班我们会有加班费啊。而且产品好业绩高的话,我们收入中提成的那部分也会变多的嘛。"

赵小琳又抢先回答了问题。孙晨曦耸耸肩,表示同意。

看得出,赵小琳对上司林嘉十分满意。铁雨端起纸杯,喝了一口茶,用目光扫了赵小琳与孙晨曦一眼。放下纸杯后,铁雨说:

"赵小姐,能请你谈谈对江秋的认识吗?"

"这个啊,江秋话不是很多啊,平时也不像林经理一样跟我们开开玩笑,有点闷呢。而且我在工作上和他的接触并不多,对他了解不深。不过他还蛮乐于助人的,如果谁的电脑出了问题,找他的话,他很快就能帮弄好。"

"你找过他?"

"啊,是的。不过他不怎么笑,我一般都去找林经理。林经理对计算机技术也很精通,还会高级编程呢。"

铁雨皱起了眉头,等赵小琳说完,他挥了挥手:"赵小姐,辛苦你了。请去忙工作吧,我想再请教一下这位孙先生。"

赵小琳愣了一下,有点迟疑地站起来,不情不愿地离开了小会议室。

铁雨在说完后一直看着赵小琳。等她带上小会议室的门后,铁雨把视线移到了孙晨曦的身上。他心想,那女的怕是被林嘉迷住了,唉。

"孙先生,虽然林经理作为你们的部门领导十分出色,但如果都这样回答的话,我想对我们案件的侦破,帮助是不太大的。另外,我也相信人无完人。"

孙晨曦笑了一下,微微点头。

"我们的谈话内容是保密的,请放心。"铁雨先设法打消孙晨曦的顾虑,"林嘉在生前,最令你们不能接受的是哪一点呢?"

"其实小琳的话没错,林经理还真的很难挑出毛病。能力强,没有架子,对员工也比较亲切,这样的经理真的很少见了。"孙晨曦叹了一口气,"如果真要说有什么缺点,就是刚才小琳说的,自尊心太强了吧。"

"能请你说具体点吗?"铁雨集中了注意力。

"应该说是自信导致的才对。林经理个人能力太强,对员工的具体工作事无巨细都会一一过问,他会给一些针对我们个人工作方式的建议。迫于压力,一般我们都会无条件接受。事实上,这对我们的工作内容和安排都是一种干涉。说他管得有点太宽其实也行。"

"这种干涉对你们的影响大吗?有没有导致矛盾?"

"刚才说了,他能力确实很强,这种干涉对项目其实还是有点好处的。他是研发一部的经理嘛,提高团队的技术水平也是他的工作范围。所以虽然有些别扭,但大家还是乐意接受的。"

"这种干涉,对谁最多呢?"

"这个……"孙晨曦偏了偏头,"我想应该是江秋吧。他是主程序员,而林经理自己会编程技巧,在项目建设中,他们的沟通比较多。"

"是这样啊。那么他们的工作能力谁比较强呢?既然提到江秋,也请你说一说他吧。"铁雨已经打开了记事本，正在用笔记录。

"这个，他们职位不一样，不好比较。就站在一个程序员角度而言，我想江秋应该不可能会比林经理差的。他这人比较谨慎，一般林经理说什么他就做什么，不会发生什么争执的。我们项目组有个习惯，就是每周都会抽一些休息时间出来，一块儿玩《三国杀》之类的棋牌游戏，培养团队感情。我也没看到和听说他们有什么矛盾。江秋如果硬要说有什么不好，只能说不苟言笑吧，有点闷。"

孙晨曦一口气说完，不由得舔了舔嘴唇。

"你说他们一块儿玩《三国杀》？这是你们项目组的习惯？"

"是的。不只是他们两个，而是我们项目组里愿意参与的所有成员，基本上每次都有二十到三十个人吧，分成几队玩。最少也能开一桌。这个习惯从林经理来公司时就开始了，平时大家玩一玩，既放松了心情，也加深了彼此之间的感情。而且玩的时候，一边吃吃零食，一边聊聊天，对释放压力很有帮助，就连工作时同事之间的小磕磕碰碰也化解了……效果蛮不错的，基本上我们每天下班都会玩个一两把。周五晚有空的话，更是会玩到很晚，反正回家也没什么重要的事情嘛，组里的人租的房子也都不远。"

"《三国杀》我也在玩，怎么说，有时候队友失误了，还挺容易和他吵架的。你们玩得怎么样？"铁雨眼珠一转。

"不会吵架啦，大家脾气都还可以。而且都是随便玩玩，输了也无所谓的。至于玩得怎么样嘛……哈哈，大家都是三流水准，打比赛肯定是不行的。除了林经理和江秋吧，他俩打得不错。尤其是林经理，不但能把整副牌都记得清清楚楚，而且打牌过程中谁出了什么牌，牌堆里估计还剩什么牌，他都能算出来。那么别人会出什么牌，能出什么牌，他多半就猜得比较准。大家都比较吃惊，他说是他爱好推理小说，能够推断……还是洞察来着，总之就是比较能猜中我们会干什么吧，还推荐了一些推理小说给我们去看。不过玩过之后，没人真的去买那些书就是了。赵小琳买了也没看。"

"你之前说林嘉干涉江秋工作，他们的工作内容是一致的吗？"

"当然不一样。这……怪我没说清楚。他们的工作是不一样的。林嘉是部门经理和制作人，一般管管策划，对江秋的工作只能说是过问比较多吧，代码还是江秋写。"

孙晨曦的态度开始趋于谨慎，似乎怕自己说错话影响警方破案。

"林嘉管策划的话，你们项目的策划都是他做的？"

"不是，之前还有个策划，已经离职了，其他的还在招聘呢。"

"哦？为什么离职？"

"啊，那个跟他俩都没关系，"孙晨曦摆摆手，"一个策划其实也不够，他见招聘的人迟迟不到岗，说什么要专心写小说，干脆辞职回湖南老家去了。他这一走，我们就比较累了，林嘉先自己顶上，在等招聘的策划入职吧。"

"江秋死后，他的工作是你接手的？"铁雨问。

孙晨曦点了点头："是的，比较辛苦。"

"难怪你气色不太好。"铁雨说，"那么，最后一个问题，齐飞齐经理，他和林嘉还有江秋，他们之间是否有过矛盾冲突？我重复一遍，我们对谈话对象的隐私保护得很好。"

铁雨问完话回到DIBI公司的停车场，他走向自己的警车，心里不停地琢磨。

"今天上午的收获比预期的要少。在DIBI公司中对林嘉与江秋进行的调查，仍然让自己对他们的死因一头雾水。孙晨曦最后否认了齐飞与两名被害人存在冲突的可能。后来陆续进行谈话的其他几名林嘉部门的员工，说的内容也几乎一样。最后找了其他部门的员工，也没有提供有价值的情报。

"林嘉回国的时间并不长，与别人的交际也大多集中在同事之间。虽然有女朋友,但是两人没有同居,调查他下班后的私生活也很困难。"

铁雨打开车门,坐入了驾驶位。在系好安全带、发动引擎后,他忽然停了下来。"事发当晚,林嘉的车就差不多停在这个位置。"

铁雨从左车窗看出去,不远处,停车场入口的摄像头能拍到自己。而右边车窗外,则是T字形停车场的短道,停着不少员工的电瓶车。"如果自己是DIBI公司的员工,下车后走到短道往左,就可以通过尽头的电梯进入DIBI公司内部。林嘉与江秋遇害之前,也是通过电梯直接进入停车场。"

"难道真的是自己想多了,单纯只是那个骚扰过苏米的嫌疑人在报复?"

"无差别杀人?"

铁雨靠在了座位上,掏出了手机打了电话给秦怀阳。是让他请技术科的同事过来,将林嘉电脑里的那份私人文件进行拷贝取证。秦怀阳答应后,铁雨挂断了电话,从口袋里掏出了记事本,翻到了其中一页。页面上是铁雨接到报案赶到DIBI公司时,从公司里找到的江秋住处的地址。

铁雨发动汽车,开出停车场,往江秋的住处驶去。

# 2

## 2008年7月30日　14:35　爆炸后第2天

江秋的住处,在一所民居的阁楼里。

民居所在的天马小区在郊区一条河边。小区是政府新出资修建的,用来安置附近土地被征用的农民。DIBI公司与小区之间的路程并不远。铁雨的警车穿过了离DIBI公司不远的小吃街,就只剩下差不多十分钟的车程。江秋生前用电瓶车上下班,走的应该也是相同的路线。

因为在郊区,栽着数排齐人高的小树的小区十分安静。铁雨驱车开进了小区,把车停好后,他很快找到了江秋所住的楼房。

楼房一共六层,分别居住着不同的房客。江秋的房东在国外未归,江秋租下的阁楼房租是一年收一次,还未到期,眼下江秋的弟弟江冬来处理他的身后事宜,就暂时居住在这儿。这次的见面,从局里出发前就在电话中确认好了,此刻江冬正在房中等待。

铁雨叫开了单元门,直接走到了六楼敲了敲门。门被一个少年从里面打开,铁雨的警服说明了自己的身份和来意。

眼前的少年显得十分憔悴。江冬穿着一件运动短袖,一条有点发白的牛仔裤,头发很乱,唇边也可以看到有乱糟糟的胡茬。这在熬夜与失眠的人身上较为常见。

"铁警官,您请坐吧。"

江冬请铁雨进了房间,和苏米差不多,他的目光也不主动与铁雨交触,始终低着头。江冬只是一个在读的大学生,突然之间哥哥遭遇不幸,这对他的承受力是个过大的考验。

铁雨走入了江秋的房间,房间很简陋。

靠窗有一张书桌和一把转椅。书桌左边是床,右边挨墙分别是一个书柜和一个简易衣柜。另有一条凳子上放着一些杂物。江冬自己坐在床沿,将转椅留给了铁雨。

"你妈妈,她还好吗?"铁雨率先开口问道。

"她昨天抱着我哥哥的骨灰回去了,我想请假送她,她不准。"

"你妈妈很坚强,让人敬佩。"

江冬并不搭话,依旧低着头,两人陷入了一阵短暂的沉默当中。铁雨身体前倾,注视着江冬。江冬等了一会儿没有听见铁雨问话,抬起了头,布满血丝的眼睛刚好接上了铁雨的目光。

"你学校那边，不要紧吧。"

"我听到我哥出事的消息后就去了公安局。警察的电话是打到我们学校的，学校知道我的情况。但我妈妈昨天临走时，要我……要我明天就回去上课。"

铁雨静静听着江冬的回答。眼前的少年正在忍受着巨大的悲痛。虽然尽力在克制，但江冬的声音仍然在发颤，其中还夹杂着恐惧与愤怒。

"能和我聊聊你的哥哥吗？我了解的越多，就能越快抓到杀害你哥哥的凶手。"

听到"凶手"两个字，少年的双手瞬间就紧紧攥成了拳头，继而浑身微微颤抖。铁雨能感觉到，他此刻正设法让自己冷静，竭力控制着自己的情绪。

"我……我哥哥性格比较冷静，他……很成熟稳重，处处忍让。我从来没见他跟谁发生争执，他比我懂事得多。我想不出来，想不出到底为什么有人竟然要害死他！"

铁雨拿出手机，把给苏米看过的嫌疑人图片调出，递给了江冬。

"请看一下，是不是认识这个人，对他有没有印象？"

"谁？杀我哥哥的凶手？你们找到他了？"

江冬愣了一下，猛地站起身来，飞快地一把抓过手机，死死地盯住了屏幕。看了良久，江冬无力地将手机还给铁雨，摇了摇头。

"这人事发当晚在现场出现过，目前是嫌疑最大的人，我们正在对他进行追捕。"铁雨收好手机，继续对江冬问道，"那么，最近你哥哥有什么异常没有？或者有没有受到什么敲诈、威胁之类的？"

"没有。他没有跟我说过。"

"你说你哥哥处处忍让，个性稳重，会不会受人欺负？有没有人很久前与你哥哥结仇？"

"没有的。从我懂事起，我哥哥就很懂事，他知道我妈妈……养我们兄弟俩很辛苦，什么事都愿意息事宁人。现在在外面工作，又要照顾我，根本不会去跟人结仇。就连去年我遭遇……那次事故，他恨得牙都要咬出血来，最后也答应了对方的条件。"

"事故？你指的是什么？"铁雨问。

"去年我有天晚上回家时，在人行道上被车子给撞伤了。"

"有这种事？能请你详细说说吗？"铁雨准备好了记录用的本子与笔，神情比起谈话开始时要认真许多。江冬犹豫了一下，咬了咬牙，开始诉说。

"那是去年暑假的一个晚上。当时我走在马路边的人行道上，那辆奔驰是从我后面撞上来的。我命大，那车子只是刮到了我左侧，我向前摔倒后往右边路基滚了去，摔断了左腿。如果车子再往右一点，我就被撞死了！要是没滚到路边而是倒在马路中央，只怕也会被后面来的车子给碾死！"

"事故的地点在本市？那辆车是什么人的？"

"啊，我被撞的事……倒不是在市内，是在我老家县城，离市里有些距离。那辆车是一个富家子弟开的，年龄跟我一般大。当晚他喝醉了酒，跟女朋友打赌看车速能不能在县城公路飙到每小时140公里，结果就把我给刮飞了。不过，这些都是我后来才知道的。"

"后来才知道？"

"嗯。当时车子刮伤我后，就那么开走了，别说停下来送我去医院、事后来看我，根本连车速都没怎么降。"江冬陷入当时的回忆，表情是极度的怨恨。

"还好那肇事者开车刮伤我之后，在前面的路口被摄像头拍下来了，我哥哥赶到后报了警。警察一开始不知道肇事者的身份，就进行了调查，我哥哥也跟着去了。在查看摄像头资料的时候，我哥哥很机警，偷偷用手机拍了下来。后来查到那肇事者是我们县里一个局长的儿子，他还有一个哥哥在交警大队当队长。"

铁雨一声不吭地听着江冬的陈述。很明显，即便在委屈与愤怒的情绪中，江冬也仍然有着顾忌。他始终不提肇事者的姓名。说到对方是一个县城里局长的儿子时，出于自我保护，也并不说出具体的单位信息。

"第二天，那肇事者直接来医院找了我。他们来了好几个人，说是要私了。正好我哥哥那阵子休年假在家，当时他就在医院里陪我。"

"嗯，你哥哥是怎么处理的？"

"我哥哥把他叫出病房，在外面跟他谈了。那混蛋根本就是一副完全不在乎的样子，一开口就说反正我也没死也不会残疾，赔点钱就别闹了。他说他当时考什么公务员，不想有什么负面影响。他还说公路摄像头拍到的视频资料早就因为故障而没有了，我们想闹也没有什么证据。这些我在里面隐约都听到了。"

铁雨没有说话。

"我哥哥说话声音不大，到底他说什么我听不清楚。后来门打开的时候，只有他一个人回来，那个肇事者已经走了。"

"然后呢？"铁雨开口了，"你哥哥在外面说了些什么？"

"他没告诉我他说了什么。但他跟我说对不起，他接受了肇事者私了的条件。我当时很生气，不同意私了，想要去告他。我还问我哥哥，当时他那么谨慎，偷偷拍录了视频，明明就有证据，为什么又要别人说怎么样就怎么样。"

"你哥哥同意私了的理由是什么？"

"我住院的时候，我哥哥已经做了些调查。他在偷拍视频资料的时候记下了车牌号，回家后上网进行了搜索，也四处去打听了不少。后来他告诉我，那个人我们惹不起。更重要的是，他在市里上班，我在市里上学，留妈妈一个人在县城，他担心对方做一些报复妈妈的事情。"

"你妈妈从事什么工作？"

"我妈妈是个普通的工人，在纺织厂。平时也去一些缝纫店干活。"

"私了的条件是什么？"

"对方赔了我们八万块钱，后来就再也没来过了。"

"你哥哥对私了的结果满意吗？"铁雨问道。

"不满意，他那几天脸色一直都很难看。我知道其实他比我还要愤怒，可是我哥选择了忍耐，一个人生闷气。还好我只是骨折，打了石膏，住了一阵子院后就回家了。最后也幸好没落下后遗症。"

"你哥哥说什么没？"

"还能说什么，他说那些草菅人命的富二代，根本就是该死，根本就不该活在这世上！警官，你说难道不是吗！"江冬握紧了拳头，恨恨地说道。

# 3

铁雨感到有点尴尬，没有正面回答江冬的问题。但看江冬的神色，也只不过是单纯在控诉压抑已久的委屈，而不是真的要他给个答案。

铁雨咳了一声，接着问出下一个问题。

"你刚才说你妈妈抚养你们兄弟俩很辛苦。后来也谈到你哥哥担心你们在外读书和谋生，害怕妈妈一人生活在县城遭到报复才同意私了。那么你爸爸，是和你妈妈离婚了吗？"

"我爸爸他死了，在我们很小的时候就过世了。"

"对不起。"铁雨叹了一口气。

"我爸爸是自杀，抑郁症。那时候我还不懂事，所以没什么太大的感觉。但我妈妈和哥哥，当时肯定很伤心吧。后来我虽然没有父亲，但我妈和我哥把我照顾得很好……我妈那么辛苦，我哥哥又那么懂事……可是，现在我哥也不在了。"

江冬说完，红肿的眼中似有泪光闪动。他双手掩面，做了几次深呼吸，然后不再说话。

"你的妈妈很了不起。你哥哥那么懂事，也足够成为你的榜样。现在家庭遭遇不幸，你是你妈妈唯一的支柱，还是要尽快振作起来啊，你是男子汉。"铁雨轻轻拍了拍江冬的肩膀鼓励他，"对了，请把驾车撞你的肇事者姓名告诉我。对警方来说，这可能是一条有用的线索。"

"龙明亮。"江冬说出一个人的名字。

铁雨站起身来，对面前深陷悲恸的少年说了一些鼓励的话。收好笔和记事本后，他打算离开了。在那之前，他例行地在江秋的房间里稍微转一圈，看是否能发现一些线索。

走到书柜前，铁雨打量了一下。

与林嘉家一样，江秋的书柜里面摆满了书本。稍微仔细地看一下，就会发现和林嘉的书柜一样，同样有不少侦探和推理小说。不同的是，历史相关图书相对较少，而心理学的著作却有许多。

"你的哥哥，大学时学的是计算机专业吧。书柜里倒是有不少的心理学教材啊。"

"我哥哥从小就喜欢心理学的东西，他高中毕业前，一直就想考心理学专业。我猜，也许因为爸爸的死给他的伤害太大了吧。他有一天跟我说过，说他觉得要是能去了解那些患抑郁症的人，知道他们心里想的到底是什么的话，也许就可以挽救他们了。他想将来让我们自己家的……不幸，不在其他家庭上演。"

"那是什么原因让他改读了计算机？"

"因为那时候……在我们县城里大家都在说计算机专业很红，就业率高，参加工作收入也会很可观。而我哥哥打听到的心理学相关的信息，都显示心理学就读学费不见得低，但就业和职业待遇却比较普通。那时候我也快要读高中了，家里负担很重，我妈妈养我们两个孩子十分辛苦，身体也不太好了。我哥哥他……他为了早点找份好工作给家里挣更多的钱，把我大学的供养负担从妈妈身上接过来，所以高考后放弃了填报心理学，改学了计算机。"

"你哥哥很懂事，他是个了不起的人。"铁雨插了一句话。这不是为了安慰江冬，而是他从心里为江秋的年少有知而感到一丝钦佩。

"可是毕业以后……"江冬没有因为铁雨的插话而停下来，这时他的表情比之前更加沮丧，话越说越慢，声音也开始显得沙哑。

"毕业以后，我哥哥才发现满大街都是计算机专业出身的。用我们现在学校里的话说，叫人才市场局部饱和。我哥刚毕业，一个人在市里面找工作，除了一张文凭和几张证书什么都没有，我们家也没什么背景和关系。总之我哥发现时过境迁，他就业的时候计算机专业已经不像他刚读大学那会儿吃香了，好的待遇不可能，能找到工作就不错了。还好我哥哥在上大学时十分努力，花了很多的时间在专业学习上，课余时间还自己在网上摸索学习，考证。他在专业技能方面是个佼佼者，最后算是顺利就业了。可是DIBI公司的一个程序员，还是远远低于他心理预期吧，刚开始薪水也不高。"

江冬一口气说完，铁雨掏出一根烟递给了江冬。江冬很快摆了摆手，铁雨把烟收了回来。铁雨想要给自己点一根，但停了一下，又放回了烟盒。

"我刚上大学那阵子，英语专业很火。但是等我毕业进警队后，英语专业毕业的人太多了，除非学校足够有名气，不然就业一样十分困难。"

"薪水虽然不怎么样，不过我哥哥还是去工作了。通过他的努力，有过几次升职，收入也比以前高一些。现在我上大学也有打工，不足的费用都是由我哥哥负担的。他不是很赞成我打工，说是分散学习精力,可他当年还不是一样,又读书又自己挣钱……"

"在工作以后,你哥哥好像还是花了不少时间在心理学上。"铁雨扫视着书柜里的书,转过身来,对江冬说。

江冬正要回答,身上的手机响起了铃声。江冬掏出一个价值不菲的iPhone手机,接通电话。

"你好……我哥哥,已被我妈妈带回去了……现在,还没有抓到……"

铁雨移开了目光,看来是关心江冬的亲友打来的电话。铁雨又原地打量了一下房间,打算等江冬接完电话后就告辞了。书柜里不少的书,衣柜里只有黑灰两色的衣物,书桌上摊着几本推理小说,还放着一个电热水壶和几个杯子。这就是江秋在出事前,看起来单调的生活。

这样的一个人,到底是因为什么而有人要杀他?

铁雨很难相信江秋是凶手的目标。怎么看,都像是在凶手杀害林嘉的时候,江秋不幸被殃及。

江冬接完了电话,双眼显得有些茫然。

每一个接到的关心的电话,都在提醒他哥哥已经过世的事实。看到铁雨的目光停留在自己的手上,他向下看了一眼,解释说:

"这手机,是我哥送我的礼物。他参加工作后,一直用原来那个很差的便宜货,我觉得……不太体面。他上班又在郊区,我担心信号不好,所以用打工的钱送了一个手机给他。不久前,他说发了项目奖金,也送我一个手机,只是我……没想到他会送一个这么好的。"

"你哥哥的房间,怎么连一台电脑都没有?"

"啊……他有的。毕业后他把电脑带到了这里。后来DIBI公司可以给他配置个人笔记本电脑,他就把原本的电脑给了我,自己带着笔记本电脑上下班。"

"是这样。"铁雨对江冬告辞说,"谢谢你的配合,如果有什么消息，我们警方会通知你的。"说完后，铁雨向门口走去。

江冬没有说话。等铁雨走到门边时，他似乎想起了什么，问了铁雨一声："苏姐呢，我哥哥的事，她肯定知道了吧，她知道些什么吗？"

# 4

## 2008年7月30日　15:45　爆炸后第2天

"苏姐？"铁雨停了下来，转身问道，"你说的苏姐是哪位？"

"苏米啊，我哥的女朋友。"

"苏米是你哥哥的女朋友？"

"你不知道？她不是跟我哥哥都在DIBI公司上班吗？我想我哥哥的事，她也一定很难过吧……"江冬低了一下头又抬起来，"你见过她了没？她有没有给你什么线索？"

"你说DIBI公司的那个苏米是你哥哥的女朋友？"

"是啊，怎么，苏米一直都是我哥哥的女朋友啊。还在高中的时候，他们就认识了。"

铁雨吃了一惊，在目前的调查中他一直都认为苏米是林嘉的未婚妻，DIBI公司的员工，在之前的谈话中大家口径也很一致。眼前江冬的话却是意外的收获。铁雨转身又走入了房间中，重新在椅子上坐下，掏出了记事本和笔，进行了记录。

"你说苏米是你哥哥的女朋友，还在高中的时候就认识了，请和我详细说说。"

江冬表现得也同样吃惊，有点不知所措。但铁雨在他面前重新坐下，显得比刚才要严肃得多。虽然令人十分费解，但江冬也坐回了床边，开始思考怎么说。大约一分钟后，江冬开口了。

"我哥跟苏姐在高中就认识了,我听他说起过。大学毕业后好像他们都进了DIBI公司工作吧。有几次我来这里找我哥时,还见过她。"

"他们高中就认识?"

"嗯。我哥当年成绩优异,高中考进了市里的明青高中,就是明青大学的那个附属中学。苏姐也是从县城考进明青高中的,后来他们好像在假期回县城的时候就认识了。高中毕业后,我哥哥直接升上了明青大学。毕业后他就去DIBI公司工作了,我没想到苏姐也在那里上班,当时还问过我哥是不是因为他在那里上班,苏姐才去DIBI公司的。"

铁雨用笔在记事本上做着记录。在江冬说完后,他抬起头来,两眼望了望窗外,似乎在回忆之前的线索。

"你哥哥大学时,跟苏米是情侣关系吗?"

"这我就不太清楚了,我哥不太愿意说这方面的事,我也不怎么问他。不过我知道苏姐大学跟我哥哥不在一个学校,她是在外省读的。因为他们认识很久了,所以他们什么时候从朋友变到男女朋友,我也不知道。在我哥工作前,我都没见过她本人。后来我来我哥这里玩碰见过她,就这么认识了。三个人一起吃过饭,我了解的就这么多了。"

"他们高中就认识,但工作前你一直没见过?"

"嗯,可能我哥哥那会儿早恋怕妈妈知道吧,所以干脆连我也瞒住了。"

"你最后听你哥哥提起他们两人是什么时候?"

"这个……我想想。"这时,江冬的手机又响起了铃声。江冬掏出手机看了看信息,叹了一口气,把手机关掉了。

"四五个月前了吧,当时我哥哥说让我过来一起吃顿晚饭。我问他苏姐来不来,他说当然会。然后我说那我就不去了,不打扰他们。

他说没关系,然后我就去了。"

"在那之后,你有没有再见过他们?"

"没有了。后来我哥哥叫我过来时,没怎么说苏姐的事情,就是他送我手机的那一次。"

铁雨摸了摸鼻子,心里暗暗思索着:"苏米说过她与林嘉认识的时间并不是很长,大概半年,这跟江冬说的时间并不冲突。也就是说,如果苏米与江秋真的是一种情侣般的亲密关系,那么应该在这半年内发生了一些事情导致了他们关系中止。然后苏米开始与可能已经有过接触的林嘉交往,直到林嘉求婚并被苏米接受。

"很显然,江秋和苏米的关系并不被DIBI公司的众人所知晓。并且,导致他们关系结束的原因,江秋并没有告诉江冬,苏米也没有透露给自己。"

苏米隐瞒和江秋的关系是为什么,又为什么她和江秋在同一个公司作为情侣却鲜有人知,铁雨目前并不打算做太多的猜测。但遭到杀害的林嘉与江秋都与苏米有关,他无论如何明天也要再去找她谈谈。

铁雨粗略地计划了明天的行程,发现江冬还看着自己,脸上有点困惑。他搓了搓手,告别了江冬。

回到车上后,铁雨没有马上动身,他还沉浸在思考之中:"据目前的调查,林嘉和江秋在生前都极少与人结怨。林嘉回国的时间并不长,大部分时间用在工作上,工作之余交往密切的人也很少。江秋虽然在DIBI公司工作时间较长,但为人内向,社交范围同样不大。有什么共同点导致他们被人杀害呢?"

想到这里,铁雨几乎可以肯定,凶手要杀害的并非他们两人,而是其中的一个。

对于视频中的嫌疑人,铁雨凭直觉认为他不一定就是凶手。宁可暴露在摄像头下,也要进行犯罪,说明他对林嘉有很深的仇恨。张笑一直没有消息来,嫌疑人应该在犯罪后选择了逃逸。

而让铁雨觉得穿黄色T恤的嫌疑人不是凶手的原因，就更简单：如果他下了那么大的决心要杀掉林嘉的话，应该直接把炸弹安置在林嘉的车下才对，没有必要藏在临近林嘉汽车的电瓶车中。从目前掌握的情况来看，嫌疑人跟江秋是完全没有接触的。

铁雨想抽出记事本，把手伸向口袋，可中途停了一下，又放回了方向盘。

"目前的线索就这么多了，明天再去苏米那边进一步了解情况了，再好好整理下思路吧。

"那个女人，为什么要隐瞒警方呢？"

下定决心后，铁雨长吁了一口气。他双手掩面，揉了揉眼睛，打算开车回局里换班了。就在这时，口袋中的手机响了起来。

铁雨掏出手机，打电话过来的是秦怀阳。

"铁雨吗，案件有了重大突破。第一，那个嫌疑人通过排查已经基本确认了身份，目前潜逃回老家了。第二，爆炸现场残存的四张手机SIM卡，有两张已经被解读出来了。你赶紧回来。"

"收到，30分钟内我就能回局里。"

铁雨把车开出了天马小区，进入公路，往公安局驶去。

来到会议室的时候，秦怀阳和张笑都已经在等他了。铁雨搬了一把椅子，打算在靠近投影仪的幕布的位置坐下。秦怀阳朝他摆摆手，然后指了指，示意他往一块大白板那边挪。

铁雨点了点头，坐到了白板前，发现上面已经贴了嫌疑人的几张照片，比视频截图要清楚不少。

张笑走到了白板前，等秦怀阳和其他几个刑警靠近后，公布了案件侦破的进度。

"犯罪嫌疑人，据豆香街，也就是DIBI公司附近那条小吃街的居民反映，与在当地出没的一个无业游民十分相像。这人外号阿泰，在小吃街给夜总会与一些迪厅看护场地为生,没有正当收入。经调查后,得知此人真名尚泰志,原籍在N省。而且他在爆炸案后的第二天买了回老家的火车票逃离了本市。我已经联系了当地警方,要求联合抓捕。"

张笑说完,掏出了一根烟点上,朝秦怀阳看了一眼。秦怀阳拿出一些照片和文件,用带磁性的小块把它们固定在了白板上。

"这是四张手机SIM卡在现场的图片。其中两张已经修复的SIM卡都是移动公司的号码。在现场车外找到的一张,号码为138××××229。跟DIBI公司联系后,判断应该是江秋的个人手机号码。汽车残骸中发现的一张号码为151××××078的SIM卡也被识别出来,但据DIBI公司的人反映,这并不是林嘉的个人手机号。目前还无法得知这两个号码是不是手机引爆器上的SIM卡,稍后我们去一趟移动公司,可以获取这两张手机SIM卡的通话记录。很快,我们就能知道这两张SIM卡是否用来充当了炸弹的引爆装置。其他的两张SIM卡,技术科的同事还在努力。"

"林嘉电脑上的私人文件呢?破解成功了吗?"铁雨问。

"还没有。"秦怀阳摇了摇头,"技术科的同事正在努力,明天会要求银行提供林嘉的账户密码来试试,不能保证能够成功破解。"

"铁雨,你那边有什么情况?"张笑摁灭烟头,环顾会议室的刑警后,看着铁雨。

"通过对两名被害人生前同事的询问,得知林嘉在生前与嫌疑人有过直接冲突,有报复动机产生的条件。大约在今年5月中旬,嫌疑人在豆香街骚扰了DIBI公司的员工苏米,当时作为苏米同事的林嘉路过并与他发生了肢体冲突。另外,苏米作为林嘉的未婚妻,曾经与另一名被害人江秋存在亲密关系。是不是情侣,还需要明天找到苏米做进一步确认。但是DIBI公司的员工,对他们之间的这种关系都不知情。"

铁雨回答完后，其余的同事也各自向张笑汇报了工作。张笑又看了秦怀阳和铁雨一眼，铁雨没有问题了。

　　"我今晚连夜带队赶去尚泰志老家，争取早日将他抓捕归案。小秦，你明天继续跟进SIM卡的修复。铁雨，你明天也继续去调查被害人的背景情况。散会。"张笑宣布会议结束后，带着几名刑警率先离开了。

　　铁雨没有走，他拉着秦怀阳又把视频看了一遍。

# 第04章
# 黑与白

**独白诗**

刻舟求剑的人
一定不聪明
木舟的划痕
敌不过岁月的变迁
只剩徒劳
而我用尊严
刻下爱你的誓言
无惧白云苍狗
忘却天河聚散
生不会离
死亦不能别

# 1

## 2008年7月31日　19:00　爆炸后第3天

那个"艺术家"已经有好几天没有来了。

小雪坐在店里,心不在焉地看着自己右手的手指。指甲上涂满了亮晶晶的指甲油,还点缀着小小的梅花瓣。她觉得很漂亮。

小雪来这条小吃街赚钱已经快两年了。坐在沙发上,小雪看着门外路过的人,心里感慨时间过得好快。刚来小吃街谋生时,她受了不少的欺负。有几次是客人喝醉了发酒疯胡来,有几次是客人完事后在给钱的时候找麻烦。直到听从姐妹们的指点,在小吃街上找了一个男朋友,她的生活才勉强变得顺利一点。

真是的,挤在沙发上的姐妹们经常在一起娇滴滴地唉声叹气,说什么上班的时候要喂那些臭男人,晚上回家还要喂饱自己的男人,真的好辛苦。不过那有什么办法呢,如果没一个男人的话,大家在这个行业不知道还会受多少欺负。

想到自己的男人,小雪叹了口气。阿泰平时对她倒还不错,脑子也还算好使,就是一喝多就喜欢惹是生非。另外,阿泰实在太好色了,光有自己一个还不够,平时还跟那些姐妹们打情骂俏动手动脚。不过她也管不了那么多了,这种男人,本来就不可能一起过一辈子。

门外的人多了起来,路过的形形色色的男人,几乎都会不怀好意地向店里面望一望。很快就要进入营业高峰期了吧,小雪想。店里亮起了暧昧的粉红色灯光,姐妹们把茶几上的扑克收了起来。披着小外套的姐妹们也纷纷脱掉了小外套，露出了丰腴的胸部和穿着丝袜的长腿。

"哎呀，先生，进来休息一下嘛，进来看看啦。"靠着玻璃店门的一个姐姐打了声招呼，门外那个男人犹豫了一下，走到了门口。那个姐姐赶紧牵住了他的衣袖："进来看看吧，我们这里有泰式按摩、日式按摩，还可以推油……"

小雪本来就没有披外套，空调的位置正好对着自己，她觉得有点冷。趁着那姐姐拉着客人往里面去的时候，她赶紧挪到了靠店门的位置。几个和她有一样想法的姐妹在背后给了她白眼，她能感觉到，不过她懒得理。

店外已是华灯初上，小吃街不知何时已熙熙攘攘。那个艺术家，今天会不会来呢？

艺术家是姐妹们给那个人起的外号。因为他留着一头长发，蓄了一些很文艺的胡须，还戴着一副令人看不清他目光的灰色眼镜，跟大家小时候在电视里看到的艺术家，造型一模一样。但对小雪来说，最重要的是，每次艺术家来，都只要自己的服务。

服务的内容嘛，和一般的男人不一样。说不定他真的是个艺术家呢。小雪坐在门边，有点无聊。玻璃店门上的风铃被风吹动，发出清脆的声响。看着摇摆的风铃，小雪慢慢开始了回忆。

小雪清楚地记得半个月前，艺术家第一次进店时的情形。

那天也和今天一样，又闷又热。当时的艺术家有点拘谨，不过却直接走进店里。店里的姐妹们都忍不住多看了两眼。他脑后扎着长发，留着浅浅的络腮胡须，身上穿着一件清爽的白衬衣，不但没有那些自以为是的文身，还戴了一副文质彬彬的灰色眼镜。就像……就像自己辍学时，学校里那些教美术或音乐的老师一样。

艺术家在店里环顾了一圈，最后把目光停在了自己的身上。看起来像是想要自己服务，却又不知道怎么开口一样。在这一瞬间，小雪甚至有点得意地想，他就是为了自己而来的呢。

小雪很快对着他甜甜地一笑，站起身来拉着他的手，往里面走去。什么嘛，看起来像个艺术家，还不是跟那些男人一样，色鬼而已。果然男人就没一个不好色的。小雪拉着艺术家走到里面的一个小房间，拉开门，牵着艺术家走了进来。

"帅哥，快餐的话120元，全套的话要200元，带出去玩要600元哟。"

艺术家没有说话，只是看着自己。

"帅哥是第一次来玩吗？如果只是按摩的话，80元就够了。不过既然已经来了，就要玩个开心嘛，我保证能让你满意，让你舒服呀，什么不开心的事情都会忘记的啦。"看起来艺术家似乎是第一次来的样子。这种客人小雪见多了，刚开始的时候放不开，尝到甜头后会像饿了三天的狗一样贪婪。

小雪走到艺术家面前，对他笑了笑："帅哥，我来帮你吧。"

说完后，小雪伸手去解艺术家衬衣的扣子，同时把大腿和乳房向他的身体贴去。伸到半空的手被艺术家捏住了，他的力气好大。

"我不需要那种服务。"艺术家说，"我也不用按摩。我只是加班太辛苦，又没有人说话，找个女人聊聊天而已。你放心，只要一小时，我给你400元。"

"是吗……好的。"小雪装出一副被弄疼了，楚楚可怜的样子。她其实很漂亮，她也知道自己很漂亮。

"如果聊得开心，我以后还会来找你的。"艺术家补充道。

"嗯，只要帅哥你开心就好。"小雪很乖顺地回答了他。艺术家在小房间里扫视了一遍，坐在了唯一的一条小凳子上。那原本是做那种服务时，用来放脱掉的衣物的。手腕，有点疼。小雪不想再靠近他，只好坐在床边。

"帅哥要聊点什么？"

"嗯，随便吧。我女人最近把我给甩了，跟了个富二代，我心里很不爽。你们女人就那么喜欢钱吗？就不能讲点感情？"

"哎呀，帅哥你这么帅，还怕找不到女人吗。只是现在没遇到啦，过两天就有了的。钱嘛……谁不喜欢钱呢。你们男人也不会跟钱过不去嘛。"

"哈哈，你说的对，谁会跟钱过不去。别说我了，我很累。说说你吧。怎么样，你也有男朋友吧，他对你怎么样？还好相处吗？"

艺术家像是默认了她已经有了男朋友。

"我男朋友啊……"小雪在心里盘算着，自己的这种事到底要不要跟他说呢。刚才他捉自己的手用那么大劲，而且说是给400元，万一到时候耍滑头找麻烦就不好了。看他也是头一次来，不如告诉他，让他知道自己也不是好欺负的。

小雪打定了主意，努力装成轻描淡写地说："我男朋友可没你这么帅哟。而且他这个人脾气很坏，动不动就打人。以前修汽车的嘛，干体力活，力气大得很。上次有个客人来这里玩，不知怎么就把店里的一个姐妹弄哭了，刚好赶上他来看我，就把那个客人给打了一顿，害得我还被店里罚了不少钱呢。"

小雪一边说，一边对艺术家眨了眨眼。艺术家笑了，然后掏出了钱包，抽出了200元。他把钱轻轻地放在了床沿，说："我只是想找个女人聊聊，上班已经够烦了，千万别叫你男朋友再把我给打一顿。"

"怎么会嘛，帅哥你是客人，客人是我们的上帝嘛。"

"继续吧，我就想听你说说话。接着说说你男朋友吧。别看我是男的，我也是对别人很好奇的。"

"哎呀，帅哥你不会是派出所的吧。我那臭男人啊，没什么出息的。以前当过一阵子保安，脾气又火爆，结果打了人被开除了。不过他人很聪明，打了人躲起来，连我都找不到啦，哈哈。"

"是吗，你男朋友挺能打架的嘛。人又机灵，这样挺好，能保护你。"艺术家说，"哪像我这种人，钱又赚不到多少，打也是打不过别人的。"

话这样说，但艺术家的眼睛有点走神，似乎又想起了不愉快的事。小雪知道，这时候男人最需要自己善解人意了。

"帅哥你千万别这样说。现在这世道，谁赚钱都不容易。你看起来就不是一般的人，有气质，肯定是个有份好工作的体面人。而且你还年轻啊，虽然现在会有点不如意，可是时间一长，你的前途肯定会很好的啦。"

"是吗……如果她也这样想就好了。"

"哎呀，帅哥，来这里玩就不要想那些不愉快的事情了，好吧。说实话，以前来这儿的那些臭男人哪个会像你这么有品位，会跟人聊天。他们一来就只会做那种事。服务那种客人一点意思都没有的。"小雪不露声色地说着，很多时候说点心里话，客人会更放松。

"哈哈，你人漂亮，嘴巴也很甜。"艺术家看上去被哄得开心起来，他开始打量着小雪。随后，他的目光停留在了小雪身后床边的小柜子上。

小雪顺着他的目光，转过头看了一下。小柜子里放着一些安全套和性爱用品。对这些她是最熟悉不过了。

"帅哥，你好像对这些有兴趣，要不要试一下嘛？我敢肯定你女朋友是没有这个的哟。"小雪从小柜子里拿出一件性爱用品，对着艺术家说道。看来这艺术家今天对自己还比较满意，小雪心想。最近店里新到了几个年轻女孩，好几个老客人都光顾着尝鲜了，自己也得培养下新客人才对。如果能够让他喜欢这些东西，顺手卖他几个拿提成，那就更好了。

"不了，我不喜欢这种东西。你怎么会用的？噢，我们聊了半小时了。"艺术家看了看手表，又掏出了100元放在了床沿。

"哎呀，我们是要服务客人，让客人开心的嘛，这些东西就学着用咯，一点都不难，并且会用了就多了很多很爽的享受哟。"小雪见艺术家没有食言，出手又大方，更下定决心要引诱他了。聊天当然好，可是用自己的身体捆住他就更好了，哪有猫儿尝了腥能戒得了的呢？

"你男朋友也会用这些东西？"艺术家并不上钩。

"会的呀，我那臭男人可是很放得开的哟。"小雪想，或许可以激激他。

"奇怪。"艺术家问到，"这种东西不常有卖，价格我猜也不便宜，你男朋友哪儿弄到的呢？"

"网上啦，网上到处有卖的。他都是在网上选来选去的，到时候还不是我来买。帅哥，你也想买个玩一下吗？要不要先在这里试一试，挑一个喜欢的？"

"这种东西，从网上买来，万一包裹单或者包裹被人瞧见了，多不好意思。"

"哎呀，帅哥你别担心啦。网上的卖家都清楚自己卖的是什么东西。他们寄给买家的这种东西，包裹和包裹单上都不会写很明白清楚的，这叫保护别人的隐私嘛。一般都说是卫生用品。具体是什么啊，你拆开包裹就知道了。"

"哦，是这样。对了，能告诉我怎么称呼你吗？"

"叫我小雪吧，下回帅哥你再来放松，记得叫我陪你一起聊天哦。"小雪甜甜地说。

"好吧，这是最后的100元。"艺术家站起身来，走到床边递给了小雪。看样子他准备走了。

"哎呀，帅哥你看我双手都没空哟，麻烦你放这里。"小雪一手拿着300元，一手拿着性爱用品，挺了挺自己丰满的胸部。

"好。"艺术家面无表情地把100元放进了小雪的内衣中，转身往门外走。小雪咯咯笑着,原来他也没那么害羞嘛。

"对了,原谅我实在忍不住好奇。"艺术家在门口停了下来,"你这么漂亮,嘴巴又会说,工作不会那么难找吧?"

小雪当然明白他的意思。这种问题之前也有人问过她,当时自己随口说家里在农村,妈妈没钱治病什么的,那人就多给了自己100元。这一次,她的回答显得更加熟练:"帅哥你以为我愿意做这个啊。可是我家里穷,我妹妹都上高中了,没钱。我念书不行,可我妹妹很厉害,我不会让她上不了学的,我也绝对不会让她将来做我这一行。你们这些客人,喜欢找我们玩,却又看不起我们,只会假惺惺地同情我们。"

小雪一副快要哭出来的样子。艺术家听了没有再说话,又掏出了200元放在了床沿,然后打开门出去了。小雪赶紧收好钱,跟了出去,继续带着他回到店门前,直到他离开。

从那一天开始,艺术家还来过几次。每次都一样,只是聊聊天,不做别的。小雪花了不少心思想让他试试其他服务,但他并不接受。后来小雪也放弃了,聊天就聊天,无非就是说说各自生活习惯,各自的情人。当然更多的时候,是自己在说,艺术家一言不发地听。

闲暇之余,小雪把这事告诉了姐妹们。姐妹们羡慕之余,都笑话她,说艺术家看上她了。"会吗?"小雪这样想。有几次她回家,或者和阿泰在小吃街逛地摊时,甚至都感觉艺术家的眼光在背后注视着自己。

她突然发现自己在期待,和艺术家真的做一次爱会是什么样子。不收费也愿意,不会是自己看上他了吧?

在胭脂红粉中打滚的这几年,小雪没少见男人。她早看出来艺术家是乔装打扮过的,真实的外貌自己根本看不出来。不过没关系,就这样,在朦朦胧胧的暗淡光线下,听听他的声音,听听自己安安静静说话的声音就好。

就算某一天可以做那种事，她也愿意他保持最初也是现在的这个样子。

哈哈，她不禁嘲笑自己是在自作多情了。

"丁当……"一阵风铃的声音响起，有男人推开门进来。

小雪的回忆马上被打断了。她低头瞄了一下手表，原来自己发呆已经有半小时那么久。这个点，应该正是客人们酒足饭饱来消费的高峰期。小雪抬起头，发现刚进来的男人正注视着自己。她笑吟吟地弯了一下腰，男人的喉咙动了动。小雪站起身来，牵着男人的手往店的里面走去。

四个小时过去了。

小雪收好了提包，从后门出了店。她来到小吃街，买了一些凉菜和烧烤，还买了两听啤酒。阿泰现在一定很饿了。

昨天深夜小雪和往常一样，拖着一身的疲倦和酸痛回到家里。打开门，就被躲在黑暗中的阿泰吓了一跳。

阿泰很紧张地跟她说自己惹上了麻烦，必须要在她这里躲几天。然后拿出一张火车票告诉她，他在小吃街的售票点买了张火车票，故意让几个哥们儿知道，跟他们说自己有急事回了老家。阿泰说，在火车站进站的时候，肯定被摄像头拍到了。但他在站内换了件衣服，又戴了顶帽子，用一张后来买的站台票溜了出来，根本就没上火车。

因为太紧张，阿泰结结巴巴说不清楚。小雪好不容易才弄明白他要说什么。可是他为什么要躲呢？又打人了？阿泰解释说，这次要更麻烦。搞不好DIBI公司的爆炸案，警察会以为是他干的。但他只搞坏了一辆车子，其他什么都没干。

关于DIBI公司的爆炸案，小雪在店里的电视上也看到了本地的新闻报道。要说阿泰打了人，她还是会相信的，但要说阿泰用炸弹炸死人了，她是怎么也不信的。阿泰没那么坏。再说了，炸弹那种东西，阿泰怎么可能弄得到嘛。

小雪答应了阿泰让他躲在自己租的房里。阿泰让她照常去店里上班，装作跟没事一样，还要她故意去他的哥们儿那里问自己上哪儿去了，小雪也都答应了。只是吃饭是个问题，阿泰既不敢叫外卖，又不敢让她买很多食物回来，怕那样引人怀疑。所以只好在深夜，小吃街人不多的时候，由小雪买点东西带回去。别人问起来，小雪也可以说是自己饿了要吃夜宵。

过了大概20分钟，小雪走进了离小吃街不远的一栋老房子里。自己租的是二楼走廊上最里面的一间。她走上二楼，掏出了钥匙打算开门。门旁的信箱下，放着一个小包裹，灯光下看得不是很清楚，收件人是尚泰志，物品说明填的好像是卫生用品。

原来又是那种东西啊。小雪叹了口气，打开门，说了一句："我回来了。"躲在里面的阿泰"嗯"了一声。

然后她拿起包裹，走进屋里。

# 2

## 2008年7月31日　8:15　爆炸后第3天

铁雨一早就来了局里。

张笑已经带队连夜出发前往阿泰的老家。秦怀阳也来得很早，已经和技术科的同事出去了。铁雨看着科室里，觉得有点空。今天该找苏米问个清楚了。

他掏出手机，拨打了已保存的苏米的电话，电话那边没人接。她去DIBI公司了？不至于吧。铁雨翻动手机号码，打给了齐飞。很快，电话那边听到了齐经理干练的声音。

"你好！请问你哪位？"

"齐经理打扰了,我是铁雨,昨天来找过你的警察。"

"原来是铁警官啊。"齐飞那边应该是听出来了,"是要林经理电脑中的文件吗?那个昨天你们技术科的警官已经来拷贝走了啊。"

"啊,不是为那个。我想问一下,今天苏米去你们公司了吗?"

"苏米?没有吧,你稍等我去看下。"电话那边传来脚步声,打开办公室门的声音,然后又是一阵脚步声。

"铁警官,苏米今天没来。林经理出事后,我们给她办理了一个月的长假,目前她的工作也已经由别人接手了。"齐飞在电话那边说道。

"好的,辛苦你了。"

铁雨挂断了电话,又重新拨打了苏米的电话,这一次电话打通了。

"喂。"电话那边传来一个涩滞的女声。

"你好,苏小姐吗?我是铁雨,昨天来找过你的警察。"

"哦,有什么事?是抓到凶手了吗?"

"因为案件的情况,我需要马上和你再谈一谈。"

"嗯……好吧,只是我现在不在家里。这样吧,我把地址给你,你到了后请跟我联系。"苏米在电话那边显得十分的疲倦,铁雨似乎能看见她憔悴的模样。

铁雨刚准备出发,手机又振动了一下。他打开一看,是女友的一条短信。他没有回复,直接把手机收回到警服的兜里。

# 3

## 2008年7月31日　9:33　爆炸后第3天

南风咖啡店。

铁雨点了一杯咖啡在等苏米。一身警服在咖啡店里很扎眼,路过他身边的人都忍不住偷偷看他几眼。铁雨按照苏米短信给的地址，开车赶到了本市一家五星级酒店的楼下。停好车后，铁雨打了电话给她。苏米约了铁雨在酒店附近的咖啡店见面。

昨天铁雨离开后不久，林嘉的家人就赶回了市里。作为未婚妻，苏米陪同林嘉的家人去处理他的身后事，也分担着他们的痛苦。想到这些，铁雨不禁有点同情苏米。她不过是一个柔弱的女子，比起照顾别人，这种情况下更需要照顾的是她本人才对吧。

咖啡店的门被打开了，一个穿着浅蓝色连衣裙的年轻女人走了进来。苏米今天依然没有化妆，皮肤也显得有些黯淡。铁雨注意到她的胸前多了一个十字架。是为未婚夫去天堂而祈祷吗？

苏米抬起头看了看店里，环顾了一下，然后往铁雨的这桌走来，坐到了铁雨的对面。

一位服务生托着一个盘子走了过来，苏米点了一杯水。他又看了看铁雨，铁雨客气地摆了摆手。服务生离开了。

眼前苏米的状态很不好，有点失魂落魄，似乎支撑得十分勉强。本身很婀娜的她，更散发出一种我见犹怜的柔弱之美。年轻有为的未婚夫遭遇不测，造成的伤痛短时间内肯定没有痊愈的可能。铁雨换位思考，如果自己也有一位温柔美丽的年轻未婚妻，就像……就像眼前的苏米一样，一旦她遇害，自己只怕也是难以承受的吧。

"苏小姐，你看起来很需要休息。林先生已经走了，你要爱惜自己的身体才是。林先生要是上天有知，我想他也会希望你尽快恢复正常的生活。"

"嗯。"苏米应了一声，表情没有任何的变化。

服务生走了过来，把一杯水放到了苏米面前的桌上。苏米轻声道了谢。等服务生走开后，铁雨开口了。

"今天找你谈，我会尽量长话短说。昨天我去见过江秋的亲友。能再向我说明一下，你对江秋的认识吗？"

"江……江秋，没错，江秋以前是我的男朋友。不过我和他已经分手，分手后就没有再联系了。"

"没有再联系？你们都是在DIBI公司工作，每天都会见面。"

"不一定的。"苏米双手捧着杯子，眼睛似乎在透过杯壁看里面的水，"我确实有段时间和林嘉还有江秋在同一个部门工作。但和江秋分手后，我申请调离了研发一部。"

"林嘉知道你和江秋以前是恋人吗？"

"知道。"

"你告诉他的？"

"嗯。"苏米把额头边的一丝头发拢到了耳后，"我申请调离研发一部的时候，林嘉很不理解。他甚至怀疑我不认可他的领导能力。当时，我的工作成果也很符合当时项目的要求。可以说，要是不给出一个让他满意的理由，林嘉作为我的上司是不会答应的。"

"哦，那么他知道后是什么反应？"铁雨在记事本上添加了几行字。

"没什么太大的反应。他很体贴我，说知道我怕见了江秋难堪，就批准了。后来我就又回到了一楼工作。去了一楼和江秋就没怎么见面和接触了。"

"这么说，你是先在一楼工作，认识了林嘉后因为项目组建去了他的部门，后来又因为跟江秋分手，而重新回到了一楼？"铁雨把记事本往回翻了几页。

"是这样的。"

"那么，为什么第一次没有告诉我，你与江秋的关系？"

"我……我不知道。我，我只是觉得事情都过去了，我跟他已经没什么关系了，我也不想让人知道我跟他以前……以前是男女朋友。"苏米回答说。

"你与江秋之间的关系，DIBI公司的同事们为什么都不知道？"

铁雨并不满意苏米的回答，他还是继续自己的提问。

"这是江秋的决定，当时他……他不同意让我们的关系被其他人知道。"

"为什么？"

"因为我们公司有规定，禁止办公室恋情。"苏米叹了口气，表情难过起来，"如果同事之间的恋情被公司高层知道了，谈恋爱的两人中是有一人要辞职的。"

"混账。"铁雨忍不住说道，"你们公司的这种规定是违反我国法律的。如果真开除了，你们完全可以依据相关法律起诉DIBI公司。"

"铁警官，这是很多企业都有的职场规则啊。我和江秋当时进入公司都不久，他性格很谨慎，根本不敢做让公司反感的事情。如果恋情被人知道了，公司就算不开除你，但是不加薪，不准假，绩效考核让你过不了，有很多办法能让你走的。而且我们跟公司签的都是两年，公司大不了不跟你续签就是了。工作那么难找，他有太多的顾虑。"

苏米一口气说了许多，声音已有点虚弱。她端起杯子，喝了一口水，刚刚放下杯子，很快端起来又喝了一口。

铁雨看着苏米，苏米喝完水后低着头，目光并不与铁雨接触。过了一会儿，她似是下定决心一般，抬起了头，目光也变得有几分坚定。

"那你与江秋的这段关系一共持续了多久？"

"我们是高中的时候认识的，那时候也不知道算不算是男女朋友。大学的时候应该算是的了吧。毕业后我们都来DIBI公司上班，周末是在一起的。有时候我去他那儿，有时候他也来我这边。"

铁雨放下笔，把记事本的页面往前翻动。之前齐飞告诉过他，江秋和苏米是在2006年同时进的公司。也就是说，在三年里他们的关系一直都处在一个秘而不宣的状态。直到两人分手，苏米与林嘉订婚，都不被人知晓。

"你刚才说公司会因为员工之间的恋情而迫使一方辞职。那为什么林嘉没有这样的顾忌呢?"

"因为……结婚以后,我就会辞职,不再工作了。"

铁雨明白了。

林嘉的家庭条件远远好于江秋,个人经济能力也领先于他。以林嘉的个性而言,让妻子婚后辞职也符合情理。而江秋却不一样,以目前的就业压力,有经济负担的他不敢公布两人的恋情选择辞职。而且出于长远考虑,恐怕江秋也无法坦然面对自己的女友辞职,更无法给出婚后让她做全职太太的保证。

"原来是这样,我明白了。那么,我想请你谈一下,为什么和江秋分手?你昨天没告诉我你们有过恋爱关系,是否跟分手的原因有关?"

在铁雨的逼问下,苏米的眼光有些躲闪,脸色也渐渐苍白。她握紧了水杯,手指也因为用力而有些发白。

"因为……因为性格不合,我觉得我们之间,并不合适。"比起回答铁雨的问题,苏米更像是在自言自语。

"跟他在一起的时候,我觉得生存压力很大。他话又不多,为人又太过理性……我只是一个想要被保护和关怀的女人,我也需要一些浪漫,可是他到最后都已经不再给我这些了。我觉得这都是过去的事情,没有说的必要,也跟林嘉被那个凶手害死没关系……对不起。"

"这么说,他以前还是让你满意过的,只不过现在两人的相处已经无法让你满意了是吗?是和平分手的吗?"。

"嗯。"苏米轻轻地用双手的掌心搓动杯子,手指修长且漂亮。"我们算是和平分手吧,虽然不是那么愉快。"

听了苏米的话,铁雨重新又把记事本翻到了空白页,做好了记录的准备。

"谢谢你的回答，苏小姐。我知道问这些事会让你不愉快，但这是案情的需要。下面我还要问你两个关键的问题。也请你一并回答我好吗？"

苏米点点头。

"首先，刚才你告诉我林嘉很支持你调离研发一部，以免你看到江秋难堪。那么江秋呢，江秋对于你离开他，成为林嘉的女朋友是否表现出过不满？"

"没有的，我调离研发一部后，问过林嘉，林嘉说没看出江秋有什么不能接受的。他还是照常上班，工作也没受到任何影响，好像什么都没发生一样。"苏米的声音中，竟然透着一丝失落，铁雨察觉到了。

"第二个问题，最终导致你们分手的导火索是什么？谁提出来的分手？"

"这个很重要吗？"苏米犹豫着，下意识地抓起水杯想喝水，但水杯已经空了。铁雨招呼了一下服务生，要求续杯。

铁雨没有回答，苏米也没有再说话。服务生过来用透明的水壶续满了苏米的水杯，然后又走开了。

"导火索……算是因为林嘉吧。"苏米开口了，"当时林嘉开车受伤去了医院，我去医院照顾他，江秋因为这个事情冲我发火。后来我们双方都各自回家去冷静一下，第二天我提出了分手。他虽然很吃惊，但也同意了。"

"林嘉开车受了伤？"铁雨感到这是意外的信息，"什么时候的事情？"

"就在我们订婚前的……一个多月吧。他有天晚上开车不小心，车子刮伤了一个大学生，他自己也因为躲避那个学生而撞到了路边的树上，头被磕破了。"

"刮伤了一个学生？那个学生叫什么名字？"

# *4*

## 2008年7月31日　10:29　爆炸后第3天

南风咖啡店。

铁雨已经和苏米在这里坐了快一小时了。从苏米进了咖啡店后，铁雨就再也没动过眼前的咖啡杯。比起咖啡，眼下他更想喝茶。

昨天铁雨离开林嘉的公寓后，回过神来的苏米猜到了铁雨可能会去见江冬。所以也不难知道铁雨是因为江秋曾经和自己的恋人关系而来找的她。除此之外，若不是抓到凶手、案件告破，警方也没有其他的理由再来找她谈话了。

案件发生的时候她根本不在市内，林嘉和自己的公寓这位警官都看过了，那个杀害林嘉的凶手自己也认了出来。他们为什么不赶紧去抓人，而老是关心自己过去的感情生活呢。

其实苏米这两天也一直在想："那个凶手到底为什么这么残忍，仅仅打过一次架就要炸死自己的未婚夫，而且明明就是他自己喝醉了要流氓。还有，他为什么连江秋都要一块儿炸死呢？难道仅仅是因为巧合？"

铁雨这边的收获仍然很少，可以说是微不足道。江秋隐瞒两人的关系仅仅是出于对工作，或者说是出于对生存环境的一种妥协。

"陆明还是陆什么，我记不清了。"苏米说出了被刮伤的大学生的名字。

铁雨愣了一下，过了半分钟才回过神来。刚才太紧张了，江冬其实已经告诉过自己撞伤他的富二代的名字了，而且撞伤江冬的富二代也并未受伤，并不是林嘉。铁雨端起了咖啡杯，喝了一口。

根本不好喝。

"你说导火索是林嘉的车祸，能详细些说吗？"

"没什么好说的。"苏米咬了咬嘴唇,却继续说了下去,"那是一个晚上,下了些小雨。我有些感冒了,在家里不想出去,不知道怎么了,林嘉一直发短信给我,我就说我感冒了。"

"嗯,那时候你跟林嘉已经认识了?"

"是的……在小吃街他帮了我的忙之后,我请他吃了一个工作餐来谢谢他。慢慢地就熟悉了。他问我要手机号,我又不好意思不给,就那样,偶尔会发发短信了。"

"是这样。"铁雨调了调坐姿,来咖啡店坐的时间有点久,他觉得自己的腰有些不舒服。

"在那之后我们开始联系了。因为我在公司一直没说自己有男朋友,所以他也不避讳什么。那天晚上我发短信就随便说了一下感冒,他就打电话过来了。"

苏米喃喃地说着,视线不知什么时候已经不在铁雨的身上。她的眼睫毛随着眨眼微微跳动,很漂亮。铁雨能看得很清楚。

"我没想到他会打电话,接了后他很关心地问了我,我说没什么事,可是他不信。"苏米抬起头看了一眼铁雨,"然后他说他家里有常备药,给我送药过来。我说不需要,他就把电话挂了。过了十来分钟,他发短信说他已经开车在路上了。"

铁雨没有作声。这种事情在现实生活中属于比较常见的,同样作为年轻人,铁雨自己也亲眼见过不少的类似情况。林嘉当时不知道苏米与江秋是恋人,对看中的女生展开热烈的追求,很好理解。

见铁雨没有作声,苏米又抬起头来看了他一眼,似乎在说,不是我让林嘉怎么样,是他自己主动愿意的。

"后来,林嘉就出事了。下雨路滑,他开得又比较快,刮伤了一个大学生,他的车也撞在了路边的树上,他的头磕破了,满脸是血……"

"满脸是血,你看到了?"铁雨问了一声。

"嗯。我看他好久不来，就发了短信问他。他没回，我以为他在车上不方便，后来他发了短信跟我说他出事了，我就慌了。然后打电话叫了几个同事一起赶了过去。"

"嗯。"

"我当时很急，根本没想那么多，也打了电话给江秋。毕竟当时在同一部门，江秋他也去了。人到得还算比较多，事情也解决得比较快。我们把两人都送到了医院。那个大学生没有受重伤，很快就出院了。"

"林嘉呢？"

"林嘉出院要晚一点，他伤到骨头了。不过也没有晚很久，住院的时间也不长。他家人都在国外，所以我偶尔会去看他，照顾一下。"说这句话的时候，苏米的声音有点小。

"江秋去帮忙的时候，知不知道林嘉已经在追求你？"铁雨大致猜出了林嘉的车祸为什么成了江秋与苏米分手的导火索，但他还是要从苏米口中得到验证。

"他知道的。开始他不知道车祸的原因。但到了车祸现场后，他的脸色就显得很难看。后来听我说，林嘉是为了给我送药才出的车祸，他的脸色就更难看了。"

"那他有什么异常的举动吗？跟其他人不一样的地方，或者说跟平时的他不太一样的地方？"

"没有的。"苏米迟疑了一下，"如果一定要说有什么不一样的，那就是他在现场好像注意力更多的是在那个受伤的大学生身上。事后林嘉住院期间，他也是研发一部里唯一一个没有去医院看望林嘉的。"

苏米的回答进一步验证了铁雨心里的推断，他直接提出了核心问题。

"那么你说的导火索，到底指的是什么呢？"

"我去医院看望林嘉的时候,江秋他自己没有去,而且还要阻止我去。我以为他介意我与林嘉的接触,所以勉强想要答应他。但他说出的理由却让我觉得不可思议,结果我们吵了起来。"

"他的理由是什么?"

"他说林嘉是个靠家庭条件好而成功的人,说什么他的成功比一般人来得容易,充其量只是个纨绔子弟……他半夜来给我送药,仅仅是一种追求女孩的技巧而已。"

"唔。"铁雨点点头,示意苏米继续说下去。

"他说绝大多数女孩,会被这种华而不实的行动感动,对方也乐意这样做,这种付出能得到的效果是有保障的,付出越多,女孩就越感动,他就越容易达到目的。最后他还说我当时在需要关怀体贴的病中,又是在思维比较感性的夜晚,更容易被林嘉得……得逞。"

"话虽然稍微刻薄了一点,但自己的女朋友被别人追求,又没法直接阻止。他敏感一点也是可以理解的。"铁雨耸了耸肩,如果这种事情发生在自己身上,自己也只怕难以控制。

苏米低头不语。

"对不起,让你想起一些不愉快的事情。不过,江秋还说什么没?"铁雨身子前倾,紧紧地盯住苏米的眼睛。

"我很生气,毕竟林嘉是为了我才受的伤,无论如何我也得感谢人家。所以我在他住院的时候做了一些汤去看望他。江秋得知这件事后很生气,跟我吵了一架,他说他看了事故现场,说是从林嘉收到我的短信起,那么短的时间里是没法子开到出事地点的。"

"江秋的意思是……林嘉超速了?"铁雨说。

"嗯,是的。后来我问过林嘉,林嘉说他担心我才开那么快的。可是吵架的时候,江秋说得很难听,说什么林嘉为了一些完全不必要的理由超速驾驶,撞伤了一个无辜的大学生,那种人不值得去医院看望。"

铁雨这次没有说话,只是静静地看着苏米。他想起了江秋的弟弟。江冬曾经因为一个纨绔子弟的超速驾驶而受伤住院,江秋的愤怒也就不难理解了。

"我觉得林嘉出事是为了我。无论如何,哪怕不想着怎么感谢和回报,也不能在背后说别人。江秋让我很失望,所以我一气之下就提出了分手。"苏米当然不知道铁雨在想什么,不过她还是把话说完了。

谈话似乎也到了尾声。

"没什么事的话,我想告辞了。"苏米咬了咬嘴唇。虽然是用商量的语气,可是话才说完,苏米就已站起身来,打算离开了。

"啊,请等一下。既然你和江秋曾经关系……关系亲密,那么我想了解一下,公司里除了你之外,还有谁跟他关系比较好?"

"没有。"苏米想了想,"他跟谁的关系都差不太多,上班的时候是同事,下班了就什么都不是了。"

"那我换一个说法吧,他跟谁联系比较多一点。在你看到的时候。"

"如果只是联系多一点的话,蓝晴吧。我觉得他和蓝晴稍微熟悉一点。铁警官想知道江秋跟我分手后的事,可以去问她。我看见他们在一起聊过。"苏米拿起放在桌上的手提包,转身往外走去。

"哎……"铁雨下意识地想挽留,话到嘴边又发现没什么理由再问她话了。苏米走得有点快,头也不回地从咖啡店出去了。

铁雨苦笑一声,坐了下来,他需要整理一下思路。

苏米同样在整理着自己的思绪。江秋对林嘉撞人事故的刻薄评论,她在事后回忆起江秋的弟弟江冬也遭遇过同类事故后,有点恍然大悟了。

"你居然为了这么一个要讨好女人就能超速驾车,就能伤害无辜的人要跟我分手?"争吵中苏米提出分手,江秋那惊愕的面容至今在她的脑海中不曾消散。

惊愕的还有苏米本人。她没想到自己会脱口而出这样一句话。或者是参加工作后倍增的压力，以及这段地下恋情让她过于压抑了。之前一直在学校中，她只想着毕业后画些插画，有机会便举办画展的事情。没有想过会去过那种谈恋爱都不敢告人的生活。

认识江秋很偶然。

高一那会儿，苏米日益玲珑的身体还藏在质朴的校服中。有一天，在从市里开出的一辆公交车上，一名变态的男人死死地贴在她后面，还借着公交车不平稳的晃动用力顶她。

她回头去瞟，对方是一名30多岁的男子，那个男子眼睛看着窗外，好像自己在做一件理所当然的事一样。车上人很多，是呼救还是不呼救，苏米犹豫不决。自己趁着人群松动时挪了个位置，然而那名男子又紧紧贴了上来。

车里很闷，苏米觉得自己快透不过气，眼泪就快要掉下来了。就在她感觉那名男子空出一只手来摸自己的臀部时，一名穿着同样校服的男生挤了过来。他嘴里说了一声借过，便硬挤进了男子和苏米之间，用身体阻止了男子对苏米的侵犯。男生也很紧张，有一句没一句地跟苏米搭话，直到公交车到了下一站，两人才赶紧下了车。

下车的时候，两人已经算是认识了。眼前高高瘦瘦的男生，叫作江秋。那是苏米第一次见到他，谈不上英雄救美，却也看得出他有几分胆气。苏米和他一边聊，一边等着下一趟车。她发现这个貌不惊人的少年竟然就在隔壁班上，与自己同年级。

两人就这样认识，彼此都给对方留下了很好的印象。

假期很短暂。回到学校后，苏米仍然与江秋保持了联系。随着时间的推移，两个人之间渐渐产生了一些不一样的东西。很快同学们传出一些风言风语，两人很有默契地都没有去辩解，算是默认了这段友谊之上的恋情。

江秋在被老师叫去办公室后，想到了一个办法。这个办法可以让两人继续保持交流，却又不被师生注意。校门口不远处有一家规模不大的超市，每天放学后，江秋就跑去超市把自己写的信放入超市寄物柜里，把寄物柜的密码写在一个只有他们才知道的地方。而苏米也会在午休或者放学后取信，再选时间用同样的方式把回信放到寄物柜中。

一开始，苏米觉得有些麻烦，可江秋执意不愿让人知道自己早恋，再加上这种方式也显得有一点浪漫，苏米也就同意了。

两人就靠着小小的手段，度过了甜蜜而青涩的高中时代。大学两人异地苦恋，直到工作时才能和寻常情侣一般终日厮守。可惜好景不长，苏米的家庭不认可两人的交往，所以苏米只好自己租了间公寓，没有和江秋住在一起。

江秋倒是很乐观，认为只要拼命攒钱，有朝一日能买得起房子，向苏米家里证明他可以给苏米安稳的生活就没问题了。他坚信两人的爱情长跑可以打动苏米的家长，同时他也认为第一印象十分重要，在没有准备好前，他也执意不肯去见苏米的父母。

和江秋走入爱情并走近婚姻的苏米，最终并没有选择江秋，已成为林嘉未婚妻的她已不再作他想。

苏米越走越快，猛然发现自己已走过了酒店。她叹了口气，继续往前走去。

这几天很辛苦，她只想回到公寓里什么都不去想，闷头睡觉。真是讽刺啊，昨天明明还觉得公寓里空荡荡的，又冷又可怕，林嘉死了就一切都不一样了。

自己有没有错呢？

去年春节同学聚会的时候，苏米发现以前宿舍的一个漂亮姐妹嫁入了经济宽裕的家庭，和丈夫也相处融洽，整个人显得光彩照人。自己的皮肤，相比之下已经有点黯然失色了。

在学校中，苏米没有想到工作是如此的枯燥乏味。每天辛苦工作的生活，跟她之前认为的可以给杂志画画插图、有点名气了举办个人画展的生活大相径庭。而最令她痛苦的，是面对林嘉真挚的追求，她觉得自己的心意改变了。

其实苏米对江秋有那么一丝愧疚，提出分手后十分不安。心里隐隐约约也在等待江秋变得像以前一样重视自己，来哄哄自己，或许自己就回心转意了。然而江秋的表现显得十分倔强。苏米犹记得分手时江秋痛苦到有点扭曲的脸庞，她感到害怕，也感到心痛。

当晚回到家里，苏米哭了一晚。

第二天起来仍然没有接到江秋来求她的电话。她告诉自己，很快自己就要是林嘉的女朋友了。过去的已经过去。

一想起林嘉，苏米的眼睛不禁又红了。

犹记得自己跟林嘉提到曾经和江秋好过时，林嘉大度的笑容。不要紧，你的以前没有我，我的以后全是你。浪漫得有点刻意，但也真实，不是吗？

公司有潜规则，不能谈办公室恋情。可林嘉用火热的眼光当众求婚时，问她是否愿意下嫁时，告诉她如果她愿意在公司继续工作就由他来辞职时，她终于被感动了。答应林嘉求婚的时候，办公室欢呼声一片。她不在乎，也不需要别人的羡慕和祝福，她想要的，只有那样简单的生活。

可是为什么，自己在婚前不愿意搬过去和他一起住呢？

她不知道。

# 第05章
# 兵法

**独白诗**

知己知彼
百战不殆
时至今日
未至臻境
知己知彼
不被彼知
汝之知彼
亦不被彼知

# 1

## 2008年8月1日　9:52　爆炸后第4天

铁雨起床的时候已经有点晚了。

案件的走访进展并不大,他睡得却很踏实。目前掌握的材料太少,案件的脉络也很不清晰,这反而可以让他不会多想。充足的睡眠让他觉得精力充沛,拿玻璃杯去卫生间刷牙时,才发现睡得太久嘴巴有点酸。铁雨洗漱完毕,摸了摸下巴,决定今天接着去找蓝晴。

昨天苏米在临走前说过,江秋出事前跟蓝晴走得比较近一点。

铁雨驱车赶到DIBI公司时,事先接到电话的蓝晴已经在等他了。铁雨走进公司,简单和她打了个招呼。蓝晴没有再通报齐经理,直接带着铁雨进了一间小会议室。

招呼铁雨坐下后,蓝晴走了出去。不久后,她带了一杯茶回来摆在铁雨面前的茶几上,关上了会议室的门。

"蓝晴小姐,今天我来,主要是想问一些江秋的事情。"

"嗯。"蓝晴怯生生地应了一声。

第二次约谈,她还是有些紧张,手不自觉去摆弄衣角。不久她又意识到有些不妥,很快就又缩了回来,在膝盖上放好。

"蓝小姐不用紧张,就问些一般的事情。"铁雨对着蓝晴笑了笑,然后切入了正题。

"听说你跟江秋平时关系还不错,能回忆下他在出事前,有过什么异常的举动吗?"铁雨没有去确认蓝晴是否真的与江秋走得近,他不想再绕圈子了。

"啊，江秋，我没觉得他有什么异常的举动啊。"

眼前的女孩仍然十分紧张，身体绷得笔直。铁雨摇了摇头，提醒自己不要操之过急。他想起自己很喜欢的一句话：有时候我们没有想要的答案，仅仅是因为我们没有正确的问题。

见蓝晴一直注视着自己，铁雨笑了一下，端起茶喝了一口。

"和江秋怎么认识的？"

"我刚来公司不久的时候，有次前台的电脑中毒了，我很着急，他帮我修好了。"

"他不是程序员吗，还负责修电脑啊？"

"不不不，他不负责修电脑，修电脑应该是后勤部的工作。但他看见了，又有空，就顺手帮了帮我。"

"你们俩谁先来公司就职的呢？"

"我回答过的嘛，铁警官，一起来的，我和他都是第一批员工。"

"在你的印象里，江秋，他是一个什么样的人？"

"江秋，他是个很不错的人啊，虽然他平时话不多，可我知道他是个很好的人。"

蓝晴说到这里，像是要肯定一般，微微点了一下头。

"哦？"铁雨抓住时机友好地笑了一下，"能具体说说吗，举个例子。"

"嗯……"蓝晴咬了咬嘴唇，眼睛闪动了一下。突然要她说江秋为什么很好，骤然间也说不上来。或许，就是那一声简简单单的称呼，让她对江秋的好感油然而生了吧。

"铁警官，我虽然是在公司的前台工作，可我在大学，学的是外语。虽然谈不上多出色，可其实我一直都渴望得到一份能让我学以致用的工作。"

"啊？"铁雨突然听到一番不着边际的话，感到莫名其妙。

"可是，我毕业的时候，英语专业很不好找工作。比起我的同学，能在DIBI公司工作，已经算是比较好的就业选择了。"蓝晴的头低了下去。

"面试的时候，职位说明是人力资源管理部的员工。等进了公司后，我才发现其实要我做的都是在前台的工作，很多的杂务。我，我没想过会是这样子。人力资源部的经理说，这是外企，我会英语，长得还算漂亮，最适合在前台工作了。"

"我明白了。在上班前，你没想过会是这样子。"铁雨心想，我也没想过自己会考公务员，成为一名警察。

"是的。"

感觉铁雨能够理解自己，蓝晴便又抬起了头，眼睛眨了眨，看得出受到了鼓舞。

"公司里的人，都是把我当前台人员，我觉得他们看我的眼神，就像在看一个花瓶。只有江秋，他会不一样。所有人都随随便便地叫我'美女'……只有江秋，他每次找我，都是认认真真叫我的名字，我觉得他很尊重我。"

"嗯。"

"在他帮我修好电脑后，我请他吃工作餐，聊过一些彼此的情况。他经常鼓励我，因为他找工作也很不容易。当年他上学时，计算机也跟我学的英语一样，是个很热的专业，结果一样是毕业了不好找工作。我想，或许我们……我们同病相怜吧。在那之后，我们也经常在一起吃午饭，聊天。"

"那么，江秋和苏米的关系，你知不知道呢？"

"开始不知道，后来知道的。"

"后来是什么时候？"

"他们分手后吧。有一次他们几个说话的时候，我刚好路过看见了。"

"他们几个？"

"是这样的。"蓝晴补充说，"我看到江秋把一沓照片递给苏米说，'照片还给你，在电脑上的那些，我会处理掉的'。当时林嘉也在场。"

"什么照片？"

"是江秋之前跟苏米的一些合影。因为我当时看见了，所以后来江秋跟我聊天的时候，解释了一下。他说既然已经和苏米分手，就不打算在生活里还留着她的影子。"

"那样的话，把照片销毁不就好了？"

"我也问了一样的问题。"蓝晴想了想，"江秋说那些照片很多是苏米的独照，丢掉不太礼貌，干脆还给她。"

说的也对，男人一般没有女生那么喜欢给自己拍照。留着前女友的照片嘛，也只会睹物思人，徒增不悦。铁雨心里很赞同江秋的做法，只是当前的重点似乎不在这里。蓝晴回答完后就看着铁雨，等待他下一个问题。

"刚才你说江秋把照片给苏米时林嘉就在一旁，他说什么了吗？"

蓝晴摇头。

"除了林嘉和江秋，公司内，还有没有人是喜欢苏米的？"

"应该没有吧……我不知道，苏米都有林嘉了，谁会和林嘉去抢女朋友啊。也就是齐经理能和他抢了，不过齐经理已经结婚了啦。"蓝晴笑了，眼睫毛动了动。

"那能请你再谈一谈对林嘉的认识吗？你也比他先到公司吧？"

"林经理很阳光，很聪明啊，他在公司求婚的时候，大家都很羡慕苏米有这么浪漫的男朋友呢。"

铁雨做了一个深呼吸，伸了一下脖子。坐的时间不算太久，但他脖子也有点酸了。走访的工作固然是收集有效信息的必经之路,但路好不好走又是另外一回事了。

"林嘉的工作能力怎么样?"

"这个我就不太清楚了,我跟他不在一个部门呀。"蓝晴吸了吸鼻子,看样子已经完全适应了这种干巴巴的一问一答,整个人都放松了下来。

"不过他应该蛮能干的吧,刚来公司不久就搞了那次演习,是公司以前没有的事呢。"蓝晴补充说。

"演习?什么演习?"

"消防演习,新官上任三把火嘛。当时市里友谊广场那边发生了火灾,有人伤亡,然后几个外企就搞了消防演习和紧急避难演练吧。我们公司也有,是林嘉推动的。"

市里的那次火灾铁雨记得很清楚,因为消防措施不过关,发生火灾的写字楼损失惨重,好几个员工也在火灾中丧命。随后,市里几个员工较多的企业便紧跟着搞了消防演习,只是他没想到DIBI这家郊区的外企也举行了一样的活动。

"演习搞得很成功。"铁雨没有说话,蓝晴就继续着她的回忆。

"林嘉说不提前通知大家演习的具体时间,但他要求一旦消防警铃一响,大家就必须马上放开手头的工作,有序地、以最快的速度离开岗位,跑到安全的地方。"

"演习是哪一天?"铁雨打算把这件事记录在笔记本上。

"嗯……"蓝晴微微歪了歪头,"我记不清具体哪一天了,待会儿可以去电脑上查。就在公布演习预告的几天后吧。公司很重视这个事情,各个部门的疏散状况都要进行评分的,所以警铃一响大家就马上跑出去了。后来林嘉说演习很成功,速度达到了预期的要求,算是大获成功吧。"

"警铃一响就都跑出去?不做扑灭措施吗?"

"完全不用啊，真正发生火灾时，烟雾一出来，天花板上的洒水口会自动喷水。具体我不太清楚，反正演习的时候我们只要用最快的速度，通过规定的路径跑出去就可以啦。"

"既然有这样的灭火设备，那么停车场发生爆炸时怎么没有看见自动灭火？"

"啊，停车场里是没有那种自动灭火设备的。事故发生后，公司才打算把停车场也加上吧，我不太清楚啦。"

"原来是这样。谢谢你。蓝小姐，能请你替我叫一下孙晨曦吗？我想向他打听一些情况，再问一下消防演习的具体时间。"

"好的，请稍等。"蓝晴起身离开了会议室。

## 2

孙晨曦走进会议室，还带了一台笔记本电脑。

铁雨请孙晨曦坐在对面的沙发上，看到他带了笔记本电脑，有点没反应过来。

"啊，这个，刚才蓝晴说铁警官你可能会问一些具体的事情，所以我带了电脑来，这样通过我电脑上的工作日志就能更快回答你的问话了。"发现铁雨看着自己电脑，孙晨曦赶紧进行了解释。

铁雨笑了，蓝晴还挺机灵的。

"那样就再好不过了。既然有工作日志，那请你看看事故前几个月，公司发生过什么比较特别的事情。"

"好的。"孙晨曦开始检索部门的工作日志，一边在键盘上操作，一边开始回答。

"嗯，2008年4月13日，公司的监控室数据库被入侵过一次；2008年7月3日，公司进行了一次消防演习；其余好像也没什么了。"

"公司的监控室数据库被人入侵过？谁干的？被窃取了数

据吗?"

"这个……没有。我们只知道监控室的数据库被入侵了,IP地址显示是国外的人干的。"

"是商业上的非法竞争行为吗?"铁雨对新发现很感兴趣。

"不知道。"孙晨曦摇头,"以前也有一些人设法入侵我们公司的服务器,不过那是很困难的事情。"

"一般而言,是什么样的动机去做那些事呢。"

"很多啊。DIBI公司的游戏有不少的粉丝,一些玩家可能会想办法入侵我们公司的服务器,在员工系统找一些开发资料。或许是满足自己的好奇心,或许单纯是为了拿出去炫耀,也不排除一些竞争对手入侵是为了窃取我们的用户资料。还有可能,是一些黑客,他们只是想练习,就干脆拿自己熟悉的网站下手。"

铁雨在记事本上记录着,发出沙沙的声音。

"这次入侵给公司造成了损失没有?你刚刚说是国外的人干的?"

"损失倒没有,因为入侵的只是监控室的数据库,里面没有什么涉及公司项目的资料。至于IP地址显示是国外嘛,那应该是黑客的反追踪手段吧。用代理的话,是可以更换自己的IP地址的。比如我明明是个中国人,我可以通过代理和'抓肉鸡',让入侵对象以为我是个法国人甚至非洲人。"

"'抓肉鸡'是什么?"

"'抓肉鸡'就是黑掉别人的电脑,霸占资源或者是远程操控别人的电脑去做一些黑客的事情,这样查起来也只能查到别人的电脑,一般不深究的话是不会查到本人的。"

"这样说的话。"铁雨一语道破,"那个入侵监控室数据库的人,有可能是中国人,甚至是本市的人了?"

"嗯,我只能说是有这种可能的。"

"有没有可能是DIBI公司的人？"

"理论上也是有可能的。不过……"孙晨曦对铁雨的话感到比较意外，"如果是自己公司的人，虽然说签了保密协定，但是要偷公司的资料其实是不难的。如果要跨部门偷资料，也不至于入侵监控室数据库啊。"

"嗯。还有其他的比较引人注意的事情吗？"

"我不知道这个算不算。"孙晨曦盯着电脑屏幕，伸手扶了一下鼻梁上的眼镜。"项目组的工作日志里显示，7月28日出事的那晚是江秋提出的加班，他打了个加班申请。"

"有什么问题吗？"

"啊，没有问题。只是……只是员工主动提出加班的情况比较少见。以前在项目后期程序员多多少少会加点班，但出事那会儿我们这项目……应该还不到加班的时候啊。"

"加班是江秋申请的，那么是谁批准的？"

"是林经理，林嘉。"

听到这里，铁雨干脆放下了笔，起身坐到了孙晨曦的身旁。

对于江秋和林嘉到底谁才是罪犯的目标，铁雨一直都苦于没有方向："就目前掌握的情况来说，林嘉为了保护苏米殴打了尚泰志，最有可能遭到尚泰志的报复。但尚泰志偏偏把炸弹放在了江秋的电瓶车里，难道他确认林嘉上车前会经过那个电瓶车？

"我跟小秦反复看过停车场近一个月的录像，案发当晚是尚泰志唯一一次出现在镜头里。如果目标是林嘉，那当晚他应该是针对林嘉的汽车去安放炸弹才对。但事实上，炸弹却是藏在电瓶车里。

"尚泰志怎么把握爆炸的时间呢？他必须在林嘉经过电瓶车时引爆炸弹才有把握杀死林嘉，但爆炸时他不在停车场，林嘉的汽车也开出了一段距离。还有，如果江秋跟林嘉不是同时离开公司，江秋先下班把电瓶车给开走了,那么杀林嘉也就没可能了。

"如果尚泰志要杀的是江秋,那么似乎就合理一些了。

"炸弹刚好在江秋要上电瓶车的时候爆炸,江秋当场遇害。但那样的话,林嘉的汽车为什么会爆炸?录像中可以看到尚泰志爬进了林嘉汽车的底部,他干了什么?

"想要一个合理的解释,那么就只能认定尚泰志想同时杀死林嘉和江秋。动机嘛,可能是林嘉对他的刺激过大,导致他要更残酷地报复社会?或者是尚泰志要报复的是苏米,但搞不清楚江秋和林嘉谁是她的男友,干脆一块儿杀掉?

"不可能,江秋隐瞒了和苏米的关系,连公司的人都不知道,尚泰志就更不会知道了。虽然难度很大,也没法解释尚泰志事先怎么知道江秋和林嘉会同时进入车库……但假定尚泰志想同时杀死两个人是目前看来最符合逻辑的。至于动机到底是什么,等抓到人就能问出来。

"剩下就只有一个问题——尚泰志是躲在什么位置,来掌握引爆炸弹的时机的?"


"铁警官?"孙晨曦看见铁雨坐到自己身边后,没有提问而是盯着自己笔记本电脑的屏幕,有点不明白他的意思,他是要亲自查看电脑吗?

"啊……刚才你说公司的监控室数据库在案发前被人入侵过,对吧?"

孙晨曦感到莫名其妙,这不是几分钟前刚说的吗。"是的。"孙晨曦操作键盘,把工作日志调到了对应的条目。

"入侵监控室数据库的人,是不是也跟监控室里的工作人员一样,可以通过摄像头看到停车场里的情况?"

就是这样了!

铁雨挺了下腰，因为兴奋而觉得浑身发热。如果入侵监控室数据库的是尚泰志或者尚泰志的帮手，那么案发当晚他就有办法精确地把握时间、引爆炸弹。

"虽然很麻烦，但应该做得到，这取决于入侵监控室数据库的那个人的技术水平。"

"很好。那么辛苦你再查下记录，凡是林嘉和江秋之间发生的工作往来，请都让我看看。"

"好的"。孙晨曦又扶了一下眼镜框，他感觉到了铁雨的兴奋。铁雨恢复了笔直的坐姿，额头渗出了一些汗水，眼睛却炯炯有神。

"铁警官，其余的也不多了。在出事前，林嘉派发过一些工作用的测试手机，不光发给江秋一个人，项目组每个人都有。手机里面的卡也都是连号的。"

"连号的？"铁雨想起了爆炸现场找到的四张手机SIM卡，翻了一下笔记，其中有两张SIM卡已经修复成功。它们的号码尾数分别是078、229，并没有连号。难道连号的SIM卡在没有修复的那两张里？

"嗯，连号的。这些手机第一研发部每个人都有一台，每台手机里都已经配好了电话卡。林经理都做了记录，我给你看看。记录在这里。看，林经理的手机是这台，尾号是078，下一台就是江秋的，尾号是079。不过江秋几天后打了一个报告，说手机损坏了，然后申请了一台新的。"孙晨曦把茶几上的笔记本电脑转了一下，让屏幕偏向铁雨。

"损坏？意思是说林经理派发给江秋的那台手机被他搞坏了？"

"是的。派发测试手机是需要齐经理审批的，齐经理后来又配了一台新的给他，但SIM卡不用换。公司还处分了江秋，罚了款作为赔偿呢，不过也没多少钱。"

"没记错的话，林嘉使用的尾数为078的手机SIM卡在案发现场是出现了的。是有人盗窃了林嘉的手机用来制造了炸弹？现场的SIM卡

第05章·兵法　103

一共有四张，难不成没有修复的那两张SIM卡里有江秋的079？"铁雨揣测了一下，手机SIM卡的调查差不多也应该有进展了，回局后进行信息比对一定能得出一些初步的结论了。

"对了，公司监控室数据库被入侵，为什么你们的部门会有相关的工作记录？你们不是研发部门吗？"

"那是因为监控室数据库遭受入侵后，公司的几个主力程序员都接到了临时任务，去提供技术支援，我们部门去的是江秋，所以他的工作日志里记录了那些天的工作。这些跟林经理派发测试手机一样，本来我是没权限查阅这些日志的，我是用的齐经理的权限，我才能……"

"除了林嘉，公司里还有没有人喜欢苏米？"

铁雨问了今天要问的最后一个问题，打算回局里去整理目前的线索。

孙晨曦摇了摇头表示没听说过，话还没说完，铁雨的手机就响了起来。

# 3

## 2008年8月1日　10:55　爆炸后第4天

铁雨的警车从DIBI公司的停车场开了出来。

这次蓝晴说的，比第一次要详尽得多。一方面是自己刚开始没有把精力集中在江秋身上；另一方面，普通人面对警察时多半会紧张，除了少量信口开河的人，一般都会小心谨慎，尽量不说一些看起来和案件无关的事情来避免说错话。万一自己说的话被传出去，和案件有关系，就成了八卦甚至中伤，反而不好。

因此蓝晴第一次没有说她知道江秋和苏米好过，也是情有可原的，毕竟自己也没问。孙晨曦那段倒是很顺……铁雨觉得自身的走访工作，离经验丰富的一线刑警还有很大的差距。

　　警车开得很快，从DIBI公司门口驶出后径直上了高速路，然后打开了警灯。

　　总结来说，今天的收获还是比想象的要多的。铁雨脑子里充斥着大量的信息，他隐隐约约感觉似乎有两根线能将这些信息分别贯串，可这两根线却又连不到一块儿，中间始终隔着一个黑洞。那个黑洞本来，应该就是那个潜逃的尚泰志。

　　只要能够抓回尚泰志，铁雨有信心只要一个突击审讯，就能让案情水落石出。

　　尚泰志到底要杀的是谁，是怎么入侵DIBI公司监控室数据库的，又怎么在最恰当的时间引爆炸弹，这些疑问都会迎刃而解。至于为什么胆敢在摄像头下打伤保安，堂而皇之地跑进停车场放炸弹，他倒并不是十分在意。每年被摄像头拍到的暴力犯罪还少吗？那些罪犯根本就没有隐藏身份的意识，作案后跑了就是。

　　然而看来，现在那个黑洞一时半会儿怕是没法补上了。铁雨狠狠地拍打了一下方向盘，恨恨地咒骂了一句："还真是个狠角色啊，哼！"跟孙晨曦的谈话刚一结束，他就接到了秦怀阳气急败坏的电话。

　　尚泰志被找到了。

# 4

## 2008年7月3日　14:15　距离爆炸发生还有25天

　　办公室外，一阵嘻嘻哈哈的声音渐渐远去了。林嘉坐在办公桌前，修长的手指悠闲地敲击着桌面，他在等员工们全部离开大楼。

　　求婚很成功，苏米眼泪都流了出来，又哭又笑的。

请来帮忙的同事都很给力，从门口一直排到了苏米的工位，手里都是一束满天星。

苏米来到工位时，他已经拿着红白相间的玫瑰花恭候多时。全红的花很傻，他不喜欢。苏米一看这阵仗就明白怎么回事了，羞得捂住了脸。

他用手指打了个响指，请来的魔术师放出了一只白色的鸽子。两名同事打开两支喷花筒，彩色玻璃纸漫天飞舞，其他的同事欢呼着抛起了手中的满天星。

鸽子穿过人群，按事先排练好的，飞到了自己的手上。

鸽子嘴巴里，衔的当然是那枚订婚戒指。同事们喊着"在一起"，他笑吟吟地抓起了苏米的手，深情地说："让你过上你想要的生活，就是我想要的生活。苏米，请你嫁给我。"

好像有点俗，但他一开始就知道，这会很有效。

苏米哭了。

他吻了她。

好，差不多了。

林嘉停止了回味，从办公室里出来，扫视了一眼空荡荡的办公区。

和他预期的一样，员工们都出去了。齐经理不在这一楼，应该也不会上来。还有……10到15分钟吧，足够了。如果没有"那个"的话，还可以更短。最好是不要有。

林嘉走向研发一部的办公区，研发一部是他带领的，他对这片区域很熟悉。摄像头就在这儿，林嘉抬起头来看了一眼办公区上方的摄像头。摄像头附近飘浮着一个带有卡通图案的氢气球。

"气球是赵小琳的。午休时我佯装跟她打招呼的时候，很自然地拉下来玩了一下，又很自然地松开线让它飘了上去。

"气球的位置，应该刚好可以挡住摄像头看向那边的视线，这样就不会有什么证据能证明我去过那台电脑附近了。

"如果有'那些'的话，他得多久后才会发现我动过手脚呢？

"发现了后，不知道他会不会想到是我干的？

"可是想到了又怎么样？换了你是我，你也会这样做的吧？反正没证据，大家心照不宣吧。"

想到这里，林嘉微微一笑。

没多久，林嘉就走到了一台电脑旁边，电脑在开机状态。他一步一步操控电脑，查看电脑里面的文件。

"我现在对这台电脑的操作，系统日志里是会有记录的，要不要想办法清除掉？

"删除的话，得进安全模式，删除后还得重启电脑，待会儿他回来看见电脑重启过了，岂非此地无银三百两？

"不删除的话，他问起来，我怎么回答？

"没有直接的证据，他不会来问我吧？

"还是不删了，他如果真问起来，我就大大方方承认，向他道歉算了。这也是人之常情吧？再说木已成舟，他也不能把我怎么样。

"倒是那个气球，一个摄像头这么长时间被遮挡，被监控室发现就不好了，我待会儿要不要把气球给拨开？

"不行。挡住摄像头的视线之前，最后碰气球的是我，若是把它拿开的也是我……这样未免太'巧合'了，而且容易让人联想到我知道气球可以挡摄像头视线。

"得想个办法……有了，我待会儿跟赵小琳随便聊聊，诱导她去碰气球好了。这样比较自然。

"D盘里没有，E盘里也没有，很好。F盘……好像也没有。

"等下……这是什么？

"这是什么！"

# 第06章
# 078与079

**独白诗**

我从江南来
无数次
踏过月下的白霜
醉过青色的河堤
吻过你眼中的星辰
怎奈何
青丝再无变白发
朱颜如玉忽蒙尘

# 1

## 2008年8月1日　11:02　爆炸后第4天

现场一片狼藉。

阿泰的尸体横在一张单人弹簧床上，上身已经不全，只剩下漆黑的残骸。跟林嘉、江秋一样，他也死于爆炸。

铁雨赶到爆炸发生的现场时，秦怀阳正站在弹簧床边，一脸铁青地询问一个脸上满是泪痕的女孩。房间不大不小，一看就是打工族租下的单间，连毛巾和内衣裤什么的都是直接挂在房间里，没有阳台可以去晾。房间的布置里有很多粉红色的女性物品，主人应该就是秦怀阳正在询问的女孩。

秦怀阳看到铁雨进了房间，示意女孩稍候，然后对铁雨把头一偏，两人一起走到了门外走廊。

"尚泰志被炸死了，炸弹跟停车场里的炸弹有点类似。"秦怀阳悻悻地说。

"爆炸怎么回事？"铁雨急忙问道。

"目前还不清楚。听那姑娘说，那张弹簧床的旁边本来有一张小桌子，现在被炸碎了。爆炸物应该就是在桌子上，那小子估计当时就坐在床上摆弄那爆炸物，不知道发生了什么，结果就被炸死了。"

"他是在制作第二个炸弹时，发生了事故吗？"

"那个暂时还不知道。跟他同居的那个女的叫李晓雪，刚刚我问了问，没发现他有制造炸弹的迹象，屋子里也没搜出什么制造炸弹的材料。而且麻烦的是,制作那种炸弹还真不需要太复杂的工艺,处理制作炸弹的痕迹也不会太难。"

"那么,他会不会是被别人炸死的?如果他是弄炸弹时把自己炸死了,他的下一个目标又是谁呢?自杀的话,不用等到今天吧?怎么看也不像啊。"

"那就得好好问清楚他的社会关系了。"秦怀阳耸了耸肩,又拍了一下发酸的脖子。铁雨注意到他的衣领已经全部被汗浸湿了。一样是入警队不久的年轻人,铁雨很能体会他的紧张和焦灼。

"先把那个叫李晓雪的女人带到警队去好好问问吧。"

小雪又抹了一下眼泪,她的嘴唇在微微发抖。

阿泰竟然死了!那个天不怕地不怕,打起架来心狠手辣,喝了酒又像只猴子一样撒野的阿泰竟然死了!

警察们在她家里说的话其实她都听到了。警察说阿泰是被炸弹炸死的,这太不可思议了!阿泰打架被人打破头死掉,她倒是会马上相信,喝醉了过马路被车撞死也有可能,就是不应该被炸弹炸死啊。他哪里会弄炸弹呢?再说,就算在小吃街跟人翻脸了,也没有谁会用炸弹来报仇吧?

铁雨干咳了一声,清了清喉咙。小雪回过神来,眼巴巴地看着铁雨。

"你是叫李晓雪吧?"

"是的。"小雪的声音细不可闻。

"请问你跟尚泰志是什么关系?"

"朋……朋友关系。我们是朋友关系。"声音依旧十分细小。

"尚泰志是你男朋友吧?"秦怀阳不耐烦地提醒道。

"啊,是的。就是那个意思,男女朋友的意思。"小雪赶紧补充。她很紧张,一时不知道怎么回答,毕竟她从来没想过会跟阿泰结婚,未婚妻就更算不上,她下意识地认为说是朋友比较好。

"你们认识多久了？在豆香街都从事什么工作？"铁雨试图让自己的语气听起来温和一些。这份温和似乎很快就被泪痕未干的小雪捕捉到了。

"认识一年半了，警官。我在一家休闲中心打工，阿泰在地下铁KTV当服务生。"

铁雨和秦怀阳不动神色地交换了一下眼色，对小雪真正的谋生手段，彼此心照不宣。

"你们住在一起多久了？"

"认识三个月就住在一起了，警官。有时候他来我这边……不过他不是每天都来啊。后来他还有别的朋友，来得就更少了。"

"不去你那里的时候，他还有什么地方可以住宿？"

"地下铁KTV有给他们的宿舍，租的房子，他好像是住地下室那间，我去过一回觉得那里不太好，就再也没去过了。其他的朋友那儿他也可以住的，但我都不认识。"

秦怀阳冲铁雨点了下头。

那间住了整整六个人的地下室张笑已经带人搜查过了，尚泰志留在那里的东西很少，床位上基本都是别人的东西，没什么线索。倒是那种所谓的员工宿舍，消防措施一看就知道不过关，隐患巨大。张笑临走前严厉地训斥了地下铁KTV的经理，令他整改。

"DIBI公司发生的爆炸案你知道吗？"

"是那个游戏公司吗？我知道的。"小雪抿着嘴回答。

"你怎么知道的？都了解些什么情况？"看着秦怀阳又不耐烦了，铁雨赶紧追问。

"我是听同事说的，说是那个游戏公司地下车库里死人了。好像是车子炸了，死了两个男人。其他就不知道了。"

"没看新闻吗？认不认识嫌疑人？"秦怀阳忍不住了。

"新闻？什么新闻？我不知道什么嫌疑人啊，警官。"看见秦怀阳凶狠地瞪着自己，小雪避开了他的目光，用无辜的眼神看着铁雨，可怜兮兮的。

铁雨干巴巴地咳嗽了一声。小雪既然从事有色情服务的行业，多半昼伏夜出，没看到新闻也没什么好奇怪的。

秦怀阳却已经忍不住了，猛地站起身来，双手刻意地猛拍了下桌子。

"嫌疑人就是你男朋友尚泰志！DIBI公司里的摄像头拍得很清楚，尚泰志当晚打伤公司保安潜进了车库，他出来后不久爆炸案就发生了！现在他又躲在你的房间里被炸弹炸死！难道这两件事没关系？你知不知道窝藏他是犯法的！"

小雪被秦怀阳吓得全身抖了一下，吸了一口气后她头埋得更低。嗫嚅着带着哭腔回答："警官我真不知道阿泰会做炸弹啊。他跟我说他惹了麻烦要在我家躲几天，我还以为他跟以前一样，是跟别人打架了啊。警官我真的不知道谁会去用炸弹炸阿泰啊，他为什么自己弄炸弹我也不知道啊，警官我真的不知道啊。"

铁雨伸手拍了拍秦怀阳的肩膀，示意他坐下。秦怀阳也心有灵犀借着台阶坐下，坐下时还不忘瞪小雪一眼。

铁雨判断，小雪确实是不知情的。

原因很简单，换位思考下，自己是阿泰，要下这么大的狠手去报复林嘉，肯定是知道的人越少越好。小雪来豆香街摆明了是要挣钱的，所从事的行业无形中也约束着她不能惹是生非。阿泰最好的办法，就是在得到她帮助的前提下，又要尽可能地瞒住她。

"好了，你看下这些照片，看是不是认识里面的人。"

铁雨把手上记事本打开，夹在里面有几张洗好的林嘉与江秋的照片，还有一张林嘉与苏米的合影。他把照片推给了小雪。照片是从DIBI公司拿来的，林嘉与苏米的合影，就摆在林嘉的办公室里，他顺手就用手机拍了下来。

小雪辨认了一会儿，摇了摇头。可能怕警官们信不过，又装模作样仔细地一张张看了一遍，然后眼巴巴看着铁雨，又是摇头。

"都不认识？你再仔细看看。还有这位。"铁雨把手机递了过去，屏幕上是案件当晚遇袭受伤的保安孔建国的照片。

小雪仍然表示都没见过。

## 2

张笑回到局里时，铁雨和秦怀阳已经在等着了。

因为售票处的人对急急忙忙买火车票的尚泰志有点印象，所以张笑当时判断尚泰志是潜逃回了老家。结果，他在那边扑空了，于是又马不停蹄地赶了回来。还没到局里，秦怀阳就告诉他尚泰志在豆香街被人炸死了，此刻张笑脸上十分阴沉。

目前案件的进展很不好。一些关键的问题都没有实质性的突破。

凶手是谁，凶手有几个？凶手要杀的目标是谁？目标又有几个？两件案子是不是同一个凶手，是否并案？爆炸物的制造者跟凶手是不是同一个人？

之前的工作重心是火速将嫌疑人尚泰志擒拿归案进行突击审查；现在尚泰志已经死了，是玩火自焚还是被害，都不能马上下定论，迅速破案是没可能了。

既然如此，大家工作的重心将会发生变化，调查也会更加细致。张笑思考的结果，是打算让两个年轻警员去死者的家庭进行走访，自己好好查一查尚泰志这条线。不出意外的话，要抽调人手成立专案组来进行侦破了。

去尚泰志的老家抓捕时，已经在当地进行了调查走访，得到有用的信息很少。林嘉的家人已经离开，林嘉生前最密切的人莫过于苏米。倒是另一个受害人江秋，了解得似乎还不够，应该再详细问问。

导致尚泰志身亡的爆炸，也必须好好调查，技术科那边有的忙了。

# 3

## 2008年8月1日　17:25　爆炸后第4天

江秋的家在离D市不远的D县，铁雨与秦怀阳驱车3小时，赶到了江秋的家。

"有人吗？请开门。"

铁雨上前敲门。不多久，传来很轻的脚步声，然后门就打开了，是一个两鬓斑白，60岁左右的妇女。

"你们是？"妇女问道。

"我们是警察，想来了解一下情况。"秦怀阳对妇女敬了一个礼，"您就是江秋的母亲，孙红萍孙阿姨吧？"

"你们抓到杀江秋的凶手了？"

"啊……不，"秦怀阳和铁雨尴尬地互看了一眼，"案件还在侦破中，我们是来向您了解情况的。"

"哦……我就是，你们进来吧。"孙阿姨露出失望的神情。她说完后，侧身让铁雨和秦怀阳进了家里。

江秋家的客厅里比较简陋，一张老式小茶几，一张布沙发，一个小柜上放着一台电视，墙壁上有一幅挂历和一张泛黄的奖状。铁雨和秦怀阳打量了一遍，觉得室内虽然陈旧，但比较干净。

"你们坐吧，我去泡茶。"孙阿姨声音很低，招呼铁雨俩人坐下后，又匆匆地去了厨房。几分钟后，端了两杯热茶出来，铁雨注意到孙阿姨脸色苍白，两眼有些无神。

"阿姨，江冬还好吗，他又回学校上课去了吧？"铁雨率先开口说。

"嗯,我让他回学校去了,叫他不用管我,我老婆子没事的。"或许是之前丈夫的离世让她已经看过一次死神的意外来临,孙阿姨的语气很悲观,带有一丝麻木。

"阿姨,这次我们来,是想了解江秋的一些情况,这样会有助于我们破案,尽快找到杀害他的凶手。"秦怀阳打破有些沉重的气氛,铁雨打开了记事本。

"好的,你们想知道什么,就问吧。"

"阿姨,您知道江秋和苏米谈过恋爱的事情吗?哦,苏米就是您儿子江秋谈过的女朋友,跟他是在一个公司里上班的。"

"我知道的。"孙阿姨低声回答说。

"您是什么时候知道的呢?"

"虽然江秋他想瞒着我,但他们从高中就好上了吧,儿子谈恋爱我这个当妈的多少能知道一点。"孙阿姨说,"工作了没多久,江秋跟我讨论要结婚的事情,我本来是担心自己家里条件差,高攀不起,不过江秋说没有关系,他和苏米是年轻人,不在乎吃苦。本来他还打算今年春节,把女孩带回来让我见见面的。姑娘的条件好,是我家孩子没那个命啊。"

"您还没有见过苏米?"

"我没见过。"

"他们因为什么分开的,您知道吗?"

"我不知道,江秋没有和我说过,他是在分手之后才告诉我的。"孙阿姨看着秦怀阳说,"这孩子懂事比较早,从来都是报喜不报忧的。我问他为什么两个人好好的就不谈了,他说是苏米不想跟他好了。"

孙阿姨说完就叹了口气,语气变得有些絮絮叨叨。

"阿姨,江秋有没有说苏米分手后的事情,有没有谈起过苏米的新男朋友？"铁雨问。

"没有了，他俩没谈了之后……之后江秋就不再说他们的事了。江秋还有个弟弟，正在上学，家里条件也不好。"孙阿姨低了一下头，看着秦怀阳说，"如果要结婚的话，肯定要买房吧，我这儿一点忙都帮不上，人家姑娘年轻，要找个条件更好的也能理解。"

"是啊是啊，现在结婚是挺要钱的。我刚参加工作，工资也不高，家里条件也……很一般，女朋友家里还说嫁给警察不安全，也掰了。"秦怀阳有感而发。

铁雨看了秦怀阳一眼。

"江秋那个孩子，上小学的时候就没了爸爸，那么懂事，怎么就会遇到这种事呢……我想不明白。"孙阿姨眼圈发红，声音有点哽咽。没流下眼泪，是已经哭干了吧。

"江秋的爸爸，是因为抑郁症去世的？"

"孩子他爸有抑郁症，在他上小学的时候就去世了，那会儿他弟弟江冬还不到两岁。"

"自杀？"

孙阿姨点了点头。

"江秋上大学、工作，有没有得罪过什么人？"秦怀阳突然灵光一闪。

炸弹安放的位置是在江秋的电瓶车上，凶手的目标更像是江秋才对。

一直以来认为林嘉是凶手的目标，只是因为在摄像头中发现尚泰志的行动是冲着奔驰车去的，随后又了解到尚泰志和林嘉在豆香街发生过肢体冲突，所以才先入为主认为是尚泰志寻仇杀害林嘉。谁知道江秋有没有报复过尚泰志？

那会儿江秋和苏米还没分手。

尚泰志为何把炸弹安放在电瓶车上，又是如何准确掌握时间来引爆炸弹的，是不是还有同伙在协助他，都没有答案。

原本认为抓获尚泰志之后可以进行审问，这些问题就能得到解答，起码能让案件有实质性的进展。总比目前在猜测尚泰志有同伙替他入侵监控室要好。

但现在尚泰志已经死亡，这些线索也都断了。尚泰志的死，又会衍生出一些调查方向，张笑亲自带队去查了，毕竟尚泰志是最大嫌疑人。

出发来江秋家前，张笑凭直觉认为案件没那么简单，实际上秦怀阳也有同感。

尚泰志是不是唯一的凶手，他怎么把握时间还不是最重要的，他的目标为什么就不可以是江秋？不能说尚泰志有杀害林嘉的动机，就能排除他想杀江秋的可能。

此外，尚泰志的社会关系比较复杂，跟他有矛盾的人不会少。第二起爆炸案的受害人是尚泰志，不能排除有其他人，也就是有第二个凶手在作案。

如果有第二个凶手，那么说明这个凶手不知道尚泰志与林嘉的矛盾，不知道警方已知晓尚泰志在案发现场出现过，并将他列为重大嫌疑人。

这个凶手很聪明，用炸弹杀人，一定是想让警方认为是DIBI公司爆炸案的凶手在杀害尚泰志。尚泰志有得罪这么厉害的角色吗？

会不会这个凶手要杀的其实是那个叫李晓雪的女人？

尚泰志的那条线既然由张笑亲自去查，秦怀阳觉得等他们从江秋家回去就查得差不多了，如果没有重大进展，他倒是想要打开思路，去查查江秋和尚泰志之间是否存在联系。

那个女人看上去知道的并不是很多，应该问不出什么。秦怀阳认为有理由向张笑申请去查江秋与尚泰志的联系。

"没有。我没有听那个孩子说起过跟谁闹过什么矛盾。不过，工作后他遇到什么事情也不会和我说，唉，可能怕我担心吧，肯定是报喜不报忧的。如果有什么事情的话，不知道他会不会跟他弟弟说。"

孙阿姨对秦怀阳说完，转头看了一眼铁雨，像是下意识寻求认同。铁雨点了点头。

"他弟弟，我还有一个孩子，现在还在学校，他跟我打过电话，说警察找过他，但……但还是没有找到杀害江秋的凶手。"

秦怀阳有点尴尬，转头去看铁雨。

铁雨微微动了动身体说："阿姨，这个案件比较复杂，我们来这里，也是为了早点让真相大白。如果抓到凶手，我们会第一时间通知家属的。"

孙阿姨摇了摇头。

"我就想不明白，我儿子他到底做了什么，到底为什么，为什么会遇到这种事情呢。我怎么都不敢信有人要害他。江秋是那么懂事的孩子。他爸爸走得早，我也没有什么文化，不知道怎么教育他，但他就是很争气，特别会念书。考上了大学，那孩子，为了早点挣钱没读自己想读的专业。"孙阿姨伸手擦了擦眼睛，"听江冬，就是他弟弟告诉我，他上大学那会儿也有机会去外国念书，但担心家里的条件，没有去。我一直等着他可以过上好日子，谁知道婚事没有谈成，姑娘走了，现在还……"

铁雨和秦怀阳都不说话，让孙阿姨的悲痛可以缓一缓。

孙阿姨说完后，又看向两人，看他们还有没有什么问题。

"是这样，阿姨您看，您知不知道江秋有什么特别好的朋友，对他工作上的事情了解得多一些？我是这样想的，可能他遇到什么事情怕说出来让您担心，不会对您说，但如果是跟他一样年纪的人，共同语言比较多，没准会聊一聊。"

"对不起，我是真的不知道。"孙阿姨又摇了一次头。

调查似乎毫无进展，秦怀阳忍不住了，抓了抓脸，掏出了自己的手机递给了坐在对面的孙阿姨。孙阿姨愣了一下，戴上了挂在胸前的老花镜。

"阿姨，您见过这个人吗？拿手里看吧。"

孙阿姨接过了手机，使劲看了几十秒，一边瞪着屏幕，一边说："没有印象。他就是害死江秋的凶手吗？他在哪儿？"她的身体气得发抖。

"目前还在调查，这个人事发当晚在现场出现过，后来也跟您儿子一样，遇害了。"

"那麻烦您也看看这些吧。"铁雨打算把跟事件相关的人都交给孙阿姨看看，从保安小勇到林嘉到苏米到李晓雪，甚至到齐经理。

孙阿姨一个都没有见过。

"江秋最近有回来过吗？"秦怀阳看着电视柜旁边的一个箱子，突然问道。

"啊……他最近是回来了一趟，"孙阿姨发现秦怀阳看着那个箱子，就指了一下给铁雨，"那是他给我带回来的吃的，我都没吃，想留着等冬儿暑假回来给他吃。"

铁雨看了一眼，一个中型水果箱，里面是小半箱零食。

"阿姨您还记得他是哪一天回来的吗？"

"记不太清了，就早些天的事情，我去查查。"孙阿姨站起身来，走到卧室里面去了。不一会儿她又走了出来，手上是一本老款的日历，铁雨知道有些老人习惯在上面记日记。

孙阿姨翻动着日历，很快就找到了："是7月18日。"

# 4

## 2008年8月1日　19:04　爆炸后第4天

从江秋家出来,铁雨和秦怀阳都觉得收获太少。

不过本来走访就是破案需要的一件必不可少的苦差事,他们都有心理准备。可能问了上百号人,真正有用的信息就那么几条。

然而往往这几条信息中,就有破案的关键。

回市里的时候,铁雨主动开车,让之前开车前来的秦怀阳休息会儿。正好秦怀阳在琢磨自己的想法,一声不吭地就上车了。

铁雨打着方向盘,目前他脑子有点乱。有些大胆点的想法,自己都说不清楚是什么,模模糊糊,又朦朦胧胧的。只是他并不知道,身边的秦怀阳此时此刻也是和他一样的心情。

"哎,你说,这案件是不是还有别的方向?"

"什么方向?"秦怀阳很快就回过神来,刚好他也觉得自己想不透。

"会不会林嘉还得罪了别的什么人,比如女人?你想,没他的话,江秋和苏米还不知道会怎么样呢,虽然多半也得分开,但从江秋那边看,怎么也是林嘉横刀夺爱吧?都要谈婚论嫁了,半路杀出个高帅富。"

"什么意思?林嘉抢了江秋的女朋友,会得罪什么女人?"

"你听我说完嘛,抽烟吗?"

"不了,想戒。"

"看来神勇的秦警官入戏了啊,你就是说要抽,我也没有的。"铁雨嗤笑了一下,"在江秋眼里,是林嘉抢了他的女朋友。在另一个女人眼里,会不会是苏米抢了自己的男朋友?觉得自己的男朋友抛弃了自己,想不开就去设法杀了林嘉?"

"一个女人，没这么大的本事吧。分手而已，多大仇？"

"你这就不对了，女人怎么了，现在的女人哪点比男人差。再说，她自己做不来还不会叫人帮着做？我去DIBI公司走访的时候，林嘉人气很高，很受姑娘们欢迎呢。"

"你让我想想。"秦怀阳说完后，伸了一下懒腰。铁雨的车开得不快，但是很平稳。他看着窗外，道路旁的树一棵一棵向车尾追去。

"之前咱们调查，还真不知道林嘉在追求苏米之前，有没有别的女人。回国后在认识苏米前，追过别的漂亮女人……或者在国外有女朋友，跟着一块儿回来的也不是没可能。"

"回去再查查吧。但说实话我就这么一说，我自己都不抱太大期望。"

"啊？怎么？"

"如果是林嘉之前的女人要报复的话，要报复也是要报复林嘉和苏米，江秋被殃及得太没道理。再说，都炸成那样了，明显是个不怕事大的。喜欢搞事的话，去他们婚礼上闹好了，反正林嘉和苏米的婚礼DIBI公司知道的人多得很，要混进一个婚礼现场丢炸弹，比在停车场里打晕保安再安置炸弹杀人容易多了。"

"好吧，其实我也是这样想的。我脑子里有些古怪的想法，为什么古怪我也说不上来，一些隐隐约约的线索吧。待会儿回去看张队怎么说，要还是没突破性进展的话，我晚上得好好想想，脑子里乱得厉害，等整理得不乱了，应该会有点结论。"

"彼此彼此，回去没好消息的话，想透了咱们再跟张队说说看法吧。到现在他都没打电话来，就算有好消息，能好到哪儿去。"

两人不再说话，各自揣摩。

铁雨沉吟不语。出来后才发现，之前在江秋家走访的时候，隐隐约约觉得有些不对劲的地方，说不上来多严重，就是有种朦朦胧胧的违和感。然而现在想破头也想不起这种感觉是从何而来的了。

没过多久，警车原路返回了市里警队。事情和他们想的差不多一样，张笑那边又挖出来不少消息，但案件仍然没有告破。张笑约了他们在会议室见面。

"那个女人看起来知道的就那么多了，我长话短说吧。"张笑点了一根烟，长长地吸了一口。

"除了李晓雪以外，尚泰志同时跟多个女人有不正当关系。李晓雪只是其中一个，之前咱们去他其他几个女人的家里没抓到，有人反映他买火车票回老家了，就没接着往下查了。咱们被他摆了一道。"

张笑弹了弹烟灰，索性把烟给灭了，直起了身子。

"法医和技术科那边的报告，我已经看过一遍了。待会儿你们也看看，尚泰志是死于爆炸。现场没有制造炸弹的痕迹，并不是尚泰志自己制造炸弹不慎引发了爆炸。李晓雪说尚泰志在死前不久收到过一个包裹，包裹是谁寄的她不知道。很可能那个包裹就是炸弹。这个查起来很费时间，我已经安排人去本市所有的快递公司排查了。另外我们也排查了一下李晓雪，李晓雪没有什么大仇家，除了尚泰志以外也没有和其他男人发生过感情纠纷。"

"张队的意思是？"

"我目前认为尚泰志是目标，凶手想杀的是他，不是李晓雪。不过到底是仇杀还是情杀，现在还不好说。去江秋家的走访怎么样了？"

铁雨看了秦怀阳一眼，发现秦怀阳在低头思索。

"去江秋家走访了一下，他母亲对他最近的事情了解很少，没能发现江秋有什么仇家。跟案件相关人物的照片，她也全都不认识。甚至连林嘉的未婚妻，也就是江秋的前女友苏米她都没见过。如方向不改的话，只能继续去走访和两名死者关系密切的其他人了。之前我和他弟弟谈过，他弟弟对他有没有什么仇人也是不知情的。"

"接着说。"

"尚泰志那个人不怎么安分，凶狠好斗，仇杀的可能性大一点，张队，我想查他那条线。有没有可能，江秋才是尚泰志要杀的对象，而尚泰志是被其他人杀掉的。尚泰志和林嘉是有仇，但他只是顺道搞坏了车子。"等铁雨说完，秦怀阳接上了话。

"你觉得停车场的爆炸，江秋是目标，凶手是尚泰志？"

"这是一种可能。"秦怀阳解释道，"案发当晚尚泰志要杀江秋，爬到车下只是为了搞坏车子，真正要做的是把炸弹藏电瓶车里。林嘉能被炸死最好，炸不死也不重要。"

"尚泰志为什么要杀江秋？"

"现在还不知道。如果停车场的爆炸目标不是江秋，而是林嘉的话，那么我在想林嘉是不是除了尚泰志以外，还有别的仇家。"秦怀阳说。

"那你呢，你有什么看法？"张笑默认了秦怀阳的分析，把视线转向铁雨。

"目前线索比较少，尚泰志的死让咱们之前最主要的线索都断了。方向嘛，我觉得停车场的爆炸，有很多说不清楚的地方。"

"嗯。"张笑摸了摸下巴，示意铁雨说下去。

"不管凶手想要杀的是谁，目标是江秋也好，是林嘉也好，或者是DIBI公司也好，他都成功了。按理说，是精心策划过的，没有一定规划能力或者说心理素质的人员，不具备这么好的犯罪能力。"

"你的意思，那个尚泰志不具备这样的犯罪能力？"秦怀阳问。

"嗯，他学历低，也没有从事带技术性质的工作。就算他有业余爱好，能制造出一个简单的炸弹，再把炸弹设计到一打入电话就爆炸，但要在合适的时机炸死人，对他要求是不是太高了？"铁雨摸了摸鼻子，继续说道，"我就是觉得矛盾，如果计划了那么久，又为什么那么简单地被摄像头拍到。而且打伤保安再进去安放炸弹，怎么说，这计划就很一般，万一他安放炸弹的时候，有人下来怎么办，有人刚好进入停车场怎么办？他怎么知道当时停车场里就剩一辆汽车了？停车场的电梯口那边停了电瓶车的话，在门口根本看不见。"

"有道理。"秦怀阳表示同意，张笑没说话。

"我就是觉得有点不协调。这件事是计划犯罪，感觉是有设计的。而摄像头中的尚泰志，和我们走访时了解的尚泰志，都显得比较普通，我的意思是他不像是这么有犯罪技巧的人。"

"这么说的话，好像是有点奇怪。除非……？"张笑啧了啧嘴，自言自语说。

"除非什么？"铁雨和秦怀阳对视了一眼，都望向张笑。

"除非他想针对的对象是DIBI公司，而不是个人。只要在DIBI公司制造一场爆炸发泄，甚至根本没想炸死人都不一定。尚泰志从停车场中跑出来没多久，爆炸就发生了。恰好林嘉和江秋加完班去车库要回家，给赶上了。这样也可以解释尚泰志怎么去掌握时间的：那就是他根本没有想过去掌握时间，没有想过精确地去计算要炸死林嘉或者江秋，他只要引发一场爆炸就可以了。"

张笑说了之后，大家陷入了一阵沉默。张笑自己也在思考，这个方向是不是站得住脚。想了一会儿，他觉得还是没有把握，又提高了嗓门进行了补充："这只是一种假设。目前技术科的同事们还在忙，有些线索还在整理。另外，这个假设的前提，是尚泰志制造了停车场的爆炸，而杀死尚泰志的另有其人。如果两起爆炸案的罪犯是同一伙人，针对的目标又是DIBI公司，那么尚泰志扮演的角色就复杂了，可能是团伙成员或是单纯被雇佣后灭口了。尚泰志的死，还真是棘手！"

铁雨接上张笑的话："嗯，张队这个分析就能解释得通了。或许我们想得太复杂，尚泰志就是单纯想在DIBI公司制造爆炸，至于动机，仇富也好，报复林嘉也好，都有可能。林嘉和江秋只是无辜受害。但张队，我还有个想法。"

"你说。"

"我们之前认为尚泰志是爆炸案的凶手，是因为他在案发前不久进入了停车场，还爬过林嘉汽车的车底。"

"对。"

"从录像看，他爬到车底后干了什么根本看不到。而他出来后不久就发生了爆炸，走访时又了解到他和林嘉有纠纷，所以才认为他用炸弹去杀死林嘉。但如果炸弹不是他安放的呢？如果安放炸弹的不是他，那么同样可以解释为什么他的行为并没有反侦查意识，以及爆炸时间的问题。我目前倾向于他没有能力完成这一行为。我们刚才讨论，是想把停车场的爆炸和让尚泰志死亡的爆炸分开来分析，我在想是不是把尚泰志打伤保安进入停车场，和停车场爆炸案也分开来分析。"

"不是尚泰志的话，那会是谁？"秦怀阳虽然提出问题，却更像是自言自语。大家都在想一样的事，会议室很安静，因此他声音很小大家也都听到了。

"我不知道。但有一条线索：DIBI公司的监控室数据库被人入侵过，通过监控室可以看到停车场的全貌。那样是可以准确掌握时机来引爆炸弹的。

"如果是尚泰志以外的人，那我们再去查DIBI公司的视频录像。进出那个停车场的人都会被监控系统的摄像头拍到，我们再查细点！DIBI公司我也得再去一趟，我们得先验证停车场的爆炸到底是什么样的性质，针对的是公司还是个人。确定了是针对个人，咱们再调查犯人要杀的究竟是林嘉还是江秋。尚泰志那边也继续查，目前也没有别的办法，以走访排查为主，炸弹毕竟不是烟酒可以随便买，往炸弹的来源那个方向调查调查，说不定会有新发现。暂时先不并案，发动群众来提供线索吧。"

张笑心事重重，还是挥了挥手，做出了决定。

会议室的门被敲响了。秦怀阳起身打开了门。

进来的人是技术科的同事，来通知张笑技术鉴定那块工作又有了进展，其他一些去调查的同事也有了结果。

# 5

## 2008年8月1日　20:06　爆炸后第4天

铁雨和秦怀阳都兴奋了，新的调查结果与刚才会议室内的讨论是相吻合的。

案发次日有过技术鉴定，现场一共发现了4张手机SIM卡。到第4天，所有的SIM卡终于都被成功修复了。除了江秋和林嘉的私人手机SIM卡外，还有尾号为078与尾号为079的两张手机SIM卡。这两张连号的SIM卡原本都是在可正常使用的手机里，是DIBI公司的财产，属于办公用品。

经过技术鉴定，其中尾号为079的SIM卡的手机被用来制作炸弹的触发器，炸弹爆炸前，当有电话打进079这个号码时，炸弹会爆炸。这与移动公司调查回来的信息，在当时有电话打进079这个号码是吻合的。

从尚泰志家扑空后，再次去移动公司调查的同事有了更大的发现：最后拨入尾号为079这个号码的，是尾号为150的林嘉的私人手机号！

铁雨之前从林嘉电脑上拷贝回来的压缩包，也被成功破解，里面竟然有一些技术资料，这些资料和用手机来制作炸弹的触发器相关。

另一个遇害人江秋因为离爆炸点很近，他的笔记本电脑则被彻底损毁，恢复无望。李晓雪家里的爆炸，在现场没有发现用来制作引爆器的手机SIM卡，而是用物理手段，在拆开密封物体时触发的爆炸，炸弹的制作原理和引爆手法，和停车场的炸弹都不一样。"

听完同事们的汇报，会议室里鸦雀无声，但大家情绪都很激动。炸弹的引爆器SIM卡号码和最后拨入这个号码的手机号被查出，看起来像是DIBI公司内部人士所为了。

铁雨和秦怀阳更是激动，有种豁然开朗的爽快感。制作炸弹引爆器的手机SIM卡079来自公司内部，这几乎等于锁定了侦查范围，再也不用四处撒网了。最后打入079号码的又是林嘉的私人手机号，同样来自DIBI公司内部，更是让内部作案的可信度大大提高。

第一次出警就遇到这么大的案件，然后案件的侦破终于有眉目了！

方向确定比什么都重要。再加上之前众多细碎的线索，这次警方再度展开针对性调查，一定会有斩获。张笑所想的也和他们一样：江秋和林嘉两个人的手机通话记录、短信记录、银行资金记录、网络痕迹、公司内部软件的沟通言论，全部都要查！

"砰砰！"张笑安排完工作，用拳头敲了两下桌面。铁雨和秦怀阳相视而笑，和同事们鱼贯走出了会议室。

手机又振动了。铁雨打开一看，来自女友。他咬了咬牙，回复道："我觉得当警察没有什么不好的，我很热爱这份工作。既然你决定要分手，那么我只好祝你今后能一帆风顺。"

他知道，她的短信再也不会来了。

# 第07章
## 站内信

**独白诗**

夜凉如水
房间安静得像没有你
哦，房间已没有你
想念
杯中你手掌的温度
我想喝
故乡的苦茶
却吞下
生死的滋味

发件人：一叶知秋

收件人：漂泊物语

时间：2008年7月2日9:00

我觉得你的怀疑是正确的。

你第一次发现被偷了东西，就是在周三晚上。从周一到周五，只有周三的晚上你有课，知道这个点你会不在家的人很少。而且你想，20点到21点，通常都是主人在家的时间段吧？你出去的时候灯没有关，从逻辑上讲，窃贼看到灯光会觉得有人在家里才对。我觉得一般的窃贼是不会进去作案的。

你21点课程结束后回到家，贼就已经走了，时间卡得恰好。

第二次、第三次发现有东西不见了，也都是你一出去，回来就没了，你不觉得窃贼对你的作息时间太了解了吗。你说你后来换了锁，东西也照丢不误，我就觉得你怀疑房东是正确的思路了。

房东肯定对你的房间比较熟悉。而且你为了以防万一，两次换锁都留了一把钥匙在房东那儿，也给他提供了条件。

你觉得如果你自己是房东，有钥匙，房客丢了东西的话，自己嫌疑最大，所以绝对不会去偷。这种换位思考不得不说太一厢情愿了。也许房东明知道有嫌疑还会"笑纳"你留在屋里的东西，他不在乎自己被怀疑，因为只要你没有证据就拿他没办法。

发件人：漂泊物语

收件人：一叶知秋

时间：2008年7月2日10:00

看起来你是认同我的想法的啊。

其实来这边之前，我就听说在国外留学生圈里坑中国人的，多半是中国人。

本来是想找个老美的房子住的，只不过刚来的时候太亢奋，买了不少东西，有点得意忘形了。有的没的买了一大堆，给国内的爸妈和朋友也寄了不少东西。总之，到想从学校搬出去租房子的时候才发现没什么钱了，老乡会里有认识的人推荐，我就搬到了现在这个房东家里，简直是"送货上门"。

房东嘴巴很甜，皮笑肉不笑的，笑面虎一样。我开始怀疑他，其实是因为跟我一块儿来的几个中国人。他们租老美的房子屁事都没有，就我丢东西。后来我在学校论坛发帖，才知道之前几个在我房东这里租房的校友都有丢东西的经历，我才去想是不是房东手脚不干净。

我去找之前扮演中介角色的老乡，那人已经回国了，也联系不上。我估计他拿了房东好处吧，现在跟我一起搬进来的几个人也有丢东西的，大家都在想怎么搬出去，一时半会儿没找到合适的，校区有点偏，大家又不太想住学校里。

对了，拿一把钥匙给房东，不是我怕钥匙丢了忘了什么的太麻烦，是房东要求的，说是要留钥匙在他那里做备份。

发件人：一叶知秋

收件人：漂泊物语

时间：2008年7月2日11:00

留钥匙做备份，是欺负你们留学生初来乍到胆小吧。年龄小，也不成熟，主动权都在他那边了。租房子不给房东钥匙完全没有任何问题啊。有没有考虑过报警，抓他。在国内，如果算成民事纠纷的话，警察会调解，相当于私了，损失其实很可能会找回来。国外我就不清楚了，你可以设法问问有经验的人或者去学校论坛发帖咨询下。你又不是第一个遇到这种事情的人，问问别人是怎么处理的。

发件人：漂泊物语
收件人：一叶知秋
时间：2008年7月3日9:00

你说报警这个，我其实考虑过。我觉得房东贪点小便宜，应该和我一样都不想把事情搞大，如果警察来了事情就不可收拾了。传出去对他对我都不好，我到这儿还没多久呢，就被偷了，搞不好别人还以为我是个富二代，家财万贯。并且目前我没有任何证据去和房东摊牌或者和警察举报啊。

发件人：一叶知秋
收件人：漂泊物语
时间：2008年7月3日9:30

我有一个办法，有可能获取一些证据，前提是房东再次对你下手。目前你有对别人说过自己丢东西的事吗？

发件人：漂泊物语
收件人：一叶知秋
时间：2008年7月3日14:00

真的吗？太好了！我没有表露出任何发现东西丢了的迹象，怕打草惊蛇啊，哈哈！因为怀疑到房东，所以不知道为什么就不露声色了，本能吧。以前就经常有丢了的东西过了很久自己跑出来的经历，我怕是因为自己丢三落四而错怪好人，到时候就显得一惊一乍的，很蠢。只是我最后一次特意把手表放在桌上，回来后发现不见了，才确定是被人拿了。

发件人：一叶知秋

收件人：漂泊物语

时间：2008年7月3日18:00

  我的办法其实很简单，你准备两个摄像头，连上你房间内的电脑。其中一个摄像头想办法放在你房间外，最好是房间门口或者门框上，如果设置不方便，可以用502之类的胶水粘一下。然后你去找房东，说你房间里好像丢了东西，也不知道是不是被松鼠还是别的小动物偷走了什么的……总之为了安全起见，你想在房间外装个摄像头来确保安全。

  你在房间外装个摄像头主动通知他，是出于对他的尊重，于情于理都说得过去。其实这么做好像有点在暗示你已经怀疑他了……不对，这都是明示了，哈哈。如果房东胆小，多半就到此为止了。

  这个摄像头不是重点，作用就是让他自认为仍然掌握着你房间的情况。你再设法把第二个摄像头设置在你房间里不容易被发现的地方，镜头能摄取房间内的范围越广越好。房东如果忍不住再去偷你东西，一定是想办法避开你的第一个摄像头，成功入侵你的房间后可能会自鸣得意而松懈下来，这时候他再拿你东西就会被第二个摄像头拍到。你可以把摄像头拍摄的影像存在你电脑里，但这样也不够保险，没准他会发现了，连你电脑一块儿偷走。

  保险的办法是我远程控制你的摄像头，在我这边录屏或者用别的办法保存视频，除了对带宽有那么点要求，其他没什么难的。等房东发现被拍了，记录下他非法入侵你房间的视频早就在我这边了，我再把视频文件传回给你，你拿着这个，他就没话说了。

对了，你的电脑是台式还是笔记本，是笔记本的话看有没有自带摄像头。有自带摄像头的话你买一个就够了，记得把它装在房间外面。出去时把笔记本电脑打开朝着房门，屏幕关掉，房东进来就会被我拍到。

摄像头记得要买无线的啊，方便。

发件人：漂泊物语

收件人：一叶知秋

时间：2008年7月4日19:00

是个好办法！我用的是笔记本电脑，而且刚好是带有摄像头的。幸亏我外出时用国内带过去的笔记本电脑锁锁了一下，不然现在估计也被他搞走了。我想既然房间内的摄像头也有可能被发现，要不要装三个？一个在房间外面，一个在房间里面比较容易发现的地方，一个在房间里面比较隐蔽的地方，他躲得了这个躲不开那个。

发件人：一叶知秋

收件人：漂泊物语

时间：2008年7月4日19:30

没有必要。如果房东精明到能发现你的"暗摄像头"了，一个还是两个区别不大，都会被找出来。再说他最快发现你的摄像头的时候，起码没经过你同意就打开房门进去的行为已经被拍到了，视频在我这边，他发现还是不发现，意义已经不大了，不是重点。

发件人：漂泊物语

收件人：一叶知秋

时间：2008年7月6日11:00

摄像头已经买好了，我跟房东打了声招呼，要把摄像头装在房门口。他同意了。对了，打招呼的时候我们还聊了一会儿。房子其实是房东的儿子的，他儿子来这边混得不错，因为工作的关系去了市中心，这房子就租出去了，他和老伴就替儿子管理。他之前在中国是一个摆摊的个体户，能供儿子上学混到这边来也算是可以安享晚年了。你说他都这么大的岁数了，根本不缺钱，偷我那点东西干啥。

现在摄像头装了，我觉得以他的年纪应该没什么本事再进去拿我东西了。

发件人：一叶知秋

收件人：漂泊物语

时间：2008年7月6日11:30

能不进去也好，反正你现在已经在找下家了。搬家前如果能一直相安无事的话，之前就当自己交学费了。他没有办法关你的摄像头，再忍不住想进去的话，要么断电让摄像头不工作，要么从窗户翻进去。

听你对房东描述，似乎没受过什么高等教育。断电的可能性比较大，他肯定觉得摄像头在断电后就没作用了。你笔记本电脑的电池能撑近5个小时，拍下他偷偷进你房间足够了。当然，翻进去的可能也不是没有。你之前不是说在你之前还有几个学生在那里丢过东西吗？占别人便宜惯了，突然之间你用摄像头吓唬他一下，没准人家有逆反心理，反而激起他的挑战欲。你拿摄像头吓唬谁呢，我偏偏就是要再拿你一点，看你能怎么的？挑战欲这个东西，男人差不多都有，咱们的计划可以说就是要利用他这个心理，就等他自作聪明，去教训你个乳臭未干的学生仔了。

没准他现在就在心里笑你傻，摄像头不装房间里，反而装在外面。

发件人：漂泊物语

收件人：一叶知秋

时间：2008年7月8日9:00

  有道理。我都布置好了，接下来几天我多出去打球和游泳，给他下手的机会。

发件人：漂泊物语

收件人：一叶知秋

时间：2008年7月8日19:00

  我预留给他偷的现金少了一部分，手机倒是没敢偷我的。戒指不见了。是房东干的吗？他上钩了吗？

发件人：一叶知秋

收件人：漂泊物语

时间：2008年7月8日19:30

  有个老头潜进了你的房间，我觉得应该是房东，这回咱们有证据了。

  我把他从窗户翻进来的那部分视频截取出来了，见附件。

  你拿到视频，我建议你设法和真正的房东也就是他儿子取得联系。这老家伙看起来受的教育程度有限，搞不好会呼天抢地地撒泼。他儿子应该明事理一些，把视频给他看，这种事他应该会倾向于私了。

发件人：漂泊物语

收件人：一叶知秋

时间：2008年7月10日14:00

  十分感谢！哈哈！

我把视频给房东儿子看了，他果然说要和我私了。东西和钱基本都拿回来了！手表被老家伙送人了，估计是骗别人说这是他儿子孝敬他的吧。不管了，他儿子把手表的钱赔给我了。刚好我新找的地方也可以搬进去了，再也不用见这老混蛋了！

　　你说他也不缺钱，干这种偷鸡摸狗的事，被抓现行多丢人啊。对了，我还在这边的留学生论坛发了个贴，把自己的事情说了一下，以后估计都不会有人去他那里租房子了，哈哈。

　　再次感谢，想不到最后帮到我的是你这位在论坛上认识的朋友。你也在这边留过学吗？

**发件人：一叶知秋**

**收件人：漂泊物语**

**时间：2008年7月10日14:30**

　　恭喜，恭喜。

　　这和有没有钱没有关系。有些人再怎么有钱，就是不知道满足。人的欲望是没有止境的。有的人明明已经过得比大多数人要好100倍了，却仍然在巧取豪夺，花点心思，甜言蜜语就能抢了别人快要结婚的女朋友。这种贪得无厌的人早晚会遭报应的。当然话说回来，你那房东多半是个强迫症吧，小偷小摸惯了，戒不掉。偷的东西值不值钱，说不定他反而不怎么看重。

　　谢就不必了，咱们认识也差不多两年了，挺投缘的，说这些太见外。我本来是有机会留学的，想出去看看，想接受一些国外更好的教育……但后来没去了。只是对留学生的生活比较感兴趣，定期会去留学生论坛上逛逛。

　　你孤身在外求学，其实已经很棒、很了不起了。

**发件人：漂泊物语**

**收件人：一叶知秋**

**时间：2008年7月10日20:00**

啊，太遗憾了，要是咱俩能同时在这边留学就好了。或许咱们还能获得这边的绿卡一起闯出一番事业。我是下决心要留在这边的，这次暑期再回一趟国，以后没事就在这边努力求学，设法拿绿卡了。

对了，这次回国我是想去奥运会看棒球比赛的。但奥运会要8月8日才开幕，在那之前我想先去我奶奶家住一阵子。我奶奶家在D市，我记得你也是住在D市吧？是的话咱们见见啊，我请客吃火锅，哈哈哈。

**发件人：一叶知秋**

**收件人：漂泊物语**

**时间：2008年7月10日23:00**

好的。你在D市要待多久？什么时候来？看完比赛就直接回去了吗？

**发件人：漂泊物语**

**收件人：一叶知秋**

**时间：2008年7月12日9:00**

嗯，看完比赛后直接从北京坐国际航班回这边。D市的话，现在还没确定，想等回国之后再说，刚回来肯定还要和高中的死党们先聚聚。小时候我爸妈经常外派，我差不多算是奶奶带大的。以后不知道什么时候再见面了，想待久一点。怎么了？

**发件人**：一叶知秋

**收件人**：漂泊物语

**时间**：2008年7月12日9:30

　　你如果要来D市的话，我其实是想请你帮个忙，前提是你方便。但我不知道你什么时候动身。

**发件人**：漂泊物语

**收件人**：一叶知秋

**时间**：2008年7月12日9:45

　　什么事？尽管说。我大概7月20日就能到国内，如果你这个事很急，我可以先去D市帮你。要我带什么东西的话我也愿意效劳，只要不是太重就行，小件我还可以发快递给你，这样你可以早点入手。

**发件人**：一叶知秋

**收件人**：漂泊物语

**时间**：2008年7月12日9:50

　　7月20号的话，那就刚刚好。拜托你了。具体你回来再当面聊，大致上是我想请你替我捎个东西给朋友。本来想自己去，但当天不知道会不会加班，加班的话会走不开。是易碎品，勉强也算是贵重品吧。我也不太放心叫快递送，本来是打算叫快递的。见面的时候给你，然后到了特殊的那一天想请你替我送一下。要那一天送过去才有意义哟。

　　带东西的话……我想买台iPhone给我弟弟，不晓得你那边是否方便？

**发件人**：漂泊物语

**收件人**：一叶知秋

**时间**：2008年7月12日10:00

是送礼物给妹子吧，哈哈。OK，没问题，具体哪一天？我保证完成任务！

iPhone是小件，我下午买了给你走个快递，20号之前你就能拿到。

**发件人**：一叶知秋

**收件人**：漂泊物语

**时间**：2008年7月12日10:05

哪一天现在还不确定，具体到时候咱们当面聊。

买iPhone的钱我是给你转账还是见面的时候给？

**发件人**：漂泊物语

**收件人**：一叶知秋

**时间**：2008年7月12日10:08

好。到时候见。钱也那会儿给就好。

对了，你是不是会黑客技术？我看你上次替我想的办法，貌似有黑客的风范。

**发件人**：一叶知秋

**收件人**：漂泊物语

**时间**：2008年7月12日10:11

那不是什么黑客技术，只是远程控制你电脑而已，很简单的办法。至于黑客技术，懂一点点。平时无聊的时候略微看一看，了解一下，不算什么高手。

发件人：漂泊物语

收件人：一叶知秋

时间：2008年7月12日10:15

  我搬出去后，那个房东好像是招不到什么房客了。为了让别人放心，他好像在楼道里真的装了摄像头，跟超市那种一样，是想打消别人的顾虑吧。你能控制那个房东的摄像头吗？

发件人：一叶知秋

收件人：漂泊物语

时间：2008年7月12日10:45

  不能。

  我之前控制你笔记本电脑的摄像头，是你授权的远程操作。换句话说，其实是你主动请求我来控制你的电脑，不是我没经过你同意就去控制它的。

  不过仅仅从理论上而言的话，在某种情况下还是有机会的。这要分情况，如果你房东的监控系统是个闭路环境，也就是没有连上互联网，那么我是绝对没有办法去入侵的。如果他不是闭路，连接摄像头的电脑同时也接在互联网上，那其实是有机会的。我们公司的监控室就被入侵过，因为当时不知道为什么没有弄成闭路环境。

发件人：漂泊物语

收件人：一叶知秋

时间：2008年7月12日11:00

  哦。我不知道他的是不是闭路环境，都搬出去了，听同学说的。你还会什么？能控制别人的电脑的话，就能让别人的电脑做很多事情吧，比如偷偷摸摸用别人的名义发些信息什么的。

发件人：一叶知秋

收件人：漂泊物语

时间：2008年7月12日11:30

　　嗯，抓到"肉鸡"的话，能做的就远远不止那么点事了。算是挟持了你的电脑，你的资源就是他的了，你能用电脑做的他都能做，还是在你毫无察觉的情况下进行的。如果有信用卡账号密码之类的信息就会很危险。其他电脑主人的个人隐私也会被人一览无余。

　　你说的那个偷偷摸摸用别人的名义发信息，是可以做到的。还可以指定时间，比如在你睡觉后，甚至可以是10天后，电脑自动开机发出一封邮件，都可以。你想象一下你回国后，你电脑自动开机发一封邮件给房东说自己错了，哈哈哈。


发件人：漂泊物语

收件人：一叶知秋

时间：2008年7月12日11:40

　　你说的"肉鸡"是什么？挟持别人电脑的话，不怕被抓吗？


发件人：一叶知秋

收件人：漂泊物语

时间：2008年7月12日14:00

　　"肉鸡"就是别人连接了互联网的电脑，你这么理解就好。当然怕被抓啊，所以会有一些反追踪手段。你的电脑如果被挟持，想要知道是谁做的，往往需要定位对方的IP地址，就是别人在网络上的位置，然后再设法锁定到真实人物。实际上有很多手段去隐匿自己的IP地址，比如使用代理服务器等。代理再去代理，这么一个一个套下来，追踪起来就特别麻烦了，需要很大成本。差不多就是借别人的身份去做你要做的事情吧。

你看那些金融犯罪的新闻，罪犯把一笔钱从银行转出来，一般是在很短的时间内，就分散转出到了多个不同的账户上。再从这些账户转到下一批账户，再从下一批账户到下下批账户扩散……是一样的道理。要查也能查，会很麻烦很耗费时间就是了。而且遇到高手，你去追踪他的IP地址还要更麻烦一些。

就这么说吧，如果我现在用代理IP的方法在网上活动，发帖啊，和人聊天啊，包括和你发邮件，都是很安全的。除非现在来个人收走我的电脑，不然在其他地方要查到我和谁发了邮件，邮件是什么内容，都是几乎不可能的。

如果我要隐藏我和你之间的联系，我可以用抓"肉鸡"、找代理等多种办法来掩盖自己的网络痕迹。甚至让我的"肉鸡"电脑在半夜开机，把CPU超频并100%运转，再关掉风扇，让CPU产生的热量给电脑造成物理损坏，电脑报废也好，主人重装系统更换也好，总之能做到几乎追查不到。

所以我一直认为网络是相对安全的，比手机要安全多了。比如说，我和你打电话啊发短信啊，别人想要知道我们什么时候打过电话、在什么地点打过电话、什么时候发过短信、短信内容是什么，是很轻松的。这些信息在移动、联通那些运营商那边都有，一查就知道。

**发件人：漂泊物语**
**收件人：一叶知秋**
**时间：2008年7月12日19:05**

好复杂……反正快回国了，见面聊。看到我不要太吃惊啊，哈哈。

发件人：一叶知秋

收件人：漂泊物语

时间：2008年7月12日19:06

不会的。你是女的，对吧。

发件人：漂泊物语

收件人：一叶知秋

时间：2008年7月12日19:09

哈哈！你怎么看出来的！

发件人：一叶知秋

收件人：漂泊物语

时间：2008年7月12日19:10

哈哈。我公司在郊区手机信号不太好，回来后咱们还是用邮件联系行吗？

另外，夏天太阳很毒，你又喜欢棒球，我打算去买两个棒球帽当遮阳帽，想送你一个作为见面礼，希望你会喜欢。

发件人：漂泊物语

收件人：一叶知秋

时间：2008年7月12日19:09

哇！谢谢！我一定会喜欢的！邮件联系，不见不散！

# 第08章
## 邮件

**独白诗**

大雨倾盆而下
在陈旧的窗台
粉身碎骨
都说
雨水是情人的眼泪
为何
就不能是我
在轻声呼唤你的名字
直到窗外的雾
弥漫到
黯淡的眼眸

发件人：一米月光

收件人：相见欢

时间：2008年4月25日20:03

欢姐：

上次短信里没有说清楚，我说找时间再给你打电话，但后来也一直不太方便，想来想去，还是给你写邮件吧。

其实你问我和江秋怎么样了，我当时说就那样呗。其实只是……我不知道怎么跟你说。我们过得也没有那么好，我不知道还会和他一起走多久……或者说，还要不要和他一起走下去。两个人之间……感情的事情，谁又能说得清楚呢。

也许是我有问题吧，你呢，你还好吗。小音呢，你和她还有联系吗？她结婚后有什么不一样吗？

发件人：相见欢

收件人：一米月光

时间：2008年4月27日11:00

哎呀！上次跟你发短信，看你支支吾吾的，就猜你和江秋是不是吵架了。

两口子吵架，还不是床头吵架床尾和的，你说的都是气话吧。现在的男人啊，老实的越来越少了。别看有些男人平时哄得自己家女人团团转的，背地里不知道和其他女人玩什么暧昧呢。

远的不说，就说我部门里的那个课长吧，大家公认的好男人。31岁，戴一副眼镜，长得很帅，平时说话也温和，没什么架子。偶尔还跟大家开开玩笑，谈吐很幽默。更重要的是：干净，烟酒都不沾。有时候部门里的人一起出去玩，他也不小气，买单什么的从来不躲。

我这公司可是日企，说实话，一个中国人混到课长这位置真的已经很牛了。课长白天上班赚钱养家没得说，下班早还去幼儿园接孩子。有一次他过生日，我们几个买了蛋糕去他家玩，饭菜也是他亲自下厨做的，他家里那位都不带动手的。这样的好男人，能挣钱还顾家，路上看见卖唱的还给个零钱什么的，够好了吧？够善良了吧？更更更重要的是，他的手机他老婆可以随便看，连密码都没有，是不是很坦荡？那话怎么说来着，君子坦荡荡，对吧？

但是我告诉你，都是假的！课长简直是奥斯卡影帝。上个月我和另外一个姐们儿，跟着他去台湾出差，到了那边的酒店，3个人住了2层，我和课长在十一层，那个姐们儿在九层。你猜怎么着，半夜课长来敲门了！说什么有些心里话想跟我说！

我就说呢，我们出差是有补助的。之前我还在想是不是自己表现好能力强，怎么一个工作经验不到三年的新人能有机会跟他出来出差……原来是在打老娘的主意！我听到的时候还不敢信是真的，以为自己听错了。毕竟之前他不要太像好男人！我装作睡着了，尖着耳朵又听了一会儿，他在门口敲了五分钟呢。我特怕他打我电话叫我开门，还赶紧在被窝里把手机给关了！后来又一想，他的手机可以随便给老婆看，精明着呢，才不会打我电话呢，更别说发短信了。

关键是第二天啊，我们去见客户的时候，他仿佛一切都没发生过，自然得不能再自然，好像昨晚敲我门的不是他一样！

现在你知道男人有多坏了吧？所以啊，是不是老实，是不是好色，可是判断男人的很重要的一个依据哟。

我看你家江秋就很老实，没什么花花肠子，挺适合过日子的那种。他不怎么会讨女人的喜欢。上学那会儿，我还对他有点意见，觉得这人挺冷漠的。现在想，找老公这种肯定很合适。所以米米啊，也不用太挑剔，讲真的他做得不好的地方你慢慢调教就好了，不要随随便便就把他送人。

小音嘛，还有联系的，毕竟毕业后还在一个城市的就我和她了。见面不多，结婚才半年她就当孩儿妈了，敢情是奉子成婚哟。工作也辞了，天天在家带孩子。我去她家里看过她孩子一次，真人没照片上那么好看。

后来约过几次，都是孩子长孩子短的，出不来。再后来，也就是生日和节假日的时候发发短信了。你在QQ空间见她老放孩子的照片，差不多那就是她真实的生活状态了。生娃养娃，拍自己孩子的照片放在网上，让大家觉得她过得很好很充实，让自己觉得自己很充实很幸福。

发件人：一米月光

收件人：相见欢

时间：2008年4月28日9:43

好久都不见面，其实我有很多心里话想跟你说。

不是我跟你倔，你说的我确实也都知道。江秋从来都不是会讨女孩子喜欢的那一种，我不担心他半夜去敲别的女人的房门，他半夜起来一定是去上厕所。再说了，他加起班没完没了的，很多天半夜都还在公司，我独守闺房，指不定谁去敲谁的门呢，哈哈哈。

其实我每天上班，都能看见小音更新的照片。我说不清楚，也许我害怕的，就是变成她现在的那个样子……她的那个生活状态。我都有点害怕结婚了。

咱们宿舍四个人，除了你之外，我还和子优有些断断续续的联系。她在法国有时差，所以也都是发发邮件了。她现在在那边一个画廊工作，白天工作，下班就画画，偶尔去个酒吧或者做个户外活动什么的。我很羡慕她，不光是我觉得她的生活或许比我要好玩和有意义，而在于周末她还可以去画室学习，她还在画画……而我只是在工作，我不能画自己想画的，她还可以。

某种意义上，我一方面把这种恐惧释放了出来，一方面我又被这种恐惧束缚。在学校的时候，大家虽然各有所长，起码在毕业的时候还在一条水平线上。可如今呢，我不知道你怎么样，反正我是觉得我和子优之间的差距一定会越来越大的。环境不一样，接触的东西不一样，如果将来有一天她回来，我们除了叙叙旧，再聊画画的话，还能跟得上她吗？

她跟我说她终究还是想要到开画展的那一天，我也想，只是她离那一天越来越近，而我离那一天却越来越远。这就是我的恐惧。

和江秋结婚的话，未来是什么样子我都看见了。我很害怕。

我害怕就这样辛苦地工作，赚钱去买房子啊车子啊，然后被所谓的家庭，那个小小的空间束缚在这个城市。看得少，阅历就少，又能画出什么来呢。生了孩子，我会不会和小音一样，只是在家里哄着孩子，再也没有时间和心情去拿画笔。然后再把希望寄托在自己的孩子身上吗？像我妈妈一样。

我妈妈年轻的时候学的舞蹈，然而现在这个年纪，除了在电视里看别人跳舞的时候指指点点，她还能干什么呢？她的年龄，身体，都不支持她再去跳舞了。她说她结婚后就放弃了当舞蹈家的梦想，一心把我养大。可是养大了又怎么样呢？

我真的很害怕。这种害怕，是江秋带给我的安全感——那种对爱情忠诚的安全感所抵消不了的。我爱他，但我也爱不被消磨的生活。如果一定要有放弃，我不知道我应该放弃哪一部分。

这些话我都没有和江秋说过，也不知道他能不能体会。也许他都看出来了，只是他不知所措吧，跟我一样。

还有，你课长敲门的故事，我只相信一半，你真的没有开门吗，不要骗我哟。哈哈。

发件人：相见欢

收件人：一米月光

时间：2008年5月9日13:50

　　果然还是骗不过你这小妮子啊，哈哈。

　　没错，其实我开门了，嘻嘻。老娘也不是什么好人……光脚的不怕穿鞋的，我单身，送上门来的肉吃一口怎么了。我又不图他什么，更懒得去破坏他家庭，谁知道他家里那位什么性子，万一泼我开水、硫酸什么的，我可划不来。

　　不过第二天他装作什么都没发生过，倒是真的。男人就是这样的动物啊，天生的骗子。我发过短信逗他，他也不回。他很聪明，知道不回我短信，就没有任何证据，搞得好像老娘主动当小三倒贴一样。万一那晚的事被他老婆知道了，到时候也可以来个抵死不认，说我骚扰他呗。其实这种一夜情，不过是一种成人游戏罢了，你情我愿的，大家都知道分寸，开心一下就好。米米你是好孩子，可不要跟姐姐学坏哟。

　　所以说嘛，他想多了，这种男人，送给我我都不要。大家太寂寞，各取所需而已，我又没离过婚，干吗要个二手货。男人可以偷腥，女人一样也可以尝鲜啊……说实话口味挺一般的。哪天老娘心情不好了，就说自己有病，看我不吓死他。

　　你听过"七年之痒"的说法吗，我估摸着你和江秋也差不多到这个坎了。这是说结婚后大概七年左右，两口子对对方的不爽很容易会整个爆发出来，你们虽然没结婚，不过在一起久了，多多少少也该出点毛病了。毛病就是毛病，过去了就没事了。

　　你还在画画啊，我工作后就没怎么画了。画板收在阁楼里，好像一次都没拿出来过。我在市场营销部嘛，说白了就是得出去谈生意，东奔西跑鸡飞狗跳的，哪儿有时间静下心来摸画笔和调色板。每天画的，估计就是自己那张脸了，哈哈。妆化得漂亮点，衣服穿稍微时尚点，对男人就管用。再给个名片留个电话，他们表面上不动声色客客气气的，心里不知道有多暗喜呢，还以为能发生点什么，那帮白痴。

　　子优去了法国还在画啊，我也羡慕啊。但是米米啊，人都是有自己的活法的。你看我，毕业后专业也不对口，进公司工作也不是一样地过来了。或许我比你们更早知道，不是每个人都能当画家吧。有的人追求梦想，有的人在犹豫要不要放弃梦想，有的人压根儿没有这种梦想，有的人梦想就是相夫教子，你懂我意思吧。咱们四个就是这样的人。小音就是找个好老公，在家里乖乖相夫教子的那种。子优呢，就是有魄力去追求梦想的。去法国赌一把，你觉得她就不害怕吗？

　　反正我觉得，我是她我也会害怕的，去法国就一定能画好吗？人可以画到老，话是这么说，但女人能年轻多久呢，岁数一大，各种压力就会来，找对象结婚啊什么的。万一你发现自己拼着命画到40多岁了，也就那样，你怎么办？

　　你还记得子优出国前和男朋友分手了吗？分手是子优提的啊，她知道自己去了也是个未知数，不知道啥时候才能回来呢。她说分手对两个人都好，不耽误那男的，自己也无牵无挂，免得软弱的时候总想着回来。那几天她哭得多惨你总还记得吧，眼睛都肿得跟桃子一样。不过这一点我觉得她还蛮成熟的，异地恋管什么用，说不好听点，每月那日子来的时候，疼起来身边一个人都没有，难道打电话回来哭啊。我觉得她是下决心了的，但是米米，你好像没有。

　　在我眼里吧，这就是一个更爱画画，还是更爱男朋友的事情。院里都知道你不比子优差，硬选起来到底名额给谁，还不一定呢。你没跟子优抢那个名额，说明你已经做了选择，选了江秋。既然选了江秋，就不要后悔啊。刚刚说的那四种人，子优追求梦想，小音就是相夫教子，我压根儿就没有当画家的那个想法。我觉得我现在这样也挺好的，四处跑，见各种各样的人，没准将来有空了感觉来了，再画着给自己玩，自娱自乐也没有什么不好。剩下的那种犹豫要不要放弃梦想的,说的就是你了。

不过话说回来,去法国的事就算是江秋拖了点后腿吧……也不算什么,怎么说,不见得江秋和你的梦想就在不同的方向吧?和他在一起就不能画了?他还年轻,你给他点时间,等他钱赚得多点了,你把工作辞了在家里画着不也挺好?实在不行,你现在就辞了呗,去艺术班里教那些有钱人的孩子画画吧,这样时间也比较自由好掌握。说真的,江秋也不差了,长得还行,不抽烟不喝酒不拈花惹草,听你之前说他还会写诗什么的,校报里貌似还发表过几篇,这不挺好一文艺青年,适合你。

不会是他那方面出问题了吧?你老实说,你是不是有别人了,有什么白马王子出现了?

**发件人:一米月光**
**收件人:相见欢**
**时间:2008年5月17日9:17**

欢姐啊你悠着点啊,结了婚的男人就不要去碰了。你个大美人,也别老顾着工作,抽空早点找个男朋友吧。干吗便宜了那些偷腥的臭男人。我没别的意思啊,是怕你吃亏。看你说他这么起劲,我有点怕你陷进去。

你误会我的意思了,我并不是嫌弃江秋穷,我也没指望靠男人养活自己。不是说有个男人养着我,我不上班在家里天天画画,就能有什么了不起的作品。咱们都知道,这个不靠谱,也没有哪个像样的画家是这么画出来的。

我只是眼睁睁地看着自己的生活在被一种东西侵蚀,又无能为力。之前我一直觉得是工作,后来又觉得不是,我说不好是什么,是一种被枯燥生活"烘焙"出来的……惯性吧?这么说似乎有些矫情,但真的就是这一种对什么都兴趣索然的惯性……这种惯性在把我拉进一个看不见的、莫名的深渊里。

　　这种惯性的侵蚀，对我自己而言，就是精神状态不好。我已经记不清多少次回到家里，电脑不想开，书不想翻，音乐不想听，电影不想看，连画笔都不想碰。对两个人一起生活而言，彼此在一起的时间被挤压得太厉害了。之前确实还能两个人一起去逛逛画展看看电影，偶尔也能见他拿个小本写几行诗……说起喜欢诗，这一点也算是江秋他有个性的地方了。我还真没见过几个理科生喜欢诗的。江秋说他们编代码什么的，越短越精练越厉害吧，诗也是一样的，最精练的语言之美。说起来还一套一套的，一点都不像个理科生……感觉却很好。

　　可是毕业上班后，这些能带给我"感觉"的事就越来越难出现了。工作了就没时间……然而这个"没时间"又不那么绝对，周末两天如果不加班，明明可以一起出去走走，出去玩，然而就是已经不想动了。他不想动……可怕的是，我也越来越不愿意外出。我们的工作是追求速度快的，就算江秋他能三天干完别人五天的活，上面也指着他加加班，两天半干完就更好。加班是必然，再加上他这个人责任心又很重，我孤零零一个人的时候就更多了。我说不清楚，到底是不是加班导致的生活乏味，还是没有新的东西出现，我看不见未来，导致我好像对什么都提不起兴趣。

　　又或者说，我对能看见的未来并不抱有期望。激情一点一点被消磨，工作带来心态的疲劳，疲劳产生对一切兴趣索然的惯性，这种惯性跟慢性自杀有什么差别。我想我真正害怕的不仅仅是"不能画"，甚至都不是"画不好"，而是未来有一天，我会"不想画"。我们到底是什么时候沉没进毫无生机的死水里的呢？江秋没有做错什么，我也不知道应该怎么表达，怎么样一起去对抗。

　　昨天我心情不好，跟你发了那些短信后一个人去小吃街瞎逛，遇见了一个小流氓。还好有公司的同事救了我，我有直觉他好像……对我有感觉。

比较烦，写得也很乱，不过我想欢姐你应该会懂我的。

发件人：相见欢

收件人：一米月光

时间：2008年5月24日13:53

  米米，我怎么会不懂呢，咱们认识又不是一天两天了。

  先说我吧，要说陷进去，那不至于，不过有时候确实会想：我哪点不比他家里那位强？不管身材样貌，还是能力，明明都是我更好。就因为她比我先认识他，所以一辈子这么久，他就归她了？连自己男人都看不住，又能好到哪儿去。然而想归想，趁现在年轻，就这样过个几年我也无所谓，老娘什么时候想嫁了还怕找不到好男人吗？你知道吗，他从来没说过什么会离婚来娶我之类的，连一句"我爱你"都没有。他知道我不会信的。

  不说我了，你就别担心了，先说说你那同事的英雄救美吧，然后我再跟你说。


发件人：一米月光

收件人：相见欢

时间：2008年6月6日23:34

  好吧，欢姐你自己有想过了，我就不啰唆了。但我是你，我会早点出来的，不能便宜了他。现在不在乎和他天长地久，也许等想走的时候突然发现在乎了……那会儿你会受伤的。

  其实也没什么英雄救美，就我在公司附近遇到流氓，他把流氓打跑了，我们就回公司了。他人很不错，待人也有礼貌。然后我请了他吃饭。他问我有没有男朋友，因为公司不准员工谈恋爱，所以我就说我单身。

  那天过后，感觉他一点不在乎公司规定，主动来接近我，一直对我很好。有一天我感冒了，也不知道为什么，没有告诉江秋。然后就是和他发短信的时候说了一下，我真不是故意要怎么样的，他就要开车给我送药过来。来的路上也不知怎么的就出车祸了，他还受了伤。

后来我去看他。江秋知道这事了，我们大吵了一架。江秋说什么他开车太快，为了讨好女孩就开那么快的车，受伤也是活该。可是人家是为了给我送药才受伤的，我去看看有什么不对吗？哪怕他是因为别的和我没关系的原因受的伤，作为同事去看看有什么错吗？

我生气了，就跟江秋说了分手。现在在冷战。反正我觉得我没错。

**发件人：相见欢**
**收件人：一米月光**
**时间：2008年6月7日10:02**

米米，我的预感还是成真了。

既然你和江秋都闹到说分手了，我觉得吧，应该要严肃地跟你说下这个事情了。也许我说的你不那么爱听，但你知道我这个人，不爱说瞎话，就不哄你了啊。

从女人的直觉来说吧，你对那个出现的"他"还是有心动的，对吗？我们公司也不准员工搞办公室恋情，可你想过没有，为什么那个"他"在问你有没有男朋友的时候，你回答说"没有"？你直接说有，只要男朋友并不是公司的同事不就没事了吗？

到现在你都没有说那个"他"叫什么名字。这是反常的，在我看来，这就是他已经进入了你的心里，让你很惊慌，你猝不及防，没准备好，都没有勇气把他的名字告诉我。你提到他越是要表现得他不重要，只是同事关系，就越能显得你慌乱，起码在我这边看来是这样的。太刻意了啊，小米米。

我还有一种直觉：你是一时说气话要和江秋分手，还是心里的想

第08章 · 邮件　155

法终于在一个契机下说了出来,其实你自己也是明白的。你不过是希望我说出一个你想要的答案,让我告诉你做对了罢了。我不知道你想要的答案是什么,是继续走下去,还是真的分手。但是米米,这次我什么都不会说的。我支持的是你,但我没办法去支持你的任何一个想法,更不要去说"决定"了。

记得大三那年你被江秋气哭的那次吗,你嫌弃他太闷不好玩,不懂你的心事,后来吵起来的那次?那次你也哭得够可怜的吧,又是眼泪又是鼻涕的,可你也没有说分手。难道这次就因为你去看个受伤的同事,然后两口子拌了下嘴就说要分手?你们都老夫老妻的了,米米你让我怎么相信呢。

这些你自己应该都有意识的。我明白你,也不明白你。刚参加工作,现实生活和校园那段无忧无虑的日子总会有落差,而且努力有时候根本就没有回报,甚至知道这样下去没意思又不知道怎么去改变。这些我都明白。夜深人静的时候,我有时候也会去想,为什么那天课长敲门的时候,我会把门打开。我知道他已经结婚了,我知道和他没有什么结果,也知道打开门就会不一样,可我还是打开了。我不能肯定自己爱他,也不能肯定自己不爱他,唯一能肯定的,就是我不知道自己爱不爱他。我想我和你一样,或许想要的不是和他怎么样,而是希望有些不一样的东西吧。哪怕这些不一样的东西没那么好都行,只要"不一样"就可以了。毕竟我们还年轻,犯错也会被自己原谅,不是吗?

现在这个社会,没有傻子了,我知道我和课长的事情公司里其他的人早就知道了,我也毫不关心他们是怎么知道的。那些长舌妇背后怎么念叨,我会不知道吗?可是我不在乎,我知道下一个"不一样"来到时,一定就是结束的时候。又或者我自己某天不再想要什么"不一样"了,有一个真正想要的东西了,和他的关系也会无疾而终。我知道我在干什么,也知道自己得到什么,又要承担什么,我如果说我不在乎，那一定是真的不在乎。

  我不明白的是：米米你呢？你真的知道自己在做什么吗？江秋是爱你的，你比任何人都清楚。你知道这个分手代表什么吗，你对那个同事又有足够的了解吗？为了"不一样"，为了打破没有意义的"死水"，分手这个代价真的不会太大吗？江秋和你的梦想，真的是冲突的吗？和江秋在一起，和江秋在一起过目前看起来无趣的生活，真的就会折断你的画笔吗？你害怕不再想画画，这种恐惧真的是江秋带来的吗，是不能两个人一起想想办法的吗？

  我刚才说不会支持你的任何想法，是因为这个事情对米米你而言太重要。同样，我也不会反对你的任何决定，我只是担心你没想透。

  原谅我没说出你想听的话，你还是多想想吧。

**发件人：一米月光**

**收件人：相见欢**

时间：2008年6月9日23:49

  欢姐，我和江秋分手了。

**发件人：一米月光**

**收件人：相见欢**

时间：2008年6月10日9:01

  ！

**发件人：一米月光**

**收件人：相见欢**

时间：2008年6月21日19:00

  抱歉啊欢姐，这么久才回复你。

  那个同事，他叫林嘉。我现在和他在一起了。

上次吵架后，我说了分手。然后江秋也没有来找我，我在想，既然他都没么看重我，还像一个学生一样一点不懂女人在想什么，以后和他过下去一定会很累。

你说让我想明白，我想明白了，我把我的想法都告诉你吧。

其实我自己心里也知道，林嘉出车祸那个事情，只是个导火索。我知道江秋的弟弟出过车祸，江秋他想起往事，迁怒林嘉我也理解……真正分手的原因，是我想用极端的方式寻求一种改变。如果再残酷点，再直接点，就是我变心了吧。

这种变心，或许无关爱情……林嘉个人条件比江秋要好很多，如果我和他在一起，少不得会有人说我是为了他的钱和他的背景才投怀送抱的，就像欢姐你说的那样，如果要做选择，就得知道自己到底在做什么，又要承担什么。

我不是在选择人，我要选的，可能是一种生活吧。这样说，可能会有些没出息，然而事实上，女人的生活受到的男人的影响，不得不说比男人在生活中受女人的影响要大一些。和江秋在一起，很安心。他是个很好的男人，有责任感，有担当，健康努力，谦逊向上，不抽烟不酗酒，还很孝顺。

平时闲暇的时候，他一般就看看书和电影，去一些黑客和他们技术相关的论坛看看。如果和他组建家庭，他不光是个好丈夫，未来也一定会是个好父亲。他绝对不会对除我之外的任何女人动心思。和他好了这么久，我也比任何人都要了解他。他的沉默寡言，来自一种对生活压力逆来顺受的习惯，是一种怡然自得吧。这种怡然自得和常人的那种得过且过是不一样的，得过且过是很消极的，而他没有。你知道吗，江秋其实一直都有一个出国留学梦，但因为家里的条件不好而没去成。这要换成我，可能会是一个心结，一辈子都会绕开这个事情。然而江秋到现在还时不时去国外的一些留学生论坛逛，我觉得他内心很强大……那些都是他在无奈下心不甘情不愿错过的，可他就是有勇气去慢慢看他碎掉的梦,没有懊恼也没有不满,而是带着喜悦去看别人过他想过的生活。他踏实可靠,心思又细腻,有一种吸引女性的魅力,我们公司的前台美女似乎就对他有好感。

然而我想了很久,明白自己想要组建的家庭……必然不是这样的。从某种意义上而言,林嘉他的强势反而会让我更舒适。就是有什么事,江秋肯定会尊重我意见,和我商量着来,这样是很不错的,然而感觉上……总是觉得少了点什么。林嘉就不会。他一定会按照对我的了解去替我办好,做好决定。刚开始我们或许会有些想的不一样的地方,但只要对彼此的了解越来越深,终究是会越来越好的,会越来越让我有那种被"照顾"的感觉。他的性格也是求新求异,这让我对未来的生活,从大处到小处都有不同的期待。

至于林嘉是什么样的人,是不是值得托付终身,我也仔细观察过了。和林嘉在一起后,没过多久,江秋突然有一天把我的一些照片还给了我。这些照片是不包括我那些人体写真的,林嘉恰好看到了我接回江秋的照片。我很意外江秋会做出这样的事情,我也知道男人会很在意自己的女人之前有过什么样的经历。

我故意告诉了林嘉我和江秋在一起时,也拍过写真照片送给过他,而且那些写真照片不在他还我的那些照片里面。告诉他的时候,我看起来平静,可天知道我心里是多忐忑。我想看林嘉会有什么样的反应。如果他连我这点过去都接受不了,那他一定不是真的接纳我、爱我。如果他报复江秋,给他穿小鞋,那说明他是个小肚鸡肠的人,也不适合走下去。这算是我偷偷给他的考验吧。

林嘉很坦然地接受了,这让我有点小意外,还有点小小的失落。女人真是奇怪的生物,之前我明明还怕他会在意我之前跟江秋好过……虽然我知道他是在尊重我,但发现他毫无不在乎,我好像也不是很开心。后来我才知道,他多少还是在意的,男人都是口是心非的家伙。他表面不露声色,却偷偷想了个办法去删我留在江秋那儿的写真照片。你说的没错，男人真的都是口是心非的。

发件人：相见欢

收件人：一米月光

时间：2008年6月22日11:28

  米米，你既然已经认真想好了才做的决定，那么作为好姐妹，我当然是无条件支持你的啦。看这样子，肯定是我先给你当伴娘了。你放心，只要是你的婚礼，不管有多远，不管什么时间，我都会去的。不准请除我之外的任何人当伴娘哟，小心我翻脸！

  那个叫林嘉的没有小心眼，是再好不过了。这年头事业有点小成的男人里，不少是有处女情结的。自己谈过多少个都不要紧，却指望自己的老婆之前连男人的手都没牵过。你能看出他不是这种人，我就放心了。我相信你的眼光。

  对了，那你和江秋、林嘉现在都在一个公司工作，不要紧的吗？会不会每天低头不见抬头见？想着都尴尬，没闹什么不愉快吧？

发件人：一米月光

收件人：相见欢

时间：2008年7月2日19:00

  我们几个相处比之前想的要好，没有闹什么不愉快。

  说不尴尬是假的。实际上我和林嘉在一起后，工作上发生了一些变动，我和江秋没有坐在一块儿了，并不是低头不见抬头见。我俩不在一个楼层，十几天都见不到也是正常的。

  林嘉向我求婚了，很浪漫，虽然比我想的快，但我答应了。或许是我被流氓骚扰时他保护我的那一瞬间，留给我的好印象过快地发芽和生长了吧。我觉得在自己心底，有什么东西复活了。是"少女的憧憬与幻想"和"甜蜜的绕指柔"之类的东西……之前咱们嗤之以鼻的、以为是男生取悦女生的小手段……等自己遇到的时候，我才猛然发现原来我也是这么俗气，我的感动和眼泪也是一样的廉价。这算是女生的悲哀吗，至少算是我的。

等再过一阵子，我应该会辞去这份工作了。我不知道是不是因为江秋在这里，我不知道。或许我想换个没有压力的环境，换个真正带有创作性质的工作吧。林嘉说他希望我做一阵子全职太太，调养身体给他生个孩子，我说我要考虑。对全职太太的事情，我不抗拒也不期待，到时候再说好了。但我们有言在先，哪天遇到我感兴趣的事情了，我还是要去做的。毕竟我不想做个坐井观天只懂相夫教子的女人。林嘉说他一定会支持我，我也相信他。

而且我也打听了下未来的婆婆和公公，还好他们不是那种"男主外，女主内"的模式。既然婆婆有她自己的事业，想必也不会勉强我未来给她儿子当24小时保姆，将心比心嘛。

可是……欢姐。如果我说我在开心的同时也有不开心，我心疼江秋，那是我太虚伪了吗？我告诉自己江秋未来一样可以过得很好，没有我，他可以找一个更适合……不对，可以找一个更好的女人。我之前好像说过公司的前台美女对他有好感吧，或许江秋和她在一起会比跟我在一起更幸福吧……

这个世上只有你会明白我了。

我偷偷躲起来哭过。但自己在哭的时候，我又觉得自己太虚伪，我越是哭就会越厌恶自己，哭得就更伤心了。

欢姐，我是真的很难过啊。心里很痛，这种痛到底是怎么回事啊……

**发件人：相见欢**

**收件人：一米月光**

**时间：2008年7月3日22:50**

可怜的小米米，快抱抱。

当然会难过啦，不难过才是不正常的吧。人非草木孰能无情，你们毕竟认识这么久了，曾经又在一起过，又真心喜欢过对方。现在要分开，怎么会不痛呢？都是人之常情。换了是我的话，恐怕比你哭得还要凶呢！

但是，你有勇气为自己的将来做决定，承受痛苦，这很好，已经很了不起啦，摸摸。

我不认为这是虚伪，谈恋爱是谈恋爱，结婚是结婚。没有任何人可以要求你既然都谈恋爱了，就必须和谈恋爱的那个人结婚。虽然这样说有点对不起江秋，但并不是"这种选择没有对错之分"，而是"你这么选择就是对的"！

一个女人为自己的未来，为自己的幸福做考量，选了一个目前认为更适合走入婚姻的人，当然是正确无比的事情。退一万步说，哪怕将来会自我怀疑，至少此时此刻，你在为自己的将来负责，而不是将就。难道明明觉得江秋不合适了，还为了一个"这女人对爱情好忠贞"的评价硬要自己嫁给他吗？那样就能幸福了？那样反而才是亲手摧毁两人的未来吧。

相信我，相信你自己，你只是做了一个女人应该做的事情。

除此之外，米米，你还要相信时间，你会慢慢走出来的。你们俩都是，江秋也会慢慢接受这个结果。一切只是需要时间，话虽然老套，但时间真的是最好的药。没有别的办法。

祝你幸福。为了你，也希望江秋可以幸福，这样你就不用担心他过得好不好啦。我可是很懂你的哟，小米米。

**发件人：一米月光**
**收件人：相见欢**
**时间：2008年7月4日9:44**

呜呜……

欢姐你真好。抱抱。

幸好我有你这么好的姐妹，要是没有你，我真不知道还要多久才能走出来。

婚礼的日子定了后，我肯定第一个打电话给你，无论如何都要来哟。

**发件人：相见欢**

**收件人：一米月光**

**时间：2008年7月4日21:27**

哈哈！咱俩谁跟谁！

一定会来，我还没见过你那帅哥老公呢，怎能不亲眼帮你验收一下！

期待你的婚礼！捧花必须丢给我！

# 第09章
# 真相

**独白诗**

我所爱的人啊
我以为的你
只是我想以为的你
我所憎的人啊
你以为的我
只是我想让你以为的我
同等的宁静
将是
我们共同的归途

# 1

## 2008年8月2日　10:52　爆炸后第5天

D市公安局，专案组会议室。

张笑的脸色很阴沉，铁雨和秦怀阳却保持在兴奋状态。

昨天确定了方向后，铁雨和秦怀阳就跃跃欲试了。今早两人又分头去跑了不少地方，得到了一些分析资料；DIBI公司也又去了一次，竟然有了新的收获：有几名DIBI公司的员工回复了齐经理的群发邮件。

他们反映，在案发前见过跟尚泰志相似度很高的人在公司门口徘徊。这几名员工经常加班，又有散步习惯，见过"尚泰志"几次。只是距离比较远，那个人似乎又刻意保持一定距离不与他们打照面，所以他们不敢肯定一定是他。而对方这种躲躲闪闪，反而让他们有印象。

结合之前在医院问保安孔建国时，他反映过在公司门口见过形似的人，可以认为是尚泰志事先来DIBI公司侦察过环境。

铁雨在昨天散会后，开车去了一趟医院。

铁雨的父亲在医院工作，一些想法需要向他请教，电话里很可能说不清楚。在会上和张笑对话时，之前在脑海中隐隐约约的两条线，始终因为尚泰志这个黑洞而无法衔接上。所有的线索和推理方向，一到尚泰志那里就出不来，被吞噬了。

上车，进入驾驶位，铁雨系上安全带。

打火前，他习惯性地静下心来整理杂乱的思绪。两条线，一条是林嘉和江秋为什么死，另一条是林嘉和江秋到底是怎么死的。抛开阿泰这个黑洞不去考虑，铁雨再次回想起自己最喜欢的那句话：

有时候没有想要的答案，是因为我们没有正确的问题。

他要大胆回到一切的源头。

林嘉是个什么样的人？

江秋是个什么样的人？

苏米是个什么样的人？

尚泰志是个什么样的人？

他们彼此在对方眼里，又是什么样的人？

一种警醒的感觉涌上心头，铁雨闭上眼睛，极力在脑海中去捕捉和解析那份严厉又怪异的感觉。感觉很不好，像是恐水症发作一般，自己仿佛掉进了毫无光线、无边无际的黑色深水里。令人不适，晕眩，头疼，想吐。

一束光照了进来。

这怎么可能？

这怎么不可能！

铁雨猛地睁开眼，倒吸了一口冷气。为自己的推理，更为如果推理正确的前提下，对方的不可思议之举所震惊。手机呢？铁雨飞快地摸出裤兜里的手机，发了个短信给苏米。

医院仍然要去，DIBI公司也一定要去，但在那之前，一定要再见一次苏米，他有话要问她。

这些话可能会令她很尴尬甚至愤怒，但这是工作，这是追寻案件真相的工作。

"先说结论吧。"张笑点燃一根烟，把烟盒往桌上一丢。

"我和铁雨交换了意见，目前我的看法是，江秋和尚泰志都是受害人，林嘉谋划并杀死了江秋。他自己，是因为巧合送了性命。尚泰志则是被另外的凶手杀掉的。"

秦怀阳说完看了一眼铁雨，铁雨点了点头，鼓励他继续。

开会前他和秦怀阳打过一通电话，把秦怀阳约了出来。两个人在车里交换意见的时候，他已经知道秦怀阳的推理了。

秦怀阳的推理符合逻辑，并没有太大的漏洞。可铁雨总觉得事情还要更加复杂，自己的推理还有不少的瑕疵，他犹豫要不要在这次会议上说。

因为作为引爆器的手机的SIM卡昨天已经被解读出来，所以会议室里的同事对这次案件是DIBI公司的员工内部作案都不怎么感到意外了。

"你也这么看？"张笑吐出一口烟，对铁雨说。

对这两位刚进入警队不久的年轻警察，张笑已经有了一些认识。秦怀阳雷厉风行，行动力和整理线索的能力都比较强；铁雨则相对显得内向，性子要慢一些，很适合走访工作，看起来也总是若有所思的样子。至于这个慢性子能不能和成熟谨慎画等号，得看他在这个案子的表现了。平心而论，他对两位年轻人抱有同等的期待。

"我有一些其他的看法，但只是一些推断，缺乏证据支持。"

"那我先听你的推论吧，小秦，你先把你的想法说完。"张笑看向秦怀阳说。

"好的，张队。"秦怀阳站起来走到控制投影仪的电脑前，调出了林嘉、苏米，还有江秋的照片。

"林嘉是凶手，动机是情杀。我认为林嘉是有杀害江秋的动机的。但这也是我的推论中最薄弱的一环。"

"林嘉在这场三角恋中是最终获胜的一方，他为什么要杀一个自己打败了的情敌呢？"有同事表示疑问。

"在DIBI公司的走访过程中，我们从和林嘉同部门的员工口中，获悉林嘉是个自尊心和控制欲都比较强的人，可能会对江秋曾经和苏米有过亲密关系耿耿于怀吧。此外，可能还有一个原因。这个是昨天铁雨提醒我，我临时想到的，目前还没找到证据。"

秦怀阳又在投影上调出一张照片，这是林嘉办公室电脑的桌面。铁雨在DIBI公司见过一次，照片上苏米婀娜的身形斜斜地躺在草地上，十分漂亮。

"这是我昨天去DIBI公司拷贝回来的，下面大家再看看这张。"

投影上又出现了一张照片，这张照片是今天会议前铁雨给秦怀阳的。昨天在电话里他就告诉了秦怀阳，今天算是第二次见了。

照片看起来像是林嘉和苏米为了结婚而拍摄的艺术风格写真。照片上，两人都是半裸，林嘉仅仅穿了一条白色的短裤，健壮的身体十分匀称。而苏米仅仅披了件薄薄的白色纱巾，黑色长发，玲珑身材，姣好面容和挺拔的胸部，女性的身体魅力一览无余。

"这是铁雨的功劳，他从苏米那里要来的。嘿嘿。"秦怀阳不怀好意地看了铁雨一眼，铁雨耸耸肩。这照片要来可不容易。但照片的存在，却是个很重要的信息。

"这照片怎么了？"

"重点也不是这张照片，"秦怀阳看见张笑在瞪他，马上补充到，"重点是，昨天铁雨在苏米那里确认了，她和江秋在一起时，也拍过类似的照片，只是，是她的独照。"

"在苏米和江秋分手前，她也为自己拍摄过这种……这种艺术写真。只是除了保存在她自己的电脑上，也保存在江秋那边的电脑上。在苏米和江秋分手后，江秋曾把两人洗印出来的照片归还给苏米。就在他归还照片时，被林嘉目睹了。"

会议室里没有人说话，大家都在看着秦怀阳，用目光示意他继续说下去。秦怀阳吞了一口唾沫，继续推理。

"林嘉是个很聪明的人，既然自己和苏米拍过这种写真，那么之前，苏米和江秋有没有拍过呢？为此林嘉去问了苏米，而苏米向他承认了。这一点也是昨天铁雨亲自找到苏米确认的。她和江秋在一起时确实也拍过这种艺术风格的写真，而更重要的是，这种写真并没有被洗印出来，在江秋归还给苏米的照片中，并没有这种写真。"

"这么说，那些照片还在江秋的电脑上？"有同事不禁插话道。

"对，所以说这就是重点。因为林嘉也是这么想的。大家可以想想，已经订婚了，对象也漂亮性感，什么都准备好了，结果发现自己未过门的老婆有裸照在别人电脑上，谁都不好受的吧？而且这个人还是自己老婆的前男友，人家当时你情我愿拍的，还不能发作。更让人难以接受的是，还天天在一个公司上班。一般人很难当没事一样的吧？何况林嘉这种自尊心极强的人。万一哪天江秋受不了离职了，把图放在网上怎么办？"

会议室里一名新入女警员脸都红了，低着头不好意思地捂着嘴。张笑、铁雨等一干男警尽皆默然，这种事情摊在自己身上，只怕也……也寝食难安。

"照片只有江秋有，他敢把照片放网上报复的话，只要报警咱们很快就能抓到他吧。"

"问题就在这里啊，江秋是个程序员，对互联网十分了解。用代理隐匿自己IP地址发布的话，咱们抓起来会很麻烦。林嘉和江秋在一个部门，应该也知道江秋这点本事还是有的。总之，就是林嘉对苏米在江秋笔记本电脑上的半裸写真十分恼火。"

秦怀阳回答了脸红女警员的问题，接着往下说。

"我的推理是基于林嘉是个外宽内狭的人，看起来十分宽容，其实对苏米有近乎病态的独占欲，所以才有我待会儿要说的后续部分。我认为，尚泰志坚持要报复林嘉也是因为这个原因。尚泰志在豆香街对苏米有过性骚扰，等于碰过了他喜欢的女人，就被他打得不轻。这种病态的独占欲按理说是一种心理疾病了，应该有过表现才对。但林嘉之前一直在国外，我暂时没有办法去查他的这种隐私。如果时间允许，我倒是打算去市内的心理诊所排查，看他有没有这方面的就诊记录。"

铁雨默然不语。

秦怀阳的解释是说得通的，而且可能性也不小，只是当前缺乏证据的支持。而自己的推理呢？自己的推理又有什么证据支持？而且瑕疵只比秦怀阳的更多。

"江秋和苏米的恋情，在DIBI公司一直是一种秘而不宣的状态，直到现在知道的人也不过寥寥数人。"秦怀阳并没有注意到铁雨在走神，他的声音把铁雨的思考打断了。

"在追求苏米之前，林嘉和江秋是在同一个团队里共事的。我认为以林嘉的个人能力，他是不难知道江秋在自己家里是没有个人电脑的。江秋下班后会把公司配置给他的笔记本电脑带回家，办公和家用都是用那台笔记本电脑，如果那些照片还在，那么一定是在那台笔记本电脑上。"

"不会上传到网络保存吗？"

"应该不会，一般而言这种涉及隐私的照片都是保存在自己的电脑上吧。你们看陈冠希，这种照片之所以保留，就是为了平时能时不时看看吧。林嘉横刀夺爱，他既不能自己去向江秋要，也没什么立场让江秋去删掉，对他而言装作不知道是最好的办法。你们想，就算林嘉私下要求江秋删除那些照片，江秋回答说删了，林嘉怎么信？怎么知道是真的删了，没有备份？还有苏米，她主动申请调离了研发一部，为的就是不再和江秋见面，以免尴尬，肯定也不会去提要求让他删照片。对她而言，江秋既然主动归还了洗印出来的照片，当然是为了表示两人的关系彻底结束。这么想的话，那么剩下的照片多半也已经删掉了。林嘉为了表示大度，并没有让苏米去向江秋提出删掉照片的要求，这一点，铁雨同样也向苏米确认了。"

铁雨正在走神，听到自己的名字，点了点头。张笑仍然在抽烟，眼前的烟灰缸里有三个烟蒂和不少烟灰。其他同事正在聚精会神听秦怀阳的推理。

"林嘉无法忍受自己未婚妻的半裸写真保存在别人的电脑上，白天在公司上班，下班和苏米两人相处，都装作没事一样。但我想，他一直在想办法检查江秋的电脑，看那些照片到底在不在，在的话就要删掉。"

秦怀阳停了下来，打开自己的记事本进行翻阅。和铁雨的记事本一样，上面是他的工作记录，和案件相关的信息都在其中。交换和汇总记事本上的信息，也是他和同事尤其是铁雨最重要的合作方式。

"找到了。在今年6月21日，我市友谊广场的写字楼发生了一起火灾。楼中的员工们因为没有消防意识，死伤惨重。在这次火灾后，我市不少单位都进行了消防演习，其中就有DIBI公司。经过走访得知，DIBI公司的这次消防演习，是林嘉提议并组织的。我认为，林嘉醉翁之意不在酒。这是他用来解决心中关于照片疑问的办法。根据DIBI员工的反映，演习中，组织者林嘉要求所有员工一听到消防铃声就马上离开工位，依照事先公布的方法进行疏散。林嘉本人，则作为检查者最后一个离开公司。"

"哦，我……明白了。"女警员心有灵犀，不禁开口道。

"对。就是趁机……不对，应该是按照他事先的计划，林嘉成功地利用了消防演习。他让所有人离开DIBI公司大楼后，得到了检查江秋笔记本电脑的机会。这一部分的推理，我是有证据支持的。我查看了消防演习时DIBI公司内部摄像头所拍摄的视频录像，演习时有一段时间江秋的工位是无法看到的，摄像头被一个气球挡住了。从其他摄像头拍的录像中可以看到，演习前林嘉玩了一下同事的气球，然后气球刚好就挡住了摄像头对江秋工位的拍摄，应该是他故意的。我不知道林嘉在江秋笔记本电脑上看到了什么，估计是裸体照片彻底激怒了林嘉，在嫉妒的驱使下，他产生了杀死江秋的念头。江秋的笔记本电脑在爆炸时彻底损毁了，所以林嘉到底看到了什么，我们没法知道了。"

秦怀阳耸了耸肩，表示自己十分遗憾。

江秋的笔记本电脑无法修复，导致他进行的推理一度被迫中断，无法验证自己的想法。秦怀阳的推理是没有证据支持的，就算江秋的笔记本电脑成功恢复，在里面也找到了苏米的半裸写真照，也无法成为给林嘉定罪的证据。可有总比没有好，要确认林嘉是罪犯，秦怀阳打算靠其他办法。

"我刚才的推理，是用来解释林嘉的犯罪动机，他为什么要杀江秋。在这个假设成立的基础上，我想进一步谈谈林嘉接下来的举动。大家请注意看，在视频中，林嘉的奔驰车的位置。"

投影上出现一张视频截图，林嘉的奔驰车停在停车场长道和短道的交接处，类似于丁字路口的位置。短道中的摄像头无法看见奔驰车，从长道的摄像头，也就是停车场出口的摄像头，由外往里看才可以看见。

"林嘉的车之前并没有固定停在那个位置。一直到7月11日前，DIBI公司停车场的车位都是随意使用的。但是，在消防演习之后，林嘉，又是林嘉，设法让公司通过了一项决议，就是将停车位的使用权对员工进行分配。在7月11日之后，大家的停车位是固定的了，这一点很重要。因为……"秦怀阳竖起一根手指表示强调，"那个停车位是独一无二的，是林嘉进行犯罪的必要条件。"

秦怀阳说完吞了吞口水，铁雨把他放在桌上的水杯向他的方向推了过去。

另外一名年轻的警察也把手中的烟盒朝秦怀阳摇了摇，示意他要抽烟可以过来拿。打算戒烟的秦怀阳朝他笑着点了点头表示婉谢，然后拿起铁雨推过来的水杯喝了口水。

会议室在少了秦怀阳声音的瞬间很安静。大家之前笔直的身体这一瞬间就松懈下来，与之相反的，是精神更加地专注。

秦怀阳调出了案发当晚停车场的视频资料，进行播放。

"大家看，这是案发前，林嘉独自下来了一趟。"视频中，林嘉通过内部电梯，从短道进入了车库，然后消失在丁字口。然后他在另一个长道的摄像头所拍摄到的视频中出现，走向自己的奔驰车，从左边进入了车内。

"就是这会儿！"秦怀阳暂停了视频播放，画面中林嘉消失了，空无一人。

"这就是林嘉作案的时刻。在这一刻，林嘉在车内的动作是无法被摄像头拍摄下来的。他也是因为这个，才故意让公司将停车位分配给员工，并且自己设法搞到了这个位置。这一点与DIBI公司核实过了，林嘉的那个车位确实是他刻意获取的。他在车里到底干了什么呢？足足停留了3分钟。"

秦怀阳取消了暂停，将视频进行快进播放。这段视频铁雨和大家都看过很多回了，林嘉从车中出来，手里多了一个文件袋，原路返回了大楼内部。

没多久，林嘉和江秋一并从电梯进入了车库，按照之前林嘉的路径，两个人一前一后经短道走入了长道。途中江秋播打了一个电话，很快就挂了，接着他走向自己的电瓶车。林嘉则先一步拐弯进入自己的汽车，发动后先倒车，然后往车库出口驶去。就在接下来要播出爆炸的画面时，秦怀阳再次按下了暂停。

"看见了没有，大家？有点远，不是很清楚，但稍微注意一下就能看见。看见没？就这儿。之前因为林嘉的车没有驶出车位，所以被挡到了，现在能看见了。在林嘉的车旁边，是江秋停放的电瓶车。接下来就要发生的爆炸，炸弹就是藏在这个电瓶车里。"

铁雨看着视频中的画面。对这一点抱有很大疑问，是他俩的共识。林嘉案发当晚首次单独进入停车场，到底做了什么？

"之前的视频中，大家看到林嘉单独一人来自己的车里取过一份文件。他进去的时候空着手，出来的时候手里多了个文件袋，对吧？文件袋根本不重要，他也根本没必要来取，都是做给咱们看的，对，就是咱们。他那会儿可没想到自己会死，他知道摄像头会把这个拍下来，故意把文件袋放车里，就是为了到时候向咱们解释为什么要去停车场，说什么想起有重要的文件忘在里面之类的。实际上，他在自己车里停的3分钟，是为了进行杀害江秋的步骤，也就是把炸弹安放在江秋的电瓶车里。"

"啊——"会议室里响起一片小小的哗声。几名警察低头侧耳，悄声交换意见。秦怀阳扫视了一圈，看到同期入队的年轻女警员举起了手。

"有什么问题？"

"我们刚才看到林嘉进入停车场对不对？他是空着手的啊，炸弹那么大，能放兜里吗？"

"炸弹不在他兜里。我们看到林嘉在3分钟后从车里出来时，手里不是多了一个文件袋吗？文件袋是放在车里的。没错，那个炸弹，不是他从楼里带出来，而是和文件袋一样也在他的车里面。他白天来公司的时候把炸弹带来藏在车里，到了晚上才利用这个机会把炸弹安放在江秋的电瓶车里。这会儿停车场的人已经极少了，不容易被人看见。若是中途有人从电梯过来，他也能听到脚步声，很安全。"

"哦，原来是这样。"年轻的女警员若有所思地点了点头，表示没有疑问了。

秦怀阳朝她微微一笑，她也回了一个好看的微笑。张笑把目光从她身上收回，重新看向秦怀阳。虽然脸上没有表情，但张笑心里却也是微微一笑。今年很多年轻警员进入警队，谈不上有多么迫切的希望，但这些小伙子和小姑娘们如果能快速成长起来，肯定会令人欣慰，不枉自己顶了那么巨大的压力啊。想到这里，他微微摇了摇头。

秦怀阳没注意到张笑的动作，顺着自己的思路一路往下说。

"林嘉打开车门进去后，没有关上车门。当然他可以解释成原本就没打算待多久，拿了东西就走。可事实上，他却足足待了3分钟。车门打开后，因为摄像头的视线被挡住，我们根本就不知道林嘉他到底在不在车里。我昨天特意用警车去现场试了一下，打开车门，我只要蹲下身子，摄像头根本拍不到我。我要是拿着藏在车里的东西爬出车，蹲着塞进电瓶车里的话，整个过程无论是我还是电瓶车都不会被摄像头录到。放完炸弹后，我再爬回车中，装模作样拿一个文件袋出来，回楼里去就是了。"

既然已经去现场实验过了，想必不成问题。

会议室里的警员，尤其和铁雨、秦怀阳同期的几位，已经倾向于认可秦怀阳的推理了，几位经验丰富的老警员则在低头思考。

"既然你主张江秋是林嘉杀的，那么引爆炸弹的也是林嘉了？"有人问道。

"嗯，林嘉在车内打的电话。他在自己车内通过后视镜可以观察到江秋的位置。当江秋走近自己的电瓶车时，他拨打预设好的电话，引爆了炸弹。"

"那林嘉怎么死的？"又是年轻女警员提出问题。

"林嘉的死亡是个意外，他在执行自己的计划时，并不知道他本人却是另外一人，也就是尚泰志的报复对象。螳螂捕蝉黄雀在后吧。今年5月16日，喝过酒的尚泰志在豆香街骚扰苏米，被路过的林嘉打伤。DIBI公司也有几名员工反映他们见过和尚泰志很相似的人在公司门口徘徊，我认为那就是尚泰志在伺机报复。在林嘉对江秋实施谋杀计划的当晚，尚泰志也对林嘉展开了报复。大家再看一下当晚的视频。"

视频被调到了尚泰志进入停车场的部分。

"尚泰志的报复行动很简单，就是破坏林嘉汽车的油箱。我之前想不明白，为什么不惜袭击保安，冒着被摄像头拍到的危险，却仅仅是为了破坏汽车。后来我站在尚泰志立场上想想，并咨询了DIBI公司的员工，就不难理解了。"

"在那个时间段有特殊的意义，对吧？"有声音回应。

"嗯。尚泰志在DIBI公司门口徘徊的次数不少，但一直没有找到报复的机会。从公司门口出去，很快就可以上高速，林嘉一直都在车里的话，他没什么机会下手。但是如果林嘉没有车，他动手打他就方便了。案发当晚尚泰志进入车库的时候已经22点了，这个点，从公司回市区的公交车已经没有班次了，DIBI公司的员工也说他们那儿叫出租车很不方便。所以如果林嘉没有车，又要回市区的话，通常最方便的办法就是去离DIBI公司不远的豆香街。在那儿相对容易叫到出租车，而且那儿还停有不少黑车，不像公司门口那么冷清。一旦林嘉因为无法开车回家而去豆香街，就会中尚泰志的埋伏。"

"如果是这个原因的话，没有必要破坏油箱，那么麻烦吧，戳破轮胎不是更方便？"一位经验老到的警员说。

"林嘉的办公室里有一张行军床，加班过晚的话，他有可能会在办公室过夜。尚泰志经过一段时间盯梢，发现了林嘉的车有时候整晚都不会驶出停车场，对林嘉的活动规律有了解。划破车胎的话，有两个可能的后果，这两个后果应该都不是尚泰志想要的。"

"两个后果？"

"第一，尚泰志不知道林嘉车的后备厢里是否有备胎，要扎的话，肯定扎的不止一个。扎破轮胎后，尚泰志不知道林嘉什么时候会去车上。如果漏气比较快，林嘉没上车就会发现车开不了，深夜里他或许就返回办公室休息了。第二，如果漏气比较慢，那么林嘉会上高速回市区。一旦到了高速，事情就难说了。因为轮胎的问题出了什么事，有很大的风险会导致高速驾驶的林嘉死亡。尚泰志固然想报复林嘉，但不到要杀死他的地步，林嘉死在高速路上，咱们顺藤摸瓜，在摄像头里出现的尚泰志很容易就会被我们抓到。"

经验老到的警员略微迟疑，点了点头，算是勉强认可了秦怀阳的说法。

"尚泰志破坏了林嘉的汽车油箱后就走了，应该是去豆香街蹲点埋伏林嘉。对他而言，理想状态是油箱坏了没多久，林嘉就进入车库上车，开出后发现油箱有问题，然后把车停回停车场走过去也好，直接开去豆香街也好，总之会去豆香街中自己的埋伏。"

"林嘉没上车就发现车子漏油，回办公室睡觉的话怎么办？"有人问。

"停车场的光线不是很好，漏油比轮胎瘪了车身下沉更难发现啊。当然林嘉还是有可能发现漏油，直接回办公室睡觉，也有可能上高速以后才发现问题，但这都无所谓，深夜在高速抛锚也够他先出一口气了。他还有下一个机会。"秦怀阳继续分析，"事实上，在尚泰志破坏汽车没多久后，林嘉就进入车库了，看来尚泰志对他的行动规律是比较了解的。另外，这里又会诞生我说的下一个机会。豆香街有一个很小的汽修店，本市并没有奔驰的4S店，这个汽修店是离DIBI公司最近的一个维修点。长期在豆香街生活的尚泰志可以与汽修店的人员串通，让他们看到林嘉的奔驰车进入汽修店就打电话通知他。胎可以请同事运来自己换，油箱自己修就难了。至于林嘉的车牌号，尚泰志肯定早就打听到了。"

"我明白你的意思了。是尚泰志的报复，让林嘉在杀害江秋的同时，把自己也赔进去了？"张笑听了良久，又开口说话了。

"对。视频里林嘉在引爆炸弹时，发生的爆炸不光炸死了江秋，也引燃了自己奔驰车的油箱。他也没能逃得了。算是自作自受吧。"

事情确实有点离奇，但逻辑上却可以说得通。

林嘉将炸弹藏在车里，晚上趁停车场没人时把炸弹转移进电瓶车……最后和江秋一并进入停车场，趁机打进电话引爆了炸弹杀死江秋。谁知人算不如天算，偏偏自己的车被尚泰志动了手脚，被炸弹波及也发生了爆炸，遭了现世报。尚泰志自己也想不到一点小聪明就让林嘉断了气吧。

虽然听着有些离奇，情节也觉得未免过于巧合，不过会议室里年轻的警员们有几个已经接受了秦怀阳的推理。

"到这里算是说得通吧。但问题还没有解决。"张笑在座位上动了一下，拿起自己的水杯喝了口水。"林嘉炸死江秋，他是不知道自己会丧命的，爆炸后呢？爆炸后他怎么办。引爆炸弹的电话是他打进去的，他怎么逃脱嫌疑？还是你认为林嘉想杀死江秋到自己被抓都不在乎的地步？"

"是啊是啊，就算是因为写真照片的事情，消防演习那天他把江秋的笔记本电脑偷走不就好了？"那个年轻的女警员好像想起了什么，补充道。

秦怀阳干咳了一声，清了清嗓子。

"偷江秋的笔记本电脑是很困难的事，白天公司内部的摄像头能拍摄到江秋的工作区域。到了晚上，江秋会把笔记本电脑随身带走。至于林嘉在杀了江秋后怎么摆脱嫌疑，我认为他是要嫁祸给江秋的。"

"什么？"会议室里又响起一片微弱又嘈杂的议论声。

投影仪投射出一张图片，是铁雨记事本上的一页笔记。

"林嘉在杀死江秋后，打算这么跟警方解释，江秋想谋杀他，却作法自毙，被他无意中打入的电话引爆炸弹炸死。"秦怀阳说着说着，兴奋起来。

"这页笔记是铁雨之前走访的记录，林嘉的部门给开发人员分配了测试用的手机并预存了话费，那几台测试用机都是可以随时使用的。问题在于，那几台测试用机的使用者。在这页笔记上，注明了有尾号078号码的手机是林嘉在使用,有尾号079号码的手机的使用者则是江秋,这就是林嘉用来嫁祸江秋的手法。"

"下面我用078和079来称呼这两台手机。"秦怀阳切换了投影的照片,仍然是铁雨的一页笔记。

"在DIBI公司的记录里,078归林嘉,079归江秋,这个记录是林嘉提交的。在提交的时候,他故意调换了两台手机的使用者。在事实上,079才是他使用的手机,而江秋用的是078。"

会议室内,有两名警员对视了一眼,他们明白了秦怀阳的意思。

"我这么说的证据就是铁雨的这页笔记。在测试用机分配后,江秋提交过一个测试用机损坏的报告。在报告中,清楚地写明了自己测试用机的尾号为078。林嘉在制作炸弹时,使用了079作为炸弹引爆器,当晚也是打进这个号码引爆炸弹的。第二天咱们去追查案件时,会根据他之前提交的记录查到这个号码是江秋的。然后他就可以解释为,江秋制作了炸弹,他无意中或者因为什么原因打进电话导致炸弹爆炸,装作不知情的样子。咱们继续查,也只会查到江秋是具备动机的。动机就是他谈了好几年的女朋友跟了林嘉,他要报复,情杀。这些,就是我认为林嘉杀人的计划,就是我的推理。对了,在林嘉电脑上有制作手机引爆器相关的资料,最后打入079这个号码的也是林嘉的私人电话,这些都是证据。"

"林嘉为何一定要用自己的手机去打电话引爆呢。在他的计划中,他不会死,那他可以随便搞个手机号,打出电话引爆炸弹之后就处理掉啊。甚至都不必要用079嫁祸江秋吧?"有人问道。

"这就是林嘉聪明的地方,"秦怀阳回答说,"有大量推理小说阅读经历的林嘉具有很强的反追踪能力。SIM卡的定位技术很发达,任何SIM卡,在任何时间地点,打出了什么电话,对我们而言都是有可能调查到的。林嘉他知道这一点。"

秦怀阳又习惯性地举起一根手指强调:"停车场内有摄像头,

林嘉知道自己在爆炸后是没有办法清理现场的。那么，手机引爆器的SIM卡有极高的概率会被我们找到并修复，最后打入引爆器SIM卡的来电也必然会被我们查到。如果林嘉用别的一组SIM卡来分别充当引爆器及最后拨入的电话，那么在客观事实上他就进行了谋划，我们就有可能查到他头上。如果他只用079当引爆器SIM卡，而用新买的号码拨入来炸死江秋，同理也有可能被我们查到，可能性再小也是有可能。到时候我们问起来，他根本给不出合理的解释。总之，事实上他是一定要打入电话的，既然客观上做了，就会有被查到的风险，买其他手机SIM卡也好，打入后丢了也好，对他而言都是有风险的。"

好几名警员频频点头，秦怀阳看了一眼女警员，然后又说道："既然事实上脱不了干系，那么干脆就让这个干系合理化，这反而是最安全的。他希望我们尽快接受他安排的符合逻辑的真相，不敢隐藏自己而让警方对江秋的死产生疑问。如果他隐藏了自己打电话的举动，那么最后引爆炸弹的人是谁，打入引爆器SIM卡的电话是哪个，我们都会去查，早晚我们的视线会落在他身上。"

"那林嘉为什么不等自己和江秋都离开停车场后再打呢？这样会安全一些吧？"又有人提出问题。

"因为林嘉的思路是要让自己的行为符合逻辑，也就是符合常理。我刚才说了，他只要用其他SIM卡来杀死江秋，就终究有被我们查到的风险。所以他尽可能让自己在案发当晚的行为合理化，比如假装去车里取文件袋以及用079嫁祸江秋。要嫁祸江秋，就必须使用079这块SIM卡，而这块SIM卡又应该是在测试手机里的。他只有在停车场中打入这块SIM卡，才可以解释成是因为工作的关系。比如要试试测试用机上运行游戏时打入电话会不会死机之类，我不知道具体什么借口，但我相信林嘉会准备好一个很合理的解释。一旦双方出了停车场，从常理上讲，他再要联系江秋，应该要打江秋的个人电话才显得合理。此外，我觉得毕竟是杀人，从心理上讲，林嘉应该是要在江秋处于他视线范围内去引爆炸弹的，方便他掌控现场信息。还有，林嘉在自己车开出没多远的情况下就引爆了炸弹，可能是他想让自己的汽车受炸弹波及而受损，演点苦肉计来让自己摆脱嫌疑，也让现场看起来更像是一场令他猝不及防的意外。"

提出问题的人摸了摸下巴，认可了秦怀阳的解释。

秦怀阳也推理完毕，回到了自己之前的座位。

林嘉用079这台测试手机来充当引爆器，却偏偏在公司记录上说这是江秋用的。

他谋杀了江秋，反而试图让警察认为是江秋作法自毙杀人未遂，结果恰恰林嘉自己才是真正的作法自毙，被尚泰志的报复无意中害死。从尚泰志破坏油箱到林嘉进入车库，只有不到60分钟，停车场的光线比较暗，当时林嘉一门心思在引爆炸弹上，所以上车前没有发现漏油是可能的。

"大家还有没有什么问题？"张笑问道。

没有人回答，有几个警员在低声讨论，其他几个看上去在喝水、抽烟，其实也各自在思索推敲秦怀阳的推理。张笑看向铁雨，铁雨双手抱胸，低头不语。

"尚泰志的死怎么说？"既然暂时没人提问，张笑开始重新推进会议。

"啊，尚泰志的死，我认为是另一个案件，是另一名凶手干的。毕竟技术科说炸弹的成分和引爆方法都不一样。尚泰志在豆香街飞扬跋扈，仇家不少，可能是有人看了媒体对DIBI公司爆炸案的报道后，用同样的手法作案。"

秦怀阳回答说。随后他也看向铁雨，铁雨刚好抬头，遇上他的视线。秦怀阳撇了一下头，朝铁雨使了一个眼色，示意铁雨发言。张笑全看在眼里，于是点了铁雨的名。

"铁雨，你有什么看法？看小秦的意思，你的推理和他的不一样？说出来给大家听听。"

铁雨点了点头，伸手拿起了桌上自己的记事本。像刚才铁雨把水杯推给秦怀阳一样，张笑也把自己的烟盒和打火机推给了铁雨。

"我其实还没想好，推理还有不成熟的地方，目前也缺乏证据支持。"执法人员只相信证据的本能让铁雨有所顾忌。

"让你说就说，啰唆什么！让你说想法，又不是让你抓人，想法对了证据可以去找！跟刚才小秦一样说就行！"张笑不耐烦了。

会议进程到这一步，大家的兴奋度已经提了上来。说不清楚是不是香烟的味道，会议室里的气味明显有了变化。原本背靠座椅的同事，都不约而同身体前倾。铁雨觉得一阵潮热，他松了松领口。

爆炸案并不是日常案件，也许一年，也许十年，D市才出这么一个。办案人员受到市局领导关注的同时，也会受到更多的压力。在分析案件、调查主客观因素、走访群众之外，张笑还要关注对领导的定时汇报以及与媒体打交道，这对他是一种巨大的消耗。

"是啊，你说下昨天告诉我的那个推理吧。我给你放投影。"秦怀阳刚坐下，才翻开记事本就又合上，起身给铁雨打圆场。

"好，我上个厕所，抽根烟，回来就说。"铁雨抓起张笑的烟盒与打火机，走出了会议室。会议室外的空气比较冷，才出来就觉得肩膀一松，无形的压力都消散了。铁雨揉了揉眼睛，又拍了拍自己的后脑，振作起来。厕所就在二楼尽头的拐角处，顺便再洗把脸吧。

他刚把厕所的门打开，裤兜里的手机振动了。

打开一看，是齐经理回的短信。内容跟他想的一样，这下他的把握又大了几分。铁雨叹了口气，点燃了一根烟。

"秦怀阳的推理已经有点不可思议了，自己的却更不可思议。就算是真相好了，能找到证据吗？能给嫌疑人定罪吗？"他吐出一口烟，"算了，还是先想办法把事情给说清楚吧，剩下的先不想了。"他摁灭了刚刚点燃的烟，大步走向会议室。

# 2

## 2008年8月2日　13:19　爆炸后第5天

铁雨回到会议室，大家都在等他。

秦怀阳坐到了连接投影仪的电脑附近，看见铁雨进来后朝他点了点头，意思是你尽管说，投影我来。张笑朝铁雨做了手势，让他赶紧。其他同事都静了下来，不约而同看向他。年轻的女警员眼里，有不少好奇。

既然一时之间不知从何说起，那么就先说结论吧。

"我的推理……并不是林嘉杀死江秋，而是江秋杀死了林嘉，尚泰志作为他的同伙，扮演的是帮凶的角色。在案发后，被他灭口。江秋本人……是死于自杀。"

铁雨鼓起了勇气。

"刚才秦怀阳的推理，就是江秋计划的最关键的部分。就是说，江秋想要我们这么认为，让我们将林嘉作为凶手来结案。这是他最大的作案目的。"

# 第10章 声声慢

**独白诗**

十根手指
找不到落下的空隙
身后的墙
似乎离我越来越远
背后好空
我突然害怕
从指尖生成的
记忆的代码
在这座城市的繁华中
被当成垃圾
一秒清空

# 1

## 2008年8月2日　13:25　爆炸后第5天

D市公安局，专案组会议室。

会议室里没有人作声，十分安静。

所有人都一动不动地看着铁雨。秦怀阳说完自己的推论后，会议室里有过一阵安静，那个时刻无人开口说话。可现在的氛围让人感觉比那个时刻更加安静。

预料中的哗声没有来。看到与自己同期入队的警员目瞪口呆地看着自己，铁雨摸了摸鼻子，开口了。

"这个推理比较长，我也没有彻底想好，可能听起来有点乱，我争取把事情说清楚。我想从江秋、林嘉、苏米这三个人的关系开始说起。"

投入到案情分析中后，铁雨的紧张缓解了不少。

他闭上眼睛，这一段时间以来很多场景在自己脑中像幻灯片一样滚动播放，DIBI公司的玻璃大楼，江秋的阁楼，林嘉的书房……这些场景又跟人物的脸庞交织在一起。林嘉的春风得意，苏米的楚楚可怜，还有江秋的落寞苍白……最终一切的一切，汇成了一个小小的水滴，落入他心中的湖面。

"我们经过调查知道，林嘉、江秋、苏米之间存在三角恋爱关系，刚才秦怀阳说林嘉想用江秋对他有杀人动机来栽赃他，实际上江秋真的有动机，并且真的成功地杀死了林嘉。而且江秋对林嘉知道自己有杀人动机这一点,也是心中有数。我想说的是,他利用了这一点,故意泄露了杀人倾向,并制订了一个比林嘉想象的更缜密的计划杀死了林嘉。可以说,林嘉的计划是被江秋一步一步诱导产生的。这样,我从头说起,时间可能会比较长。"

铁雨翻开自己的记事本,找到了和苏米初次见面时的笔记。

"2008年5月16日,苏米在离DIBI公司不远的豆香街小吃摊,遭受了尚泰志的性骚扰。在这个事件中,路过的林嘉出手打伤了尚泰志,带苏米离开了豆香街。从这个时候开始,林嘉展开了对苏米的追求,尚泰志伤好以后,也开始寻思对林嘉展开报复。"

秦怀阳控制投影仪,投出了林嘉的简历。

"这里先说下林嘉这个人。通过我的调查,林嘉是个自尊心很强并且很好胜、很有挑战欲的人。同时因为他热爱推理小说,也具备良好的推理能力。这一点,是江秋计划得以实施的基础。刚才秦怀阳说林嘉的心理有问题,实际上,江秋的问题更大。所以我的推理的前提,是林嘉和江秋都有异于常人的心理状态。"

"好了,这个假设之上我继续分析。DIBI公司是不鼓励员工有办公室恋情的。"铁雨抬起了头,面向会议室里的同事。

"江秋的家庭条件比较困难,还有一个在读大学的弟弟需要经济援助,因此对这份工作十分看重,所以他隐瞒了和苏米的男女朋友关系。林嘉的经济条件远远比江秋要好,他在不知情的情况下,对苏米展开了追求。时间一久,苏米那边出现了松动。在这个过程中,发生了一件事,这件事让江秋对林嘉极其憎恨。"

"我说嘛,抢了女朋友而已,何必杀人呢。你看秦哥女朋友跑了,他还不是照样过。"有年轻的警员不知轻重地嘀咕了几句。张笑心中腾起一股无名火,但他忍住了。

铁雨把记事本翻了几页。

"2008年6月4日晚,林嘉为了讨好感冒的苏米,开车从家里往苏米的公寓赶。可能因为夜深人少，林嘉当时超速驾驶，在途中，导致一名学生受伤。这件事让江秋对林嘉产生了极度的蔑视和憎恶。因为在2007年6月，江秋的弟弟江冬，在老家也是在晚上因为一名超速驾驶的富二代而受伤。江秋性格谨慎胆小，担心遭对方报复而选择私了，忍气吞声。你们想，又一名富二代做着勾起他痛苦回忆的事情，去追他女朋友，江秋能不恨吗？"

铁雨停了下来。在张笑的队伍里，大家都知道大大咧咧的秦怀阳被女友提出分手的事情，秦怀阳自己也不以为意。实际上，铁雨的女友也提出了分手，只是他默默承受没有说起过。

"在林嘉追求苏米一段时间后，苏米与江秋分手，成了林嘉的女朋友。与此同时，被林嘉打伤的尚泰志打听到了林嘉在DIBI公司工作的情报，开始在公司门口伺机报复。尚泰志与林嘉肢体冲突的事情，苏米在分手前与江秋说起过，大家看这张图。"

大家把视线从铁雨身上收回，看向幕布。幕布上秦怀阳很有默契地切换出一张照片。照片是铁雨用手机拍摄的，地点是DIBI公司大楼内部，他拍下了靠近玻璃墙的工作隔间。

大家耳边传来了铁雨的讲解。

"这是我在DIBI公司拍摄的，是江秋的工作区间。江秋在业余时间，同样对推理类小说有浓厚兴趣，具有比较好的观察力和分析能力。在他的工位，刚好能够看到DIBI公司的门口。当不是DIBI公司员工的尚泰志来门口盯梢林嘉时，吸引了江秋的注意。只要江秋稍加调查，就能搞清楚尚泰志的身份和目的。而尚泰志为了暗中报复林嘉，自然也刻意不让苏米和林嘉发现。很快，江秋决定利用尚泰志，或者说和他合作，共同制订计划来报复林嘉。"

到目前为止，没有人有异议。

"和苏米分手后，江秋决定要报复林嘉，开始制订具体的报复计划。在公司把和苏米的合影还给她，是故意当着林嘉的面的。林嘉来DIBI公司后，江秋就开始与他在同一个项目进行合作，业余一起玩《三国杀》之类的棋牌游戏，双方有大量的共处时间。在这种交际中，同事们都知道林嘉是一名推理小说爱好者，且聪明、敏锐、自尊心强。沉默寡言，事事谋定而后动又爱好心理学的江秋……他有了充足的观察机会，他对林嘉的了解，远远多过林嘉对他的，比如林嘉就不知道江秋也是一名推理小说的爱好者。江秋用含糊的语言，激起了林嘉对他手上照片的关注。这一点，我和秦怀阳的看法是一样的。只是我认为林嘉关注江秋的照片从而想窥探他的笔记本电脑，并不是偶然，而是被江秋刻意诱导的。"

年轻的女警员愣了一下，下意识地去看秦怀阳。秦怀阳微微颔首，表示自己确实事先听过铁雨的想法了。铁雨在秦怀阳面前没有那么多顾虑，说起自己的古怪的想法来反而更流畅更易懂。回想起铁雨滔滔不绝，说到一半一口气喝完一罐可乐又接着说完的那种焦急状态，秦怀阳脸上微微浮现一层笑意。刚入职的时候，秦怀阳觉得铁雨气场弱，身体看上去也不够结实，有点不理解为什么他非要来当刑警，现在发现自己有点小看这个瘦子了。

回过神来后，秦怀阳朝女警笑了笑，示意她继续听铁雨的推理。

"林嘉果然像江秋想的一样，对他笔记本电脑上是否有苏米的半裸写真耿耿于怀。下面的事情刚才秦怀阳已经说过了，林嘉利用消防演习的活动，成功获得了窥探江秋笔记本电脑的机会。至于笔记本电脑里到底有什么，现在在我们已经没办法知道了。不过……"铁雨叹了一口气，"林嘉当时一定很震惊。"

江秋的笔记本电脑毁坏而无法修复，是整件案件中让人感到很棘手的问题。以铁雨的推论，林嘉的计划被江秋尽收眼底，当时江秋笔记本电脑上肯定有令林嘉震惊的信息。虽然已经知道这一点，但会议室不少年轻警员还是觉得后背上传来一股寒意。

"笔记本电脑上没有苏米的半裸写真，又或者，不止有苏米的半

第10章·声声慢

裸写真。里面有什么？我认为有这个。"

秦怀阳又切换了一张照片，是一张电脑上的截图。

"对，手机引爆器和炸弹的制作资料。这些在林嘉电脑上发现的资料，我认为是从江秋的笔记本上拷贝过去的。当然，这也是江秋故意提供给林嘉的，目的就是要林嘉推理出江秋要杀死他的结论。林嘉在看到这些资料的时候，出于一种自我保护意识，及时把这些资料拷贝到了自己电脑上。"

女警员举起了手，手指修长漂亮。

"有问题？请说。"

"你刚才说了，江秋在分手后并没有过激表现。虽然林嘉看到之后是会有些害怕啦，但不一定看到炸弹资料就会认为是要向自己下手吧。"

"嗯，这就是我接下来要说的。江秋为了让林嘉得出自己要用炸弹杀害他的结论，还做了另外一件事情。林嘉虽然擅长推理分析，但如果不给予他足够信息让他得出江秋想杀他的结论，接下来的计划是无法继续的。这一点，我也是刚刚才从齐经理的短信中确定的。"

"是什么？"

"在林嘉公布消防演习之前，江秋就料定林嘉一定会设法来窥视自己的笔记本电脑，只是不知道林嘉具体会用什么办法。在林嘉窥视到他的笔记本电脑之前，他开始做一件事。大家注意到，案发当晚，江秋的电瓶车并没有停在其他电瓶车停放的短道，而是停在几乎不会停放电瓶车的长道，和林嘉的奔驰车挨在一起。"

"嗯，那……"女警员的脸上满是好奇，盖过了原本严肃的表情。

铁雨一时之间有些哑然，女人的好奇心不得了。

"今天我拜托齐经理问了一下DIBI公司的员工，他们告诉我江秋的电瓶车之前并不是这么停的，而是和大家一样，都停在短道。DIBI公司的监控摄像头拍摄的录像，保存期限是一个月。我反复看过案发前一个月的录像，可以确定，整个7月份只要有机会，江秋的电瓶车一定会挨着林嘉的奔驰车停靠。"

"哦，这样一来，我明白怎么回事了。"

"江秋在决定报复林嘉后，就开始故意把电瓶车紧挨着林嘉的奔驰车停放，这个举动多少会让林嘉留下印象。当林嘉在江秋的笔记本电脑中发现了炸弹的制作资料，联想到江秋的电瓶车的停放位置，得出了江秋正在制作炸弹，并想通过将炸弹放置于电瓶车中将自己炸死的结论。"

"他知道江秋的动机吗？"

"知道的。江秋设法当他的面归还照片后，苏米告诉了他之前与江秋的关系，还因为这个调离了他们共同的研发一部。"

铁雨的推理比他自己想的要顺利，逐渐接触到案件的核心了。

"江秋故意泄露的爆炸计划，显然激怒了林嘉。我在之前说过，林嘉的心理也是略偏激的。自尊心强，好胜，喜欢挑战。本来就因为苏米半裸写真的事情伤神，在被江秋的计划弄得又惊又怒的心态下，他做出了将计就计，要让江秋自食恶果的决定。"

"你是说，他反过来想要杀死江秋？"女警员欲言又止，沉默良久的张笑却开口了。

投影又切换出一张之前已出现过的图片，是铁雨对078与079两张手机SIM卡的笔记。秦怀阳注意到大家都听得很入神，和他昨天一样。

"对的。恐怕林嘉把从江秋笔记本电脑上拷贝过去的资料消化了之后，很快就制订了自己的计划。恼羞成怒的他要用江秋亲手做成的炸弹，炸死江秋本人。得知了江秋的炸弹是用手机作为引爆器后，他打算偷偷替换手机引爆器的SIM卡，把炸弹的控制权掌握在自己手里。制订计划的同时，他又不愿意为此被逮捕。林嘉作为一名青年才俊，衣食无忧，和苏米又已订婚，犯不着跟江秋同归于尽。"

"所以他在公司记录上,对调了他和江秋的手机SIM卡对吧?"另一个年轻的警员插嘴了。

"是的。"铁雨回答,"和秦怀阳说的一样,林嘉在提交给公司的记录上,注明078是自己使用,079归江秋使用。实则相反,079是他自己在用。只要在爆炸前,将手机引爆器的SIM卡替换成079,那么引爆器的号码就只有他自己知道。等时机到来,也就是他躲进车里比较安全时,只要将电话打入079这个号码,炸死江秋就可以了。事后警察来调查,从公司的记录上只会查到079是江秋的测试用机,也就是说江秋用自己的手机SIM卡做了炸弹。可惜,林嘉把江秋想得太简单了。"

"你是说这一切,都是江秋故意诱导林嘉这么做的?"张笑又点上了烟,刚刚也决定戒烟的铁雨喉咙一阵发痒。

"是的。我认为这都是江秋在诱导林嘉。"

"他怎么知道林嘉会用079而不是别的SIM卡来替换他炸弹引爆器的SIM卡?"

"江秋没法确定,也不必知道。江秋有很强的推理能力,他促使林嘉计划用炸弹来炸死他后,很清楚林嘉一定会构思怎么在事后脱罪。只要换位思考一下,就不难明白林嘉很可能用一块与他自己无关、在案发当时拨入又显得自然的SIM卡。最佳的选择就是测试用机的SIM卡,在案发时只有拨入一个工作用手机的号码,才方便他事后解释。误操作也好,突然想看游戏运行时打入电话会不会死机也好,都行。而如果在案发时拨打非工作用手机的号码来引爆炸弹,林嘉要摆脱嫌疑就困难了,警察很容易就能调查到他头上。想来想去,用江秋名下的测试用机SIM卡是最合适的,方便让警方认为江秋自己作孽。江秋的私人电话他没办法获取,获取了也会被江秋发觉。"

"如果林嘉有其他的办法,没有用079这张SIM卡呢?"女警员问道。

"那也不要紧，我刚说了，江秋不必知道林嘉究竟有没有用079这张SIM卡。用079是最佳方案，但毕竟不是百分之百的事情。就算林嘉有其他的办法，没有使用079这张SIM卡，结果对江秋是一样的，只要在他设计的时间点让林嘉引爆炸弹就可以了。一定会查到林嘉头上的。"

"等一下，我觉得可能性很大啊。不管是你的推理，还是秦怀阳的推理，林嘉在当晚都是不知道自己会死的，对吧？他用其他SIM卡引爆炸弹，在炸死江秋后再设法把SIM卡换了不就完了？换成江秋自己的个人电话号码岂不是更好？更能让人觉得炸弹是江秋做的啊。"女警员不依不饶。

"那是不可能的。"秦怀阳插话了，忍不住笑了出来，"停车场里有摄像头呢，爆炸过程可是被摄像头全程拍下来了。再说，我刚才强调过了，几点几分拨了什么号码，运营公司那边都能查到。"

女警员的脸唰地红了。会议室里响起一片轻笑，不少人紧绷的神经得到了舒缓。女警员狠狠掐了旁边的年轻警员一下，看样子这问题是他提示的。

"江秋诱导林嘉做出杀死自己的计划后，递交过一个测试用机的报修申请。这个申请刚才秦怀阳让你们看过了，在上面他注明自己的号码为078，而不是林嘉替他注明的079。这说明他推理出了林嘉的计划，也就是说江秋认为林嘉是会使用079这张SIM卡的。"秦怀阳配合得很默契，投影的图片早就切换好了。

"如果林嘉真的没用079这张SIM卡来替换，对他而言也只是打了一个报修申请而已。078与079都没有用来做引爆器的话，咱们那会儿就不会调查078与079的使用者关系了。也正因为林嘉的计划和江秋预料的一样，在他们死亡后，咱们才查到这一步。事实上，林嘉自认为完美的计划，始终在江秋为他设计好的剧本中上演，而且还会演下去。对了，江秋的这个报修申请，在DIBI公司的流程里是绕开了林嘉

第10章·声声慢　193

的，林嘉并不知情。江秋有杀害林嘉的动机，林嘉打算好好利用这一点，江秋也知道林嘉打算利用这一点。"

## 2

### 2008年8月2日　14:03　爆炸后第5天

D市公安局，专案组会议室。

秦怀阳坐在离投影仪最近的椅子上，打量着被铁雨的推理震撼的整间会议室。

大家都不说话，年轻的警员们若有所思。女警员看着投影发呆，张笑面前的烟灰缸不知道什么时候满了，他本人也在烟雾缭绕中出神。

铁雨也稍做休息，喝了几口之前泡的茶。这个时候，苏米在做什么呢？看着手里的茶杯，他莫名想起苏米那柔美的脸庞，也想起了坐在她对面时，点的那杯咖啡散发的香气。

秦怀阳朝他打了个响指，眼色中带着几分鼓励。

"好，我继续了。"铁雨站起身来，走到投影的幕布前，案发当晚的视频再度被调出。

"我刚说到，林嘉制订了替换手机SIM卡来杀死江秋的计划。随后，他设法获取了一个对自己有利的固定车位，也就是案发时他奔驰车停驻的位置。把车停在这个长道和短道交接的丁字口位置，只有长道的摄像头可以拍到。如果江秋再把电瓶车挨过来，只能停在他车靠里的位置。他可以在不被摄像头拍到的情况下，把电瓶车中炸弹引爆器的SIM卡替换了。林嘉获取固定车位的举动，让江秋认为一切在照自己的计划顺利进行。于是继续用一切机会将电瓶车挨着奔驰车停放，这也反过来让林嘉更加坚定了江秋想要通过电瓶车中的炸弹杀害自己的想法。"

铁雨翻动记事本,想要查询和孙晨曦的沟通记录。翻了10来页后,找到了。

"根据DIBI公司的工作记录,案发当晚,是江秋主动申请的加班。根据我了解到的DIBI公司纪律,身为主程序员的江秋加班,作为上司林嘉,通常都有必要陪同加班。这是江秋进入林嘉的项目后,首次主动提出加班。林嘉判断,江秋要在晚上对他下手了。"

推理进行到了最关键的部分,虽然大家早就对爆炸案的细节了然于胸,但在铁雨的解读下,还是免不了会紧张。

"林嘉判断江秋要在晚上对他下手后,中途去了一趟停车场。他打开车门进去后,并没有留在车里,而是利用车身挡住摄像头视线,偷偷打开了停在一旁的电瓶车。果然,不出他所料,电瓶车内有炸弹。因为江秋制作炸弹搜集的资料他也有,消化完资料的他对江秋做的手机引爆器十分了解。随后他用了3分钟的时间,替换了手机引爆器的SIM卡,把078换成了079。只是他不知道江秋用了078的SIM卡,这也是江秋故意的。完成替换后,他拿了事先预留在车里的文件袋,重新回到楼内。在案发前所有的视频中,都没有见林嘉带文件袋回家,也从来不见他上班时带文件袋从车里出来。这个文件袋是他早就留在车内,特意为替换手机SIM卡准备的道具,用来案发后向我们解释,他为什么会有在爆炸前进入车内的举动。"

"哦,这就是接下来为什么江秋打了那个电话没有任何反应,一副困惑的样子吧?"有人恍然大悟。

"嗯,演的。"铁雨的声音不带感情。感到背后有寒意的几位警员,只觉寒意更甚。

有一位警员不自觉地搓了搓手,屏住了呼吸。铁雨深吸了一口气,停了下来,没有往后说,似乎在给时间让大家消化。对他而言,也到了分享自己想法的关键阶段。

铁雨环顾四周，大家也各自处于一个不同的状态。张笑不知道什么时候起身了，双手抱胸盯着桌面，仿佛在思考江秋和林嘉同时对对方心怀杀意的可能性。秦怀阳身体后仰，仰视着天花板，应该在对比自己与铁雨想法的差异。女警们看见铁雨停了下来，也趁机休息一下，一个在揉腿，一个在用拳头轻轻敲打自己的肩膀。

　　停了几分钟之后，铁雨看见大家的注意力又渐渐重新集中，视线也回到了自己身上，咳嗽了一声清理喉咙，又接着说下去："江秋主动申请的加班，工作量他提前规划，有决定离开大楼，进入地下停车场时间的主动权。林嘉从电梯口返回大楼后，江秋就开始计算时间了。接下来的事情，视频里显示得很清楚。"

　　大家把目光投向投影，视频中江秋和林嘉从电梯到达停车场，向奔驰车的方向走去。

　　"DIBI公司内部的摄像头，是能看到江秋邀请林嘉一块儿走的。到停车场的时候，林嘉故意走在前面，给江秋下手的机会。实际上他也需要尽快进入奔驰车，在江秋离开停车场前引爆炸弹。这样而言，案发后他解释为什么拨打079号码会容易一些。打079可以解释为工作，但一旦两人都出了车库，从常理上讲他再要联系江秋，应该要拨打江秋的个人电话才对了。这一点我和秦怀阳看法是一样的，要补充的是，替换了SIM卡的是林嘉，如果等到双方都离开了停车场，林嘉认为江秋很可能停车拔下手机引爆器检查，那会儿他再打入电话就杀不了江秋了，因此在停车场内杀死江秋对他而言是最优解。"

　　这两个人步步算计对方，终究还是其中一人棋高一筹。秦怀阳控制着投影，心中感慨万千。

　　视频中的江秋开始拨打电话，脚步稍稍慢下来。

　　"江秋在林嘉快要接近电瓶车时，拨打了电话。根据移动公司那边调查到的话单，他拨打的并不是078，而是一个空号。也就是说，如果林嘉没有按照他的预料替换手机引爆器的SIM卡，炸弹其实也一样不会爆炸，林嘉被他骗了。江秋杀林嘉的前提，是自己可以死，但绝对不能被定为有罪。这一点我之后会解释。江秋在林嘉接近电瓶车的时候打电话，虽然电瓶车没有爆炸，但这举动让林嘉百分之百确定江秋要用炸弹杀他。如果江秋没有拨打电话这个举动，林嘉或许会自我怀疑，收手都不一定。在电话拨出去的那一刻，林嘉和江秋，他们都觉得对方已经中计了。"

会议室鸦雀无声。

"炸弹没有爆炸，江秋装出一副明明困惑却镇定的样子，走向电瓶车并放慢动作。林嘉上车后从后视镜里看到江秋的位置，拨打了电话引爆炸弹。江秋被炸死，他自己的奔驰车被尚泰志做了手脚，也发生了爆炸，结果把命赔上了。法医说林嘉是被烧死的，想必比江秋死得更痛苦。"

张笑进入警队二十多年了，这种匪夷所思的案件还是第一次碰到。投影上秦怀阳及时调出了两人的尸体图片。江秋被炸得四肢不全，林嘉则被烧得漆黑，都惨不忍睹。上次有这种毛骨悚然的感觉，是很久前了。

"如果这是江秋的计划，那么要保证林嘉死亡，尚泰志对奔驰车动的手脚是必不可少的。你的意思是尚泰志是江秋的同谋？"

"对。"铁雨回答说，"尚泰志对林嘉抱有恨意，江秋找上他的话，两人一拍即合。"

铁雨把记事本翻到最后的部分。

"炸死林嘉对尚泰志而言，是一种过度杀伤行为，尚泰志的报复应该没有打算到这个地步。我估计江秋与尚泰志商议出的计划，是由尚泰志破坏掉林嘉的汽车，回豆香街埋伏。等林嘉发现汽车有问题后，江秋趁机建议林嘉坐他的电瓶车，由他送林嘉去豆香街坐出租或黑车回家，这样就可以把林嘉带入尚泰志埋伏的地点。至于憎恨林嘉的理由，江秋可以随便编造一个给尚泰志。"

"江秋和尚泰志之前素不相识,就算要合作,彼此之间的信任从何谈起?如果尚泰志当晚没有按照计划进入停车场破坏那辆奔驰,林嘉岂非毫发无伤,江秋不就白死了?"秦怀阳想到了,顺口提出一个问题。

　　"会不会是尚泰志破坏了车子后,打了电话或发了短信给江秋,江秋知道他完成了,才和林嘉一起进入停车场?"有人替铁雨补充。

　　"不。"秦怀阳瞅了一眼桌面上自己的记事本,回忆了几秒钟,喃喃自语道,"我没记错的话,我们调查到的江秋的通话记录和短信记录,都没有尚泰志的来电和短信,案发当夜也没有陌生人的来电和短信,只有他拨出了一个空号。对尚泰志的手机和QQ等通信工具的调查,也不支持这一点。"

　　"因为江秋用了更好的办法。"铁雨朝那位同事点了下头,"他利用了自己的职业优势。他是在确认了尚泰志按照计划破坏了林嘉的汽车后,才继续实施杀害林嘉的计划的。"

　　"是什么?"

　　"江秋是DIBI公司数一数二的程序员,除了业务能力强外,还精通黑客技术。2008年4月13日,DIBI公司遭受过黑客入侵,其中监控系统也被入侵了。当时江秋参与了这个事件,也就是在那个时候,他对DIBI公司的监控系统有了一定了解,并且知道DIBI公司的监控系统不是闭路的,而是可以通过互联网入侵。在制订了诱杀林嘉的计划后,他监守自盗,亲自入侵了监控系统。"

　　"那么案发当晚,尚泰志的所作所为他都看到了?"张笑说。

　　"我认为是的。江秋入侵监控系统后,可以看到摄像头的拍摄画面。他在自己的工位看到了尚泰志破坏了林嘉的汽车。不光是尚泰志,之前林嘉去停车场替换手机引爆器SIM卡的时候,只怕也被他尽收眼底。在知道这两人的行动与他预料的一样后,他邀请林嘉一起回家,完成计划。"

"有证据吗？"

"目前还没有，我想申请进行这方面的调查。"

不用铁雨说，会议室里的警员们也知道，这些推理都缺乏客观证据的支持，之前秦怀阳的推理也同样如此。

身为警察，了解案情、收集情报、分析情报，并在最短的时间内找到真正的罪犯固然很重要，但为自己的推理和侦查要点找到强有力的证据却更加重要。如果铁雨的推理成立的话，那么江秋比铁雨要更加清楚这一点。

没有证据，推理就仅仅是推理。

大家都不作声，张笑打破了会议室的沉默。

"那尚泰志的死呢？小秦主张尚泰志是被另一名凶手杀死的，你之前说你推论尚泰志是被江秋杀死灭口的吧？"

"嗯，我认为尚泰志是被江秋杀死的。"

"这对江秋而言也是过度杀伤吧？江秋和尚泰志有这么大的仇隙吗？"

"尚泰志在豆香街对苏米的骚扰，是林嘉和苏米在工作之余进行私人接触的开始。或许江秋认为没有尚泰志的话，他和苏米就不会分手了吧。我不清楚……又或者他其实还爱着苏米，杀死尚泰志是对苏米那会儿需要他，他却不在她身边的补偿吧。但灭口的动机是一定有的，尚泰志如果不死，一旦被我们抓获，会供出很多事情，对他极其不利。"

江秋已死，他到底恨不恨尚泰志，不会有人知道了。

"江秋死了之后，尚泰志才被杀害，包裹是谁放的？"铁雨看了一眼，提问的是那名经验老到的警员。

"暂时还不知道。包裹可以在案发之前就寄出，快递员会把包裹送过去。我刚才的推理中，案件发生的时间是由江秋控制的。"

尚泰志的死，铁雨不得不承认，是自己推理中最牵强的一部分。

他记得和秦怀阳第一次见李晓雪时,把案件相关人物的照片给她辨识过,其中就有江秋的。既然江秋和尚泰志在合谋,包裹又准确地送到了尚泰志在爆炸后藏身的地方,那么为什么李晓雪对江秋一点印象都没有?那个地址可是李晓雪的住处,江秋如果没有去过,他用什么借口问到尚泰志的藏身地点?

江秋和尚泰志的合谋,是建立在尚泰志不知道会杀死林嘉的基础上。江秋要杀林嘉,自然希望知道的人越少越好。尚泰志就未必了,对他而言,只是计划破坏林嘉的车,让江秋把这个让自己丢脸受伤的人骗到豆香街打一顿就好,他没必要把江秋的存在隐藏得那么深。江秋到底用了什么办法,能对尚泰志的举动一清二楚,又能让尚泰志对他的存在守口如瓶?尚泰志桀骜不驯,他对尚泰志应该没有掌控力才对。

而且尚泰志死在江秋之后,不可控因素太多了。万一尚泰志活了下来,很可能就会把两人的合伙计划给供出来。江秋一定得用一种"弱连接"的方式与他合作,比如隐瞒自己的身份,这样即便身亡之后,尚泰志的供词也无法把林嘉的死指向自己。

"这个包裹是条好线索。可惜现在的快递员,不是每次取件前都会仔细检查包裹里的东西。"提出问题的警员对铁雨的回答并没有不满意,铁雨回过神来。

"两个炸弹的构造和引爆方式都不一样啊,尚泰志真的是江秋杀的吗?"另外一名老警察在自言自语。

"说到炸弹,我想补充说明一下。"铁雨说,"在消防演习中,林嘉在江秋的笔记本电脑上看到了江秋故意留给他看的炸弹相关资料。江秋这么做,除了让林嘉推断江秋要杀他之外,还有别的目的,就是让林嘉以为自己在爆炸中可以全身而退。"

"什么意思?"

"林嘉从江秋的笔记本电脑上看到的炸弹资料,应该是杀死尚泰志那个炸弹的资料,并不是停车场中爆炸的炸弹。"

"这又是为什么?"

"林嘉有很强的推理能力,江秋谨小慎微,在这种细节上也要隐藏自己的真实动机。大家看下视频就明白了。"

铁雨说完,走向控制投影仪的电脑,对一直在配合他的秦怀阳说了声谢谢。秦怀阳起身,把位置让给了铁雨。

铁雨把视频调到电瓶车爆炸后的瞬间,开始播放。

电瓶车发生了爆炸,江秋的身体被掀起,随后以电瓶车为中心产生了大面积的火焰,林嘉汽车漏出的油被点燃,一条火线追上汽车,林嘉遇难。

"大家看到了,这个炸弹的有效范围很大,地面存在大面积的燃烧。所以我之前才以为炸弹的目的是要扩大杀伤范围,目标是DIBI公司而非个人。实际上,这个炸弹是为了保证点燃林嘉奔驰车的油箱才做成这样的。林嘉如果事先知道这个炸弹有这个效果,可能就没那么容易上当了,毕竟林嘉的推理能力也比普通人要强很多。

"比较而言,杀死尚泰志的炸弹,范围要小得多。"铁雨继续说到,"林嘉在江秋笔记本上看到的资料多半是这个,所以才以为自己在车里引爆炸弹是安全的。林嘉在知道这一点后,就不再关心炸弹的构造了。对他而言,在什么时候引爆炸弹才是关键,所以我们在他电脑上只找到了手机引爆器的资料,而没有炸弹的,炸弹的资料他在消化后就删掉了。"

"为什么不连手机引爆器的资料一块儿删掉?"

"性格问题吧,林嘉虽然有点偏激,但做事情却很稳重,这是他部门的同事公认的。毕竟是要改手机引爆器来杀人,在事情成功前,他为保险起见留住了资料。炸死江秋之后,他再删不迟。炸弹事实上就是江秋做的,他觉得自己嫌疑很小。"

"你说江秋是自杀,也就是说他没有脱罪的计划吧?既然不打算脱罪，为什么还要计划得这么复杂？"女警员问出了最后一个问题，大家的眼光全都朝铁雨看了过来。

## 3

### 2008年8月2日　14:58　爆炸后第5天

推理就要到最后的环节了，铁雨没有任何的轻松感。

并不是因为推理不够完美，并不是缺乏证据。铁雨很难受，推理快要结束时，又回到了他自认为的根源，江秋到底是什么样的一个人。

他觉得自己依稀能够了解到一点了，却仍然感觉离江秋十分遥远。

"我重申下江秋计划的重点吧。"铁雨离开控制投影仪的电脑，回到了自己座位。一些资料夹在他的记事本里。秦怀阳不知什么时候把会议室的窗子打开了，有风吹了进来。

"江秋在和苏米分手后，打算自杀，也对林嘉抢走他的女朋友愤愤不平，决定报复。而在这一切之上，却有个更高的原则，就是他绝对不能被警方怀疑，一定要逃脱司法审判。江秋自幼丧父，是由母亲抚养长大的。我去江秋家里走访过，江秋是个孝子，他母亲为供他上大学没少吃苦，因此过早地衰老了，可以说是历尽艰辛。他深知他自杀会带给母亲很大痛苦，所以更不允许母亲背上孩子是罪犯的污名。在这个原则下，他必须让自己扮演一名受害人的角色，而不能是罪犯。也正因为这样，他才设计了通过让林嘉杀死自己的行动来杀死林嘉的计划。同时为了掩盖计划，也杀死了被利用完毕的尚泰志。我刚才的推理中提到过了，江秋在停车场的爆炸案中拨打的是空号。如果林嘉不杀他，炸弹不会爆炸，他宁可杀不了林嘉，也绝对不会让自己被我们认定成杀人犯。"

秦怀阳和女警员等同期入队的年轻警员听得浑身发冷,却不知道是心理作用还是风的缘故。秦怀阳看了一眼窗外,心生悲意。

当下是盛夏,窗外一片绿意盎然。公安局办公楼不远就挨着一面围墙,其实开窗后隔音效果并没有那么好。围墙之外是一条林荫路,路旁是很有一些年份的杨树。路的另一边就是小公园了。这条林荫路很漂亮,往往一些年轻人会来这条路散步,绕道去公园。

就在此刻,一群蹦蹦跳跳的小朋友在林荫路上跑过,发出欢快的叫唤声,散发出生命的热情与力量。

耳朵里传入的是带着温度的人间美好,而眼前的案件却是冷冰冰的世间惨剧,秦怀阳有一种强烈不适感。他不确定这种不适感是因为凶手和受害人都是跟自己一样为生活打拼的年轻人,让自己有共情,还是别的原因。江秋也是自己的同龄人,他身边也有对他而言很重要的人,他的弟弟,他的母亲,乃至公司里的小知己蓝晴。但江秋的脑海中,想的却不是怎么去关爱去守护这些重要的人,他选择了报复一个最恨的人。秦怀阳为江秋感到不值,也为自己的这种不适感而烦躁。

他希望自己能尽快克服或者习惯这种不适感,始终保持冷静。

"这里有一些资料,能说明一些问题。"铁雨从记事本中抽出一张纸,"今年6月1日,DIBI公司向员工提供了健康体检的福利,江秋去指定的体检单位参加了体检。我去了体检中心一趟,打印出了江秋的体检报告单,他的健康……没有问题。"

铁雨说着说着卡了一下,跟秦怀阳一样,他心中也更加难受了。

"这里有另外一张单,是我去金鹰保险公司获取的。金鹰保险公司在7月4日来DIBI公司推销过业务,江秋购买了他能力范围内极高额度的人寿保险。明明身体健康,为什么要购买这么高额度的人寿保险,好像知道自己会死一样。江秋有个弟弟,目前还在大学就读。可能他想用这笔保险金作为对亲人的补偿吧。自杀是拿不到保险金的。要拿到这笔钱，不光不能被当成罪犯，还不能被认为是自杀，江秋必须要让自己扮演一名受害人的角色。"

会议室里的气氛很沉重。经验丰富的老警员们见多识广，却一时之间不知道该说什么。年轻的警员阅历较浅，面对铁雨即将结束的推理，同样不知道说什么。

"有必要吗……"有人感叹了一句。

"因为……江秋会自杀，是因为他不清楚自己其实是个病人。"铁雨犹豫了一下，还是说了出来。

"江秋的身体健康，问题在他的心理上。江秋的父亲在他年幼的时候，因为抑郁症自杀去世了。江秋立志于心理学研究，却未能如愿。弟弟被富二代所伤，他忍气吞声。平时在工作中，虽然自己业务精熟，但被林嘉过度干涉。明明有年轻漂亮的女朋友，却不能住在一起，还不敢让公司同事知道。苏米和他分手，算是压死他的最后一根稻草吧。他有这么悲观的决定，是因为他不知道，长期压抑的他也患上了抑郁症。我去医院咨询了下专家，抑郁症具有遗传倾向性，血亲中有抑郁症患者的人，得抑郁症的概率远远大于常人。江秋和他父亲一样，也得了抑郁症，也做出了自杀的决定。只不过他对家人的那份牵挂和愧疚，对林嘉的憎恶，让他的自杀以这样一种形式结束。"

有如提到的江秋的生命，铁雨的推理也已结束。

张笑在听到一半的时候，就差不多明白了铁雨的意思。

手上的线索不少了，但都是一些间接证据，不够有力。像是购买人寿保险，父亲患有抑郁症，都只能在调查方向上起到作用，用来定罪却差得远。购买人寿保险怎么了？媒体上报道程序员因为工作强度过大猝死不是一回两回了，江秋作为DIBI公司数一数二的程序员加班不会少，买人寿保险完全说得通。江秋已经死了，是否患有抑郁症无从查起。甚至079和078这两张SIM卡被调换过，都没有直接证据证明这一点。林嘉去停车场的车里取出了文件袋，摄像头没有拍到他在替换SIM卡。说尚泰志是江秋的同谋，但李晓雪是他亲自询问的，她说没见过江秋，不像是撒谎。

再说她见过又怎么样？她把江秋认出来，说江秋和尚泰志认识又能怎么样？尚泰志也已经死了，无法指证江秋。如果铁雨的推理就是事实的真相，那么江秋算计得不可谓不精细。他不光算计了林嘉和尚泰志，他连铁雨都算计进去了。

就算自己的计划整个浮出水面，江秋也心知肚明警方将他定成罪犯会意外地棘手。079的SIM卡到底是谁在用，林嘉提交的记录和江秋的报修申请各执一词。对这种神经质的对手，张笑没把握去DIBI走访一遍就能得到证据，一定被他处理过了。

真正客观的证据，只有这张SIM卡和最后拨打这张SIM卡的号码的林嘉来电。没法证明炸弹是江秋制作的情况下，证据都是指向林嘉的。就算尚泰志没被炸死，指证了江秋，江秋充其量也是个犯罪中止，在案发时故意拨打空号的他连犯罪未遂都算不上。而含有079这张SIM卡的炸弹引爆器，它的制作资料如今也是在林嘉的电脑上……

如果江秋算计的仅仅是如此的话，其实张笑还是有办法的。铁雨和秦怀阳的表现已经够好了，其他同事也都在关注案件本身，自然忽略了只有张笑才会关注到的问题。

一想到这里，张笑叹了口气。

"怎么？"张笑又抽出一根烟，用右手敲了敲桌面，"还有谁有什么问题吗？有要补充的吗？"

看起来没人有话说。可能还在思索这个看似不可思议的案件。

"我先说，铁雨的推理是说得通的，但这不代表秦怀阳的推理有误。"点燃烟后，张笑又咽下一口水，开始总结会议。

"两个人的推理，逻辑上都说得通。两个人的推理都缺乏证据，找证据,就是我们接下来要做的工作。无论是哪种情况,林嘉都逃不了干系,最后引爆炸弹的电话是他打的,这是千真万确的事实。如果江秋像铁雨说的那样,那么要定他的罪,只能从尚泰志的死来下手。江秋如果真算得这么精,那么他连铁雨会发现他的计划都算进去了。而且,他为了脱罪,还算计了一个人。"

还算计了一个人?铁雨愣了一下,转头去看秦怀阳,发现秦怀阳也愣了一下,扭头来看自己。

两人面面相觑,其他人都看向张笑。

"还不明白吗!"张笑发怒了,伸出拳头连续敲击桌面,"那个人就是我啊!要同归于尽的办法多的是,要脱罪也有其他办法,为什么要用炸弹,你们明白吗?为什么要用炸弹这种手段,搞出这么大的动静,你们明白吗?林嘉和那个苏米的婚礼是在明年,江秋受不了自己女人嫁给别人的话,还有的是时间谋划,为什么是现在,你们明白吗?犯罪计划多么精细,算计了多少人,那些细节根本就不是最重要的,明白吗?奥运啊!"

铁雨和秦怀阳仍然不明所以,同期的其他年轻警员也莫名其妙。几名老警员的脸色却瞬间就阴沉下去了,他们感受到了张笑的压力。

一个人要进行犯罪,就算豁出去连自己的命都不顾了,要想逃脱警察的追查也仍然是极其困难的。

一个人再怎么聪明,计划得再怎么周密,手段再怎么高明,都没有太大意义。毕竟只是一个人,一个人的智慧总是有限的。

这是一场实力不对等的较量。正如江秋的计划还是被铁雨看穿了一样,警察这边是一个训练有素的集体,有办案经验有专业知识有集体的智慧。只要稍有纰漏,只要露出蛛丝马迹,警方就能顺藤摸瓜,最终破获案件。这也是为什么犯案的人不乏聪明人,但一旦进入警方视线,鲜少有能跑得掉的。

张笑眼里的江秋,恰恰是注意到了这一点。他要缩小自己与警方之间力量的差距，并不是靠杀死尚泰志灭口，而是在时间上做了手脚，他要大大缩短警方的办案时间来逃脱自己的罪名。

　　临近奥运会的时期发生了这种案件，三天之内没有突破性进展，上头狠狠地给了张笑限期破案的压力：必须在奥运会开幕前结案。

　　这就是张笑眼里，江秋对自己的算计。

　　江秋的计划，让本来就不多的客观证据指向林嘉，一命呜呼的林嘉此时也无法自辩。最后的电话终究是林嘉打的，079那张SIM卡他也暗示了警方其实是林嘉在使用，能够挡住摄像头视线的车位也是林嘉自己选的，案发前最后进入现场的也是他……秦怀阳不就得出了林嘉谋杀江秋并试图嫁祸给江秋的结论？

　　这就是江秋为他张笑准备的一架梯子。"顶不住限期破案的压力了，就顺着梯子往下爬吧。结案吧，不用那么麻烦去破案了，反正人都死了，没有人会喊冤的。林嘉也确实有罪，不是吗？尚泰志也死了，为什么要破坏汽车也拿不到口供了，就这么结案吧，结案吧。都是林嘉的错，结案吧。林嘉才是凶手，结案吧。终于在领导们的期望中在奥运会前结案了，结案吧。你圆满完成任务了，结案吧。"

　　张笑仿佛听到了沉默寡言的江秋在对他说话。

　　会议室里有点嘈杂。

　　张笑发怒时的安静已经没有了。秦怀阳在发呆，铁雨和女警员低头在听老警员的解释，频频点头。限期结案不科学，这都是废话。

　　"江秋……年轻人，我不知道你遇到过什么，我也确实不了解抑郁症患者的心情。"张笑摇了摇头，驱散了脑海里江秋的声音。

　　"如果你对这个世界绝望了的话，那么只能说你对这个世界的了解还不够深。面临困难的人，面临背叛的人，面临失望的人，并不是只有你啊年轻人。被女朋友甩了的小秦是个孤儿，你知道吗，他将来一定会成为一名优秀的人民警察。看起来唯唯诺诺不够爽快的铁雨有个得自闭症的弟弟,你知道吗,他在积极地生活,还成功识破了你看似天衣无缝的计划。那个女警员穆小沫,她父亲也是个警察,在她很小的时候就殉职了,她妈妈跑了,她跟爷爷奶奶长大的,你知道吗,她还是义无反顾继承父亲的遗志成为一名人民警察。你成长时和你朝夕相处的母亲经历了那么多苦难,还是活得好好的。你有那么悲观吗?你有那么厌倦吗?这份聪明,用来做点正事不好吗?

"这个社会不是你想的那样的,起码我张笑就不是。如果你以为我会去考虑仕途会因为限期破案的压力,就如你所愿,那么你也太小看我张笑了,年轻人!"

张笑拍案而起。

# 4

## 2008年7月28日　20:08　距离爆炸发生还有3小时

阿泰先去小雪上班的地方逛了一下,又溜达到了DIBI公司门口。

他先去停车场门口瞟了瞟,里面基本已经空了,但那小子的车还在,看样子那小子还在楼里。一个月了,一直没找到合适的机会。那个女人再也没见到,看样子她是不加班就走啊。

快两个月了,也该有机会了吧。

阿泰盯梢的时候很注意,几乎从来不穿同样的衣服。

停车场出来不远就是公路,离高速很近。去高速路上堵他不太可能,有什么办法让他去小吃街就好了。那里是自己的地盘,想怎么弄他都行。叫上几个人,先自己跟他单挑,不行了再一块儿上。阿泰对上次单打独斗输了一直耿耿于怀。没喝多的话,不会打不过那个小白脸。

傍晚已过,有些要加班的DIBI公司员工吃完饭出来散步了。阿泰从裤兜里摸出烟来，点上一根，一边欣赏着女员工的长腿，一边琢磨是否还有更好的办法。

一个散步的男员工好像手机响了，他从裤兜里掏出个手机，一边接电话一边朝阿泰这边走了过来。阿泰下意识地转过身去，早晚得动手教训那个杂种，最好不要给DIBI公司的人留下什么印象。

男员工越走越近了，差不多可以听到他跟人通话的声音。

"你说老三怎么躲过那些追债的啊？没跑，其实老三没跑呢。老三只是去火车站买了张票，没上车就想办法溜出去了，躲在他那女朋友家里不敢出来。

"我怎么知道的？老三打电话找我借钱啊，就都说了。大学那会儿咱们就劝过他来着，打牌不要赌钱，这下傻了吧。啊？我没借啊，你见过几个赌债能还得清的啊。

"我过得还好吧，IT狗，老加班。这行就是这样，我上司都干到经理了，天天开着奔驰来上班，还不是一样加班。今天？今天也加啊，我还没回去呢，估计今天得23点才能走吧，其他人应该21点就差不多了。现在在公司外面走走，一会儿还得回公司。晚了？晚了就去附近的那条小吃街打个黑车吧，实在不行就睡公司呗。

"你说我怎么没买车？买车哪有那么容易啊，现在的钱只够买二手车。二手车不敢买啊，说是没问题，万一出问题了我怕我没命赔。轮胎还好，坏了上备胎，实在不行让同事捎个过来自己换。油箱坏了就麻烦了，修都没法修。上周我同事买了辆二手车，晚上漏油了，走不了，后来跟我们一起去公司附近那条街，好不容易才打到黑车回去的。

"行，不说了啊。公司的摄像头不知怎么回事不起作用了，楼里楼外的都挂了。也不知道咋回事，看样子没个三四天是修不好了，我先回去看看，早修好就不用加班了。挂了啊！"

那名男员工打完电话，转身回楼了。

阿泰看着那男员工离去的背影,觉得有点眼熟。难不成在豆香街见过?

算了不管了,今天就要弄死那小子,事不宜迟,赶紧回去准备一下。

阿泰转过身来,心花怒放。

# 第11章
# 曾经真的很爱你

**独白诗**

当幸福的火焰摇曳
让我们吟唱镜中之诗
让我们吟唱纯真之诗
让我们吟唱焚烧之诗
诗歌飘过亵渎爱情之人
诗歌赞美娇艳之花朵
在诗歌与火焰里
让我们停驻在绽放的一瞬间
让我们一起破碎
让我们一起粉碎

# 1

## 2008年8月3日　9:21　爆炸后第6天

铁雨把矿泉水瓶丢进垃圾桶里，朝警车走去。

铁雨心情很沉重。很明显，张笑对江秋的看法是一种误解，代表了大多数人对抑郁症的一知半解。人们想当然地认为抑郁症患者只是悲观和不坚强，忽视他们、轻视他们，更不会重视药物治疗。江秋的心理出现问题，多多少少会有些征兆。如果他身边的人能有这方面的知识，鼓励他去积极接受治疗，或许这起悲剧能避免也不一定。

他的聪明才智，如果用在其他地方，那该多好。

铁雨叹了口气。秦怀阳在车里等他，看到他走来，摁了一下喇叭表示催促。铁雨听到后小跑起来。

张笑在会议结束时，下定决心顶住压力，表示一定要让真相水落石出。这让进入警队的秦怀阳和铁雨十分感动，庆幸自己跟对了人。

会议室里两人畅快淋漓地进行了推理，虽然直接证据连半个都拿不出来，但因此觉得会议没有收获的话，则未免太过武断。张笑的说法没错，方向对了，证据可以去找。

"我来开，我开得比较快。"

铁雨刚上车，秦怀阳就迫不及待探过身去，替他关上了车门。

"铁雨，如果你说的都是真的，江秋无论如何不希望自己被定罪对吧？那么知道的人越少越好，尚泰志死不死毕竟是他死之后的事情了，为什么他不自己去破坏林嘉的车子啊，不是更稳妥一些吗。"

铁雨一回头，发现女警员穆小沫坐在警车后排。看见他上车后，把头趴在座位靠背上问他。

"你还真是不依不饶啊，这个问题跟你之前问的一样啊，摄像头啊！摄像头！"秦怀阳发动了警车，一边打方向盘一边替铁雨回答了问题。

"那……如果林嘉换了SIM卡后，尚泰志没有如约来帮江秋的忙破坏林嘉的汽车，那么江秋怎么办？我的意思是说江秋从摄像头中如果只看见林嘉换SIM卡，没看见尚泰志来破坏汽车怎么办？"

"没来就等下一次，江秋能监控停车场，主动权很大。他不怕林嘉换SIM卡，只要不和林嘉一起走就行。林嘉也可以等，他换了SIM卡以为江秋不知道，他也只要等下一个机会杀死江秋就好。"

铁雨微微一笑，穆小沫也莞尔一笑。

铁雨笑归笑，心里却在发苦。其实他心里对自己也还有一个问题，就是江秋是如何掌控尚泰志的："江秋把自身的犯罪痕迹处理得这么漂亮，毫无疑问是个细致入微的人，他肯定不会用手机这种方式跟尚泰志联络。那么尚泰志呢？尚泰志哪儿有那么大的本事清除自己和江秋联络的痕迹？

"难道那些痕迹也是江秋清除掉的？

"又或者，江秋是匿名和尚泰志联络的？尚泰志只是和一个共同要报复林嘉的'陌生人'合作？

"可是那样的话，问题也仍然没有结束。那就是：江秋在死了之后，是如何去保证一定能杀死尚泰志的？管你本事通天，死了之后对尚泰志的掌控力必然是会消失的。如何保证他会在那个叫李晓雪的女人家里乖乖等你送上门的包裹？

"他要是没订包裹呢，要是送包裹的有什么意外，让炸弹在送到尚泰志手上之前就爆炸了呢？那个叫李晓雪的女人在门口把包裹拆了再进门，那么死的不就是李晓雪了？

"那样不就杀不了尚泰志了?"

"难道……江秋有杀不了尚泰志,也能让尚泰志无法指证他的计划?是抓了他的把柄?还是一直在幕后和他联络,尚泰志从始至终也不知道江秋的身份?

"不可能。如果那样的话,尚泰志和江秋联络的痕迹,就一定会留下来。毕竟尚泰志和林嘉一样,都是不知道自己会死的。

"可是出于对江秋的评估,铁雨又确信江秋是不会放任自己因为死后掌控力下降,就被定罪的。他一定用了什么方法,让尚泰志就算没有死于爆炸,也无法指证他。江秋一定会的。

"到底会是什么方法呢?"

铁雨苦苦地思索着。

警车开向江冬在市区就读的大学。会议结束的时候,张笑下达了新的指令。他带了一批人去搜查林嘉的办公室和公寓,毕竟秦怀阳的推理也是说得通的。一名老警员带了几个年轻警员去搜查尚泰志在豆香街的所有住处,看能否找出他和江秋的联系,同时也对停车场的那枚炸弹的制作他是否有参与进行调查。铁雨和秦怀阳,则被派去搜查江秋的住处。

剩下的人,去调查和案件相关的其他信息,包括林嘉和江秋更多的个人信息。张笑再次强调了:无论炸弹是江秋和林嘉谁弄出来的,毕竟是炸弹,不是在超市里随随便便就可以买回来的东西。

大家开始分头行动。

有人会去调查黑市中的炸药交易,如果摸清炸弹制作材料的来源,就可以顺藤摸瓜抓捕非法售卖炸药的人,并从他们口中获取口供。有人会去查林嘉和江秋的银行账户流水和网络消费记录,如果非法交易是发生在网络上,只要掌握资金流向,一样可能抓获炸药贩子,使案件得到实质性突破。还有人去地毯式排查林嘉与江秋住处临近的公共摄像头,看能否在摄像头拍摄的视频中找到一些线索。

在铁雨的推理中,江秋是入侵了DIBI公司的监控系统的,这一点会联合负责网络犯罪的同事去DIBI公司进行调查,争取能获得一些决定性的证据。

铁雨自己寄希望于公共摄像头能够拍摄到江秋的踪迹,如果他与非法出售炸药的贩子在交易时被拍摄下来,以张笑在本地二十多年的刑侦经验,肯定能抓到那个炸药贩子。但以铁雨对江秋能力的评估,又觉得以江秋的敏感而言,他肯定会避开摄像头交易。

如果江秋是在网络上购买的炸药就更麻烦了。江秋十分熟悉网络,一定会发挥自己的长处,用各种手段清理痕迹来阻止警方追踪,查起来必然是难上加难。林嘉虽然比不上江秋,但同样也对网络十分熟悉。要想在他俩的网络记录上有斩获,不见得就比公共摄像头那边容易。

江秋在身亡的时候,携带的笔记本电脑已毁坏。第三次回忆起这个细节,铁雨长叹一口气,这是铁雨在全案感到最棘手的部分。虽说携带笔记本电脑回家是江秋生前的习惯,此时也不得不怀疑,这也是江秋为消匿证据的一种手段。

杀死尚泰志的炸弹是藏在包裹里的,有两名年轻的警员在昨天的会议前就前往本市近十家快递公司进行调查,今天差不多也该有消息了。如果能追溯到那个包裹的寄件人信息,就可以让李晓雪进行辨识。

快递包裹单上寄件人的信息往往是手写,就算江秋故意填写错误的寄件人信息,笔迹也能说明问题了。退一万步,江秋用打印包裹单,不留下字迹,快递公司也会保有取件地点的相关信息。如果取件地点附近刚好有公共摄像头,能拍下江秋发出快递的镜头,那么就是重大突破了。

哪怕你江秋打印包裹单,留下错误的寄件人信息,约快递员在没有摄像头的地方取件,多半也能调查出一些信息。过于掩盖痕迹是一种反常行为,快递员不会没有印象的。张笑也觉得这也是一个重要的突破点。

江秋和林嘉两人都偏爱侦探和推理小说,掌握了不少罪案知识,具备了很强的反侦查能力。通过调查手机话单来突破是没可能了,江秋和林嘉近三个月的手机通话记录和短信记录,没有任何与案件相关的信息。和炸药贩子联系,购买制作炸弹的材料,都没有。

电话,短信,都没有,干净得不能更干净,正常得不能更正常。

无论如何,网再次用力地撒了出去。

秦怀阳把车开得很快。

回答完穆小沫的问题后,秦怀阳就一直没有说话。他也在进行思考,只是他心中虽然有了动摇,却仍然不排除林嘉才是凶手,江秋是无辜受害者的可能。

"如果铁雨的推理就是真相的话,只能说林嘉实在是太可惜太愚蠢了。"秦怀阳心想,"江秋在算计林嘉的时候,将林嘉会如何为自己计划脱罪都考虑进去了,反过来,林嘉不也应该考虑江秋如何计划在爆炸后脱罪吗?

"换句话说,就算他能从刻意挨过来的电瓶车、电脑上的炸弹资料中推理出江秋要杀他,那么杀了他之后,江秋打算如何为自己脱罪呢,他想过吗?如果想一想,或许他就不会上当了。江秋把炸弹藏在自己的电瓶车里去炸死他,警察就是再无能也是绝对会抓住他的,他没有任何脱罪的措施。毕竟还是少想了一步啊。"秦怀阳感叹道,"长久以来太以自我为中心了吧,判断出对方会杀自己,就开始只考虑自己了吧。"

秦怀阳冷哼一声。

警车在路上飞驰,再过一条河面上的石桥,就可以看见一片以白色为主的建筑群。那是本市的大学城,江冬的学校就在其中。

"不过说实话,林嘉当时的处境也够麻烦的。"秦怀阳在警车过桥后开始慢行,开始设身处地地想林嘉的行为。

"江秋要杀林嘉的证据很少,不够他叫警察的。再说就算叫了警察,把江秋的计划中止了,只会把仇结得更深,动机还在的话保不准什么时候就会又来报复。

"他跟警察说不报仇了,也没法百分之百去信吧?结婚就在眼前,摊上这么个扫兴的事情确实够倒霉的。再说林嘉追苏米之前也不知道她跟江秋是恋人,不算夺人之美。想来想去,如果江秋杀人失败,死了最好,嗯,连写真照片的事情都不用再烦了。对,死了好。"

想到这儿,秦怀阳不禁惊出一身冷汗。他瞟了一眼后视镜,铁雨一脸倦容看着窗外,穆小沫在低头看手中的记事本,估计是在消化会议记录。上车问了一个问题后,她好像就没再说过话。

转眼间,警车开到了校门口。

上车前铁雨已经跟江冬打过电话,江冬已经在门口等他们了。秦怀阳缓缓把车停下。

"我去,你们在车里等我就好。"铁雨开口下车。秦怀阳和穆小沫都清楚铁雨的意思,作为首个与江冬沟通的警察,在没有证据的情况下,他不想让江冬知道江秋现在是重大嫌疑人。

"铁警官,抓到杀害我哥哥的凶手了没?"

"有一些线索了,案件侦破调整了方向,我们正在调查。"

"如果有消息了,一定要告诉我啊。我妈妈说你们去过我家里了,问我知不知道哥哥在公司有什么仇人。还问我有没有你电话,说是我知道的话一定要我告诉你。但我真没听哥哥说过有得罪过什么人,你给我看的那人我也不认识。"

看样子,媒体报道的时候没有公布尚泰志一案的详细信息,江冬可能还不知道尚泰志已经死了。铁雨自忖，江冬的气色看起来比上次好了一些，在伤痛中略有恢复。

"铁警官，你见到苏姐了吗？她有没有跟你们说什么？她跟我哥哥一个公司，肯定知道些什么。"

"嗯，见过了。苏米确实提供了一些线索给我，只是我们离破案还需要一些时间。"

"铁警官抓到凶手了一定要告诉我啊。"

江冬双眼圆睁，十分急切地想要抓到杀害他哥哥的凶手。铁雨不知道怎么回答，点了点头，伸手示意江冬把江秋住处的钥匙给他。

江冬把钥匙交给了铁雨。铁雨转身，快步回到车上。

"你跟他说了没？"铁雨上车后，秦怀阳问他，穆小沫也看着铁雨。

"没。"

"好，我们走。"

警车掉了个头，朝着DIBI公司的方向开去。江秋的住处就在离DIBI公司不远的郊区的一个小区，铁雨还记得地址。

他看了一眼后视镜，江冬站在校门口没有动，在看着他们离开。

40分钟过后，秦怀阳通过铁雨的指路，把车开到了天马小区内。

铁雨走在前面，带着秦怀阳和穆小沫进入江秋的住处。住处看起来没有什么变化，一张书桌，一把小转椅，一条凳子，一张床，一个简易衣柜，一个书柜。

江秋就在这个空荡荡的房间里，完成了他的整个计划。铁雨戴上手套，打开了书桌的抽屉。抽屉里只有一个充电宝，一些零钱，一堆廉价的盗版影视光碟。光碟中有几部主题是刑事案件侦破的美剧，铁雨也看过。

"什么都没留下啊，这人是不是知道我会来搜，把东西都丢掉了。"

"看起来他弟弟走的时候,把这里打扫了一下啊。罪案相关的小说还挺多的,难怪有反侦查能力。"

秦怀阳和穆小沫分别检查衣柜和书柜,也都没有任何发现。

过了半小时,铁雨打算撤退了。如果炸弹是在这间房间内完成的,那么或许会有炸药粉末残留,这需要技术科的同事来做现场取证了。铁雨不禁希望江秋百密一疏,让技术科在他房间内检测出炸弹化学材料的成分。

至于制作炸弹的工具和剩余零部件,他相信江秋一定丢到了其他地方,拥有一辆电瓶车的江秋活动半径很大。天马小区没有公共摄像头,江秋利用深夜出没可以毫无顾虑。看样子只能走访他的邻居了,铁雨打算去碰碰运气。

"走吧,我们走访走访他们的邻居,打听打听他的活动规律。"

三人打开门出来,铁雨掏出钥匙锁了门。走访应该先从对面和五楼的住户开始。

"你们看,这是什么?"

穆小沫看见楼道间贴了一张告示。她仔细看了看,是物业勒令业主交物业费的通知,用到了"如若逾期不交,后果自负"的字眼,口气十分强硬。原因是天马小区的业主对小区的停车费过高十分不满,以拒交物业费表示抗议,而物业对此也是寸步不让。

穆小沫灵光一动,她前阵子去闺密家玩的时候,闺密家的小区也发生过类似的事情。

"我同学家住的小区,也发生过类似的事情。他们那个小区的物业为了逼业主交钱,故意把垃圾堆在小区里不予清理,咱们是不是快去看看?"

铁雨和秦怀阳对视了一眼,点了点头。

天马小区的物业和穆小沫想的一样,铁雨三人下来后发现楼道入口附近的垃圾桶里垃圾堆得很高,有很长时间没有清理了。

第11章·曾经真的很爱你　219

"怎么样，翻吧？"

"翻吧。咱们俩翻，穆小沫你去走访下江秋的邻居吧。"

垃圾桶的搜索比较顺利，走访却没有收获。

邻居之间彼此都不认识。江秋对面租住的是一对小情侣，平时上下班的时间和江秋都是错开的，晚上也没听到什么江秋出去的动静。五楼住的两户是业主本人，两个老太太只在楼道里见过江秋，除了人很安静外，对江秋没有别的印象，偶尔见面的时候也不说话。她们同样没听到过江秋在夜间有出没的声音。

垃圾桶是按楼道的单元分开设置的，一个单元对应有两个垃圾桶。铁雨和秦怀阳，把相应垃圾桶里可能是江秋丢弃的垃圾都捡了出来。一个白色塑料袋中，有一个iPhone的包装盒和两个快餐盒，还有几个啤酒罐。铁雨想起江冬提到过，江秋曾经送过一台iPhone给他。

"这个塑料袋，可能是江秋丢弃的，里面那个iPhone的包装盒应该是他的。"

"好的，我去确认一下。"

刚走访回来的穆小沫从铁雨手中提过白色塑料袋，返回楼道里去了。

没多久，穆小沫小跑着回来，脸上有笑容。

"没错，这袋垃圾应该是江秋的，我挨家挨户问了一遍，近一个月他们都没有丢iPhone的包装盒。而且巧得很，除了江秋，其他住户都是在自己家里弄吃的，最近也没有买过快餐。我们把这些带回去吧。"

回去的路上，仍然是秦怀阳开车。铁雨打电话通知技术科，想请他们再派人过来一趟做一些检查炸药粉尘等更细微的工作，那边答应了，就等铁雨的钥匙。

警车还没进局里，张笑的电话又打了进来，去快递公司调查的警员回来了，没有收获。各个快递公司在案发前后既没有收到过江秋的取件电话，也没有派送过任何包裹去李晓雪的住处。在DIBI公司附近的各快递公司站点也全部排查了一遍，没有业务员私下接受过江秋的派送请求。

事发当天倒是有个扎马尾辫的年轻女性提了个盒子进了李晓雪住的那个楼。经排查，该女性并非楼房里的住户。然而公共摄像头毕竟太远，清晰度不够。大热天的，姑娘又带了遮阳帽，根本看不清脸。有警员拿视频截图在附近走访，也根本没人认识那姑娘。

更加棘手的是，那个盒子也拍不清楚。找李晓雪来辨认，她只是说大小差不多，她拿回包裹的时候光线很暗，看不清楚，并不能确定就是杀死阿泰的那个包裹。

唯一能肯定的是，那个藏了炸弹的包裹经过了伪装，并不是通过快递公司发出的。

难道是江秋雇了一个人派送的？如果那样排查起来，就麻烦了。

进了局里，铁雨把钥匙送到了技术科的同事手上，秦怀阳和穆小沫找了间会议室检查带回来的白色塑料袋以及其他几袋判断为江秋丢弃的垃圾。

铁雨回到会议室的时候，穆小沫从白色塑料袋中翻出了一根橡皮筋。

"我看看。"秦怀阳把橡皮筋接了过去，眯着眼睛看了一会儿，"尚泰志的那个炸弹，是装在一个包裹里，是吧？然后尚泰志在拆包裹时，打开包裹里的盒子还是小箱子什么的，就触发机关，引发爆炸。你们说这个橡皮筋，会不会是江秋用来做那个炸弹的机关的啊？"

"有可能。"穆小沫回答。

橡皮筋在穆小沫手里的时候，铁雨看着，心里就有一种很奇怪的感觉，具体哪里奇怪，他也说不上了。

"我也觉得是啊，你看这橡皮筋被切了一段，应该就是被拿去做

第11章·曾经真的很爱你　221

那个炸弹了啊。江秋是个男人,平时也用不到橡皮筋这种东西吧。难道铁雨你的推理是真的不成。"

奇怪的感觉消失,铁雨明白了。

他从秦怀阳手里接过橡皮筋,仔细看了一眼,果然没错。橡皮筋有两个切口,两头都被切去一段,这根橡皮筋仅是中间的部分。

如果真的是用来做炸弹的机关,可能江秋使用了两段橡皮筋,也可能在制作的过程中失败过一次,毁去了一段。当然,还有另外一个答案。

那就是炸弹还有一个。

铁雨心中一个疑窦顿时消散,他想起了从江秋家里出来时那种违和感:那就是江秋带回家的箱子。

江秋的母亲说自己没舍得吃江秋带回家的食品。然而箱子里的食品只有半箱,多出来的空间是做什么的呢?放了什么呢?他到底带了什么回家了呢?

还有一个炸弹。你想要杀谁呢?林嘉死了,尚泰志死了,跟你有联系的人差不多都死了。仇已经报了,证据也被你毁了,江秋,你到底还想要杀谁呢?

江秋,你到底还想要杀谁呢!

铁雨飞快地掏出手机,拨打了一个电话号码。

# 2

## 2008年7月20日　14:03　距离爆炸发生还有8天

"好的,我一会儿就出发。"

江冬挂断了电话,拿了塑料桶和毛巾,去宿舍的浴室里冲凉。江秋今早打了电话给江冬,说是要送他一台手机,让他过去拿。

江冬晨跑完，身上有汗，打算冲个凉再过去。

冲好凉换好衣服，灌下一杯在食堂打好的豆浆，江冬来到校门口，这里有公交车可以去DIBI公司门口不远的那个站。到了那里，他可以走过去。

这个学期和哥哥还没有见过面，快要到期末了，他原本打算考完试后先去跟哥哥见一面，然后回一趟家看看妈妈。在家住几天后再回学校来，暑期白天打打工，晚上去图书馆还可以学习。图书馆里有冷气，一点也不热。这样比在家里白吃白喝要好多了。

公交车进站，江冬掏出学生卡，刷卡后上车。

听哥哥说起过，他和苏姐就是在公交车上认识的。公交车开向DIBI公司的方向，江冬站在公交车上拉着拉环，看着窗外川流不息的车辆。

江冬在学校里也有女生喜欢过他，他一直装傻，久而久之女生就被其他的男生追走了。单纯谈恋爱的话，江冬不想，眼下没有什么资格做那种事情。像哥哥那样谈恋爱，一直到结婚，是江冬想要的，可家里条件不好，还是等完成学业找到一份收入不错的工作再说吧，江冬有时候觉得自己太现实了。

在外人眼里或许会觉得哥哥配不上苏姐，江冬不小了，很清楚一定会有人那么看。但在江冬自己眼里，他们十分般配。他相信哥哥勤劳上进，和不俗气不只盯着物质的苏姐更是天生一对。哥哥能找到一个这么好的女朋友，他很替哥哥高兴。

哥哥为家庭的付出，江冬一直都心知肚明，只是江冬性格比较外向，相对哥哥要大大咧咧一点，不喜欢把感谢这种见外的话挂在嘴边。再说，等自己就业后，哥哥就可以专心为他和苏姐两个人考虑了。听哥哥说他现在的收入已经不错了，再以哥哥一贯节俭的个性，时间久一点，攒个二手房的首付也不是不可能，自己作为弟弟到时候也会尽力帮助的。兄弟齐心，其利断金。

妈妈有她的退休金，在老家也有一个虽然小但足够安享晚年的房子，两兄弟再孝敬一些，如果没有什么麻烦的疾病，过上没有压力的安稳日子是绝对不成问题的。想到这里，江冬还有一个没和哥哥商量过的想法。他观念比较先进，想在工作后委托老年婚介所给妈妈介绍个对象。

不然兄弟都不在家，妈妈没人陪伴得多寂寞。当然这个得妈妈愿意，她不愿意的话，江冬早晚会接她过来一起住，让她别那么操劳，享享福。

公交车停了下来，江冬听到报站的声音，发现已经到了。

江冬下车，DIBI公司的玻璃大楼就在前面。哥哥和苏姐就是在这个楼里面工作，算起来，他们认识有多久了，8年？

路过DIBI公司的门口后，他往小吃街走去，掏出手机发了个短信告诉哥哥自己快到了。江秋回复让他从小吃街带两份快餐过去。

江冬进入江秋家，发现哥哥正背对着他操作笔记本电脑。

房间里很安静，也很闷热。一台小电风扇在嗡嗡作响。江秋把窗子打开了，窗外有风吹进来，一阵凉爽。

通过窗外可以看见树梢。风起的片刻，树枝轻摆，绿叶摇曳。

"哥，饭来了，一起吃吧。"江冬提着两份快餐，想找个地方放下来。房间实在太小，能放东西的地方不多。他四顾一下，把快餐放在了凳子上，自己坐在了床沿。

"你来了啊。"江秋转过身来。

"嗯。咱们吃吧，今天我请客，哈哈。"江冬举了一下另外的一个小袋子，里面有四罐啤酒，"你房间里没有冰箱，又这么热，待会儿我给你把啤酒放凉水里，晚上你可以喝点。"

"好。"江秋没有起身，坐在转椅上滑了过来。

江冬开了两罐啤酒，递过一罐给江秋，江秋没说话，接过喝了一口。江冬把快餐盒从塑料袋里拿出来，掰开了筷子，然后把塑料袋丢进垃圾桶里。

两人边吃边聊，江秋先开口了。

"我早几天回了一趟家，妈妈的身体不太好，也没舍得买药吃。"

"啊？没舍得买药吃？我打电话给妈妈时，她都说她有好好吃药啊。"

"你观察事物要再仔细一点，粗心大意的话，以后你怎么照顾妈妈？"

"我知道了，"江冬点了点头，"哥，你怎么知道妈妈没舍得买药吃，要不我们给她买些回去吧，都已经买了不吃也是浪费，她就舍得吃了。"

"不行，有些药是处方药，你得带妈去医院才能买。暑假你要回家一趟吧？回家的时候，你带妈妈去医院再去做个体检，医生开什么药，你就都买了带回家去。"

"好的，哥，你回去的时候妈妈还好吧？"

"嗯，看起来还好。我以前一直觉得妈太操劳，容易得病。"江秋长长地叹了口气，"现在看来，可能一直在劳动，她身体反而没有太多问题，就是老得太快了，还有一些风湿。"

"哥，你就放心吧，我回家一定会带妈去做体检，药也会都买回去。等暑假快结束时，我再回去一趟，药吃完了就给补上。"

"就这么办吧。你回家前我会转账给你。"

快餐很快就吃完了，江冬把快餐盒跟一次性筷子都丢进了垃圾桶里。

江秋把啤酒微微举了起来，江冬伸出自己的啤酒和江秋的碰了一下，大喝了一口。啤酒买的时候是冰的，现在喝还是能起到一些消暑的效果。

"苏姐没有来玩吗？"

"嗯。"

"也是，这个房子太热了。阁楼安静是安静，就是太晒了，热得要死。"

江秋没有说话，他踢动转椅，把书桌上的风扇提了过来，放在床上，让风朝着江冬吹。

"哥，你还没说，你怎么知道妈妈没吃药的呢？你问的话，妈妈不会说没有吃的吧。"

"我查了她的抽屉。"

"啊？你翻她抽屉了？"

"嗯。"江秋说，"就是电视机柜下的那个抽屉。妈买什么东西，超市的收据啊买药的收据什么的，都会放在那个抽屉里。"

"哦，原来是这样，我也应该想到的。"江冬搔了搔头，扭了两下脖子。

"我检查了那些收据，比春节时候没有多多少。就是一些超市买东西的收据，水电费的，还有上次去医院看病买药的收据，然后就没有了，只有在小药店买的止痛药的收据。如果妈有再去医院拿药，收据肯定会在的，她每个月底喜欢记账，会一张一张拿出来看。"

"这样啊。"江冬很佩服哥哥的细心。妈妈在月底的时候会把抽屉里的收据啊什么的拿出来盘点，拿一个本子记账。这个他其实也见过，自己怎么就没想到呢？最初的印象，妈妈是拿小凳子在茶几上记账，自己在客厅看电视吧。恍惚间，妈妈就戴上了老花镜，自己也已二十好几。

"你去我抽屉里看看，那个手机给你。"

"哦。"

江冬起身走到书桌前，打开了抽屉，里面是一个iPhone。江秋移动了下位置，方便自己吹风扇。江冬把iPhone拿了出来，开始拆包装盒。

"这个是给我的？"

"拿去吧，你送了个手机给我，我是你哥，当然要还你一个。你手上那个，屏幕都裂了，就不用再凑合了。"

"谢谢哥，不过这个也太贵了吧！"

"上一代的，没那么贵，但也足够你用了。"

江冬很高兴，他拆开自己的手机，把SIM卡取了出来，发现不知道怎么插进新手机里。江秋走了过来，把啤酒放书桌上，帮他装新手机。

"其实，我跟妈妈打电话的时候，她说了她现在舍不得用钱，想攒钱帮你结婚用。"江冬插不上手，就坐到了江秋的床上，啤酒还没有喝完。

"她还跟我说，如果我工作了，也不要大手大脚，看能不能攒些钱，先帮你结婚，我年纪小能不能晚些。我说那是当然的，等你和苏姐结婚了，我再找女朋友也来得及，大不了晚点结婚，男人应该先拼事业！"

"妈想多了。"江秋没有回头，"很快……很快咱们就不会缺钱了。你也没必要说不找，遇到好女孩了，一样可以谈，好女孩还是有的。"

"其实我也觉得咱们很快就不缺钱了，哈哈。我打听了下，我这个专业毕业的师兄师姐们都进了证券公司或是银行，收入都蛮不错的，住也一般都有公司宿舍，能省不少房租，公积金什么的也都有，好像还很高。"

"那就好。将来你要多照顾和关心妈妈。从小到大你也知道，妈妈一直只要咱们过得好就好。她是不会向咱们提什么要求的，她有什么事情的话，需要咱们主动去观察主动去发现，你还要再细心些。"

"好的。"江冬一口答应，心想，你给我一个值得作为榜样的

第11章·曾经真的很爱你

哥哥，我也一定会努力还你一个优秀的弟弟。至于给妈妈找老伴的事情，还是等工作后再和哥哥商量吧。

"你暑假打算打工？"

"是啊，都找好了，帮导师做点事情，有钱的。晚上我就去图书馆，里面有免费的冷气，环境也特别安静。"

"考试没问题吧，钱没你的学业重要，有我。"

"这个我懂，成绩没问题。奖学金我肯定是拿得到的！"

"篮球还在打吗？身体没问题吧？"

"早上起来打会儿，身体比你好多了，哈哈。啊，这……这是什么？"江冬在床上坐久了，想换个姿势的时候手一按，按到一束毛一样的东西，因为和床单颜色比较近，之前没有发现。江冬把它抓在手里，发现是一束黑灰杂色的长发。

"啊，这是什么？怎么是头发？谁的啊？苏姐的？她头发怎么都这样了？"

"什么？"江秋转过身来看了一眼，"哦，那个啊，那是公司搞活动时的道具，是假发。那个用的人嫌脏就请我把它拿回家洗一下，这应该是那会儿掉了一点下来，你扔了吧。"

"哦。"江冬把假发丢进垃圾桶。

"手机好了，你试试。"

江冬接过哥哥递过来的手机，屏幕很漂亮，手感果然也很好。

"很好很强大，谢谢哥。"

"一会儿走的时候，记得把充电器也带上。软件应用你自己回学校再下载吧，公交车上注意下扒手，别丢了。暑假记得回去带妈去做体检，一定要买药。"

"我记得了。"江冬在试手机的时候，有短信进来了，是班长在找他，有事情想要跟他商量，江冬回了短信。

"哥，学校有点事，我就先走了。放心吧，手机不会丢的，我去给你把两罐啤酒放水里了啊。"江秋没有说话，举了一下剩余的啤酒，江冬也朝他举了一下，一饮而尽。

江冬把iPhone和充电器放好，去了楼顶。楼顶有个小露台，露台上面有水龙头，平时江秋早晨洗漱都在这里。一条铁丝上，晾着江秋黑色的上衣和裤子。

差不多都是黑色，是不容易显旧吧。江冬想着，拿哥哥的塑料桶接了小半桶水，把啤酒放了进去，然后把水桶提回了房间。

"哥，我走了啊。"

"嗯。"

江冬放下水桶后，带上门出去了，楼道间响起他下楼的脚步声。

江秋站起身，走到门前把门锁好。然后他转身到垃圾桶旁把那束假发捡了出来，再从抽屉里拿出一个打火机，把它点燃。

# 3

## 2008年8月3日　14:08　爆炸后第6天

D县的街道上车水马龙，十分嘈杂。一辆摩托车超车时差点被出租车撞倒，出租车急刹车，很快司机把头从车窗伸出来破口大骂。

苏米决定出来透口气，去街上走一走，出来之后，才发现无济于事。

这场飞来横祸，让她实在疲惫不堪。都说忙碌会让人暂时忘却伤痛，可她发现根本不是那样。

送走林嘉的父母后，她终于发现连眼泪都已经流完了。看着他们的背影，心中的惆怅没有散去，反而更加郁结。这两人原本是要走进自己的生活的，自己还在想着怎么和他们相处，能不能被他们接纳，能不能接纳他们的时候，他们却又慢慢走远。

这次他们离开，就再也不会回来，他们和自己已经没有关系了。

真是可笑啊，如果林嘉没有出事，自己得叫他们爸爸妈妈，得像孝敬自己爸妈一样去孝敬他们。然而一旦林嘉不在了，他们突然之间就变成了陌生人。

就算仍然口称爸妈，逢年过节打电话发短信问候，又能如何呢？是安慰，还是唤醒伤痛？不过是自欺欺人罢了。

齐经理很会做人，给了她一个月的长假。一个月之后，她何去何从，苏米没有想好，也不想去想。

林嘉出事后，很多人打了电话来。

有闺密关心她，同情她，打电话来安慰她，甚至想接她过去住，约她一起去旅行疗伤。爸爸妈妈心疼她，要她回去住，住到想开了为止。有很久不联系的朋友来安慰她，拐弯抹角打听细节，拙劣地隐藏着好奇心。还有大学时期对她有好感的男同学打电话来嘘寒问暖，想探她的口风。连DIBI公司的几个男同事，话都没怎么说过的，也壮着胆子打电话来问她有没有好点。

怎么可能会好点！

那个叫铁雨的警官，来找过自己三次了。每一次都把自己的伤口拨得更深，每一次都要自己说出一些不愿意说出的隐私。虽然脸上没有表情，但苏米知道每次惴惴不安地坐在铁雨面前时，自己都有一种强烈的羞耻感。特别是他坚持要拿走一张自己的艺术写真后，她甚至觉得自己站在他面前像是没穿衣服一样，十分难受。这让她更加憎恨把她害到这个地步的杀人凶手。

就是那个在小吃街对自己拉拉扯扯，被林嘉教训了的流氓。只不过是打架而已，有必要这么心狠手辣，用炸弹炸死林嘉吗？

江秋呢？江秋怎么样也是无辜的啊！他那么胆小谨慎的一个人，想不到到头来也遭了这么一个厄运。

其实苏米隐隐约约觉得有些不对劲，女人的直觉就告诉她，事情没有那么简单。从来没听说过流氓用炸弹杀人的，打架对他们不是家常便饭吗？

逃回家里后，她才略微感觉轻松了一些。家是最熟悉、最温暖的地方，当妈妈柔声地安抚她，在晚上做满了一桌子自己最爱吃的菜时，她又忍不住抱着妈妈大哭了一场。

这一切都是为什么？

苏米漫无目的地走在街上，自从高中毕业后，就再也没有好好在县城里逛过了。

回家前，那个铁雨又来找过自己，说是为了破案才问她隐私的。她犹豫了一阵，还是说了。没错，自己是拍过一些半裸的写真。她觉得女人最年轻最漂亮的时候就那么几年，把自己身体最美的时候拍下来，有什么不对？将来老了的时候，拿出来看有什么不好吗？江秋那会儿是自己的男朋友，让他看看又有什么不对？

已经是第三次了，每次来都是问东问西，一次比一次逼得更紧，逼自己暴露隐私，可是人呢？你们把人抓住，给林嘉报仇了吗？给江秋报仇了吗？

她受不了了，她要回家。

苏米不知不觉，走离了闹市区。人越来越多，路边摊有卖麻辣烫的。摊位上有几个看起来才十七八岁的小混混在吃东西，头发染成黄色的，难看死了。

"哟！是美女！"一个混混色眯眯地朝自己喊了一声，其他几个下流地吹起了口哨。

苏米停下脚步，转身恨恨地瞪住那个朝自己喊叫的混混。她现在已经什么都不怕了。毕竟年龄小了一些，混混在气势上输给了苏米。他不敢继续对视，讪讪地笑了下，低头吃东西去了。

"爆炸案后，警察问东问西的，只怕自己和江秋的关系，早就曝光了吧？"

苏米觉得很委屈。"公司那些人会怎么看我？两名受害人都是和自己好过的男人，他们会怎么看我？一定会觉得我是嫌弃江秋穷，看见林嘉年轻富有而去投怀送抱吧？可事实根本不是他们想象的那样。那又怎么样呢，难道去解释吗？人总是会去相信那些愿意相信的东西，还反过来以为自己有先见之明，进而沾沾自喜，真蠢。"

街道的风景十分熟悉，高中的时候，她就是坐在江秋的自行车后座上，用眼睛把这些商店，招牌，路边摊，还有远处的建筑——画进脑海里。

想起江秋，苏米心中是另一种疼痛。

她不知道自己是怎么和江秋分手的，像做梦一样。毕业以后，无忧无虑的大学生活瞬间就被枯燥的工作取代了。每天都是上班，画画，加班，画画，下班，回家。

激情和对画画的热情，都在被杀死。江秋像是对这枯燥的一切早有准备，一如既往地沉默少言，根本帮不了自己。苏米很清楚这样画画仅仅是工作，谈不上有任何创作。没有灵感的时候，该画出来的图片也一张都不能少。离举办个人画展的梦想，苏米觉得越来越远了。

"爱情是爱情，生活是生活。这或许是我要的爱情，但这肯定不是我要的生活。没错，江秋是诚实可靠，跟他在一起是可以很安心。可一个女人活着，就是为了找一个安心的男人吗？一个女人在最年轻的时候活着，就是为了爱情吗？

"不是的，我要的生活，是享受爱情。我不要自己在最年轻的时候，就这样浪费在工位上，浪费在公交车上。我要画的，不是那些东西。我要画的，是我懂的生活，是懂生活的我，是懂我想要生活的他。"

所以当林嘉追求她的时候，苏米并非为了林嘉的钱和地位，而是觉得和林嘉在一起，林嘉更能懂她，更能照顾她。"爱情既然要相互付出,那么我会做一个林嘉想要的妻子,当然我也会做一个自己想要的苏米。"她不要过早地在生活里为了柴米油盐而衰老,而困惑,而麻木,而世俗。

"人为什么要谈恋爱?为什么不喜欢上了就马上结婚?不就是为了在结婚前,看谈恋爱的那个人适不适合结婚吗?不适合的话,分开后不是对两个人都好吗?难道一定要结婚后把爱情埋在里面才是忠诚?"

苏米知道在公司里,一直聊得来的蓝晴对自己的选择颇不以为然。"是的,江秋是很好,但并不适合我。"苏米又回忆起自己压抑已久的想法在脱口而出的瞬间,江秋那惊愕的脸庞。

是的,自己当时还是爱他的,这个世上也不会有人比江秋更爱苏米了。她知道的,一直都知道的。她那只是气话啊,虽然她的心意已经变了,可是她并不是一定就要离开他。是他,是江秋不肯来哄她。明明都认识这么久了,他就真的那么不了解自己?既然不了解自己,那么走下去还有什么意义?

苏米的思维混乱了。

爆炸案后她一直不肯去想江秋,她告诉自己那是别人的事情。她告诉自己只应该作为林嘉的未婚妻为林嘉的遇害而悲恸。她都不敢去想江秋的事情,她都不敢去想为什么江秋会死,她不敢问那个叫铁雨的警察任何和江秋有关的事情。

可她明明就是想知道啊。那排山倒海而来的伤痛到底是什么,自己早就发现,原来一直都知道的。再也撑不住了,再也挡不住了,再也瞒不住了。是的,那些伤痛里,江秋的死亡带来的更多。"我还爱他。8年的爱情啊,虽然我选择离开他去跟别人生活,但我还爱他。在我哭的时候,我还爱他。在警察出现在我面前的时候,我还爱他。在我逃回家,看到那些熟悉的曾一起出没的街景的时候,是的,我还爱他。我还爱着江秋。

"那个在公交车上为自己挡住骚扰的，那个在加班疲倦的时候对自己微微一笑的，那个在大学时候总是可以在自习室找到的，那个在感冒发烧时一声不吭的，那个在看电影后给自己分析看不懂的剧情的，那个在放学后跑去超市寄物柜放情书的，都是江秋。"

　　苏米闭上了眼睛。"最终还是承认了啊……也好，承认之后，也就释然了。后悔吗？是的，后悔。但我没有做错任何事情。"

　　包里的手机振动了，苏米打开包，拿出手机。

　　是一封寄件人显示为一串奇怪数字的邮件。邮件名是"警方隐藏了林嘉的秘密"。刚来DIBI公司工作时，苏米谈过几个私活，为了及时沟通，江秋替她的手机设置好了即时收发邮件的功能。这种邮件以前也接过，一般都是垃圾邮件，好像是什么机器自动发送的。看到邮件名中有林嘉的名字，苏米认为可能和爆炸案有关，她点击邮件进行加载。

　　有信件记录了林嘉和江秋为什么会遇害。在兴隆超市的2-21寄物柜，密码064598。

　　呼吸都停止了。

　　"这是什么？

　　"是谁？

　　"兴隆超市的寄物柜……那是当年自己和江秋互相放情书的地方。

　　"难道是江秋？

　　"他没有死？真相就在寄物柜的信件里？到底是谁给我发的这个邮件？难道是案件知情人员？"

　　苏米在路边停了下来，她连看都没看，就焦急地朝车流挥挥手，打算去兴隆超市把信件取出来。邮件虽然看起来没有回的必要，但她还是进行了回复："你是谁？"

大约6分钟后，一辆出租车停了下来。苏米上车，告诉师傅去兴隆超市。出租车掉了个头，朝兴隆超市开去。苏米在车上又看了一遍邮件，不出所料，那边没有再回复她。

D县很小，10分钟后，出租车靠近路边停了下来。苏米付了钱，往兴隆超市跑去。2-21寄物柜，密码是0、6、4、5、9、8，打开了。

"发邮件的人知不知道我会来？会不会有人在看着自己？"苏米突然生起一股紧张感，有些害怕。

她本能地回头去打量，超市里不少顾客在排队，都看不出什么异常。寄物柜这边也没有任何人在打量她，附近连摄像头都没一个。

她把目光投向寄物柜里。

寄物柜里并没有信件，只有一个纸盒子，看起来信件是在盒子里。

手机又振动了，烦死了。苏米一看来电显示，是铁雨。那个三番五次来找自己，侵犯自己隐私要走写真照片，却老抓不住犯人的警察。"难道案件有了突破吗？不管了，如果那封邮件没有骗自己的话，真相就在那个纸盒子里。先打开盒子再说吧。"苏米挂断了铁雨的电话。

"所谓记录了真相的信件里到底写了什么？是谁写的？会不会骗我？会不会是我认识的人？只要打开盒子把信件取出来看看就明白了。

"没有骗我的话，真相就会大白，很快就可以抓到凶手替林嘉和江秋报仇了。"

她满怀期待。

番外篇
# 不曾发生的故事

## 2008年×月×日　××:××　第一次约会

蓝晴认真照了一下镜子。

镜子里的自己气色好了很多，不像以前那么消瘦。衣柜里有很多从淘宝买来的裙子，但穿上去后显得自己皮肤暗淡，还需要化妆，她觉得有点烦。

在前台工作又不能不化妆，这算是一种不成文的纪律。

刚来DIBI公司的时候，蓝晴早睡早起，出发前会认真挑选衣服，并配上合适的妆容，出门前还会喷一点香水。几个月不到，蓝晴就放弃了。因为好像没有人在乎，自己也并不像之前想的那样，需要积极跟人打交道。

公司里的同事，尤其是男同事，似乎没有那么注重外表。一年四季，他们总是穿牛仔裤配格子衬衫，夏天穿薄一点的格子衬衫，冬天穿厚一点的格子衬衫再套一件毛衣，外出的标配则是冲锋衣或者羽绒服。

有时候起晚了，蓝晴简单洗个脸，穿了运动服就出发了。但她并没有可以搭配运动服的包包，所以最夸张的一次，她顺手提了个塑料袋就去了公司，好像也没有人说什么。大部分时间，蓝晴都坐在前台，隔着一张桌子跟同事对话，简单递过去一张表单和一支笔而已。

好景不长，突然有一天，蓝晴被人投诉了。

其实也并不是严格意义上的投诉。行政部每个季度都会发一个网址，上面是一个电子调查问卷，大概是让员工填写有什么诉求，并提一些意见，看以行政部为代表的支撑部门是否有可以改进工作的地方。

其中有几个同事就匿名提了意见，说蓝晴有时候素面朝天，似乎不重视自身工作，也缺乏对同事的尊重。看到意见的时候，蓝晴很生气，觉得这些同事吹毛求疵，我化不化妆关你们什么事？我是一个花瓶，还是一件家具，需要你们觉得好看吗？不过事后冷静下来想了想，大概自己太小看当前负责的工作了吧，直到晚上睡觉前，蓝晴一直都闷闷不乐。

事情发生后的第二天，林嘉早早来上班，特意绕道来了前台。

林嘉还带了一瓶Frapin（弗拉潘）的香水，当作礼物送给了蓝晴。

蓝晴有点意外，带着点迟疑收下了香水。醉翁之意不在酒，随后林嘉跟蓝晴攀谈起来，顺势开导了她几句。看样子，他知道蓝晴被"提意见"了。

林嘉说得很委婉，大概是在职场上，如果女性一点妆都不化的话，会让接触的对象认为自己受到轻视。哪怕蓝晴明明没有这个意思，也禁不住对方瞎想。

蓝晴点点头，仿佛明白了些什么。

短暂的聊天很愉快，林嘉从头到尾都没有夸奖蓝晴的外表，这让蓝晴觉得很受用。她讨厌别人评价自己的外表，哪怕是称赞，她也会觉得那是评价的一种。她已经过了被男人夸几句就沾沾自喜的年纪。

女人的价值不在外表，至少不仅仅在外表。

那瓶香水被她收到了抽屉的深处。这是她在职场上收到的第一份明确的善意，对方还是在公司女职员中人气很高的林嘉。对方很绅士，并没有其他意思。对，这就是林嘉的魅力所在，哪怕是送香水这种换个人来送就显得暧昧的东西，他也落落大方，不会让人觉得别有所图。

这件事发生之后，蓝晴开始化淡妆，工作日也会对自己的外表稍微上心一些了。有时候因为带妆时间长，或者出外勤，妆容受了影响，她也会拿着化妆包乖乖地去洗手间补妆。

从一开始的刻意打扮给自己鼓劲，到索然无味，到顺其自然，再到"被投诉"，最后又重新回到了略施粉黛。这个周期不禁令蓝晴哑然失笑。宽慰自己时，林嘉用开玩笑的口吻举了例子，说也许化妆是三重境界，第一重是看山是山看水是水，希望可以让自己变美；第二重看山不是山看水不是水，觉得美与不美，不在外表在内心；第三重看山还是山看水还是水，略微打扮一下如果比素面朝天更好看，让人更自信，也是一件自然不过的事情。与第一重的差别在于，是"让自己觉得更好看"，还是"让别人觉得更好看"。

林嘉还透露过一个小秘密，他自己起晚了或者状态不好的时候，也会用古龙水，注重外表绝对不是一件坏事。

这件事让蓝晴对林嘉产生了很好的印象。

穿上高跟鞋后，蓝晴关上了大门。又拧了一下门把手，确定门已经锁好。

走到楼梯间，蓝晴按下了电梯按钮。电梯还需要等一会儿才能到目前的楼层，她看着电梯门开始走神。

目标地点是市博物馆，她和江秋约好了在那里见面。这不是情侣之间的约会，而是同事之间相约一起逛展。这一点，两个人都很清楚。

在职场被上了一课之后，蓝晴也回头认真思考了当下的状况。对大家来说，自己从事的行政工作到底是一份什么样的工作呢？或者说，前台到底是一个什么岗位？

她回忆起自己具体从事过的工作：协助行政主管帮出差的同事订机票与火车票；帮出差的商务同事订酒店；登记和采购办公用品；让来领取办公用品的同事签字；每周五15:30盘点、清理库存，与员工领取的登记簿做个对比；办公室里饮水机的水没了，第一时间打电话给水站……

　　最困难的工作，就是公司团队建设一起去外面玩，蓝晴要负责联系场地和组织活动。上一次是在市郊区的农家乐搞烧烤派对，那边只负责提供场地和烧烤设备以及木炭，她需要跟旅游公司合作，租借大巴，还要预订各种肉类和酒水按时送到农家乐。

　　说是困难，无非也就是事情烦琐一点，是量的增加而非质的改变。她仍然感受不到任何的成就感，更别说成长。

　　这些琐碎的事务跟蓝晴的专业没半点关系。除了本科学习的专业是英语，蓝晴还选修了西方文学。下班之后回到租的小房子里，蓝晴会时不时翻一翻桌上那本乔叟的《坎特伯雷故事集》，试着用英雄双韵体写一首小诗。她写完后修修改改，自己满意了，再上传到网络空间。

　　英雄双韵体是一种很难运用的格式，除了韵律，对诗文的题材内容也有一定的要求。

　　这点小爱好一直都是自娱自乐，来网络空间留言的也是几个大学同学，留言无非也是"我们的小才女还在写诗呀""写得真好，我都快看不懂了"等等。看到这些留言时蓝晴有时候会害怕，她害怕跟同学们联系，交流彼此近况。她觉得自己过得不好，无论工作还是生活。既无关远方，也无关诗。

　　直到她看到最近的一句留言："请问这个是英雄双行体吗？有空交流一下。"

　　英雄双行体是英雄双韵体的另一种说法。这个人也喜欢诗吗？蓝晴感到一点找到同类的小确幸。仔细看一下留言的ID：一叶知秋。

　　一叶知秋？会不会是江秋？

　　次日两人一起吃饭，蓝晴问起来，江秋承认了。至于为什么能找到蓝晴的网络空间，江秋也给了解释：他之前替蓝晴修复电脑系统的时候,看见了蓝晴网络空间的名字,还看到另一首小诗的标题。

根据这些信息,他很快就找到了蓝晴的网络空间。

"你不会生气吧,我看见有诗就忍不住进去看了看,然后留了言。"江秋挠了挠头,有点不好意思地笑了笑,"如果你介意的话,我以后就不去了。"

"那倒没有。我哪儿那么小气。"

"我也觉得你没有那么小气,我也喜欢诗,但不会写太复杂的,写得也不好。外国的诗就更别说了。"江秋又笑了一下。

"是吗……你写的什么类型呢,是中国的律诗和绝句吗,还是也会填词?"蓝晴有点意外,她没想过江秋会写诗,他留言里说的"有空交流一下"竟然也是认真的。不知道为什么,她有点想笑。也许是江秋沉默寡言的技术男形象,与诗看上去毫无关系吧。

"都不是,算是现代诗吧,我都是自己在瞎写,没什么水平,也没想过要去发表。"江秋小声说完后,苍白的脸上微微泛红。

"柴米油盐酱醋茶,琴棋书画诗酒花。有点个人的爱好挺好的。"蓝晴歪了一下脖子,"咱俩认识也有段时间了,怎么从来没听你说起过。"

"怎么说呢,我觉得吧,也许是我想多了吧,总觉得这个爱好会让自己减分呢。"

"减分?怎么说?"

江秋脸上刚褪去的红色又浮上来一些。他双手一摊:"应该说,跟眼前的环境有关吧。大家都在忙着升职,忙着挣钱,忙着攒钱,忙着买房子和买车子。一个人爱读书还可以说他爱学习,但一个人如果喜欢写诗好像就显得有些不务正业,把时间花在一些虚无缥缈的东西上,不肯脚踏实地去为生活拼搏,甚至显得矫情和懒惰。"

"这个……好吧,其实我也过这样的疑惑。"蓝晴本来想反驳,但平心而论自己也有类似的困惑,于是干脆赞同了江秋的说法,她是个对自己诚实的人。

"与之类似的，还有哲学。"江秋停了一下，继续说到，"我以前也喜欢看哲学方面的书，但从来没有跟人讨论，似乎身边也没有人可以去讨论，我更没想过要去找。我听到的，都是很多人拿大学读哲学的人开玩笑，觉得他们学了一些没用的东西，就知道空想。你不觉得写诗这件事也很相似吗？人们自己不想写，也讥笑那些喜欢写诗的人，除非写得好，好得惊世骇俗。可写得好的毕竟是少数，大部分人是写得不好的，至少，在一开始是写得不好的。所以我也没有跟人说过我在有兴致的时候，喜欢写一写诗。"

"所以你现在找到有相同爱好的人了，就是我。"

蓝晴笑了。

"嗯……"江秋又直愣愣地承认了，"我看见你网络空间的名字，一下就被吸引了。后来才忍不住点进去看你写的诗。我想起很久前试着读过英雄双行体的作品，就留言问了你。你不介意，我很高兴，我没有窥探你隐私的意思。"

蓝晴的网络空间叫"无证诗人"，本来就是对网络用户公开的，任意人只要找到这个网络空间的地址，都可以自由访问。

"如果我的空间设置为验证后才能访问，你会申请访问吗？如果我设置为不允许其他人访问，你会进去看吗？"蓝晴心生好奇。

两人不知不觉已经聊开了，明明认识的时间并不长，却像是朋友一样，在DIBI公司的午餐间聊一些跟工作毫无关系的话题。午餐间空间并不小，也有一些方便同事们日常生活的设备，不时有人出出进进。泡咖啡的、泡茶的、用微波炉热便当的、把水果放在冰箱里的、凑在一起吃饭的……蓝晴假装毫不在意，她想知道江秋会不会在意别人看见他俩一起吃饭，这显得很亲密。时间久一些，公司里少不了会传出一些流言蜚语。林嘉和苏米在一起后，一次都没有来过午餐间，也许是不想在这里撞见江秋吧。

她看不出来，她看不出来江秋在不在意。

"这其实是两个问题。"江秋对身边走来走去的人视而不见，说话时一直看着蓝晴的眼睛，"如果你设置为验证后才可以访问，我会申请的。第二个问题，如果你指的是我有没有能力破解你的空间密码，不经过你的同意就进去窥视，那我不会。我应该做得到，只是要花一些时间而已，但我不会对你那么做的。"

"我知道。怎么突然变得这么严肃……"蓝晴扑哧一笑。

"你开玩笑的？我还以为你还是不放心呢，我保证，永远不会对你做任何信息窃取的事情，我会的任何黑客技术手段都不会对你用的。"江秋露出了微笑。

"好的，我相信你。"

两人边吃边聊，午饭很快就要吃完了。在其他地方吃完自带午餐的员工陆陆续续进午餐间来洗刷餐具，水流声显得有些吵。

"周末你有空吗，市博物馆里有一个活动，好像是中国明清诗词展，要不要一起去看看？"蓝晴咬了咬嘴唇。

江秋脸上露出不可思议的表情，眼睛睁得很大。刹那间，怀疑、感激、喜悦、犹豫都浮现了出来。几秒的沉默之后，江秋又笑了，似是如释重负一般，他点了点头。

身后传来一阵熟悉的脚步声，蓝晴回头一看。苏米拿着一个咖啡杯走了进来，她看见江秋和蓝晴面对面吃饭，愣了一下。苏米停了下来，怔怔地看着江秋和蓝晴。

蓝晴有点尴尬。之前跟苏米的关系还不错，公司运动会时，她和苏米被分到一组，两人齐心合力拿了羽毛球女子双打冠军，在公司里日常生活也走得比较近，之前两人就是饭搭子。但苏米没把跟江秋的事情告诉蓝晴。

直到苏米跟林嘉在一起了，蓝晴都不太清楚苏米跟江秋的过往。这两人的故事，她是在看到江秋把照片还给苏米之后才知道一些。江秋在还了照片后的次日,也是吃午饭的时候主动解释了两人的关系。还好,两人是和平分手。

蓝晴朝苏米挥了挥手,主动打了招呼。"我只是跟你前男友吃个饭,不算什么奇怪的事情吧,再说我们也只是普通朋友。"蓝晴心想。

苏米点了点头,勉强笑了笑,转身端着杯子走了。眼前的江秋,自始至终都没抬过头,也没过看过苏米一眼。蓝晴有预感,苏米不会再来午餐间了。

## 2

"丁零——"电梯响起了清脆的提示音。

蓝晴回过神来,电梯门缓缓打开,她最后一次整理了一下裙摆,走入了电梯。

从小区出来后在门口坐公交车,大概三十分钟后,蓝晴到达赴约的地方,市博物馆的大门口。远远地,看见一个人在博物馆门前的台阶上坐着发呆,正是江秋。

江秋穿着一件灰色上衣,蓝色牛仔裤,黑色运动鞋。这身装扮似乎跟他在公司上班没什么两样,走近了,蓝晴发现,江秋还是为这次"约会"做了点准备的,他认真刮了脸,身上还有须后水的味道。

蓝晴走到他身旁:"走吧,入场券在我手上。"

江秋站起身来,朝蓝晴笑了笑,掏出一副眼镜戴上。他的脸色一如既往地苍白,蓝晴觉得江秋应该多出去走走,到阳光下面去。如果今年公司还搞运动会,也许自己可以拉他一起组队打羽毛球。

蓝晴也笑了一下,两人肩并肩走向博物馆大门口。这次展览蓝晴心仪已久,除了诗词主题,活动中还有一些书法家的作品会展出。其中她最想看到的是市里一名书法家写的《听女道士卞玉京弹琴歌》。

"我虽然喜欢中国古代诗词文化，但我花在上面的时间比较少，可能会看不太明白。不过嘛，我想我接受一下熏陶也是好的。"通过博物馆的安检后，江秋四处张望，问："你经常来这里吗？"

"嗯，我每年都来个五六次。"蓝晴轻声回答，"如果有一些主题展览活动，官方网站会出预告的，页面虽然做得不太好，但展览本身给我的体验还是很不错的。"

这次展览吸引来的人数只能说一般。蓝晴觉得大部分人谈到中国古代诗词，都会想起唐宋，明清的诗词吸引力比不过璀璨的唐宋也可以理解，但其实明清诗词也是颇有独到之处的。

两人自觉地把声音压低，一边闲聊一边逛展。

市博物馆并不大，八十年代修了之后就一直在完善。经过二十年的进步，博物馆里无论是陈列设施这种硬件，还是主题设计技巧这种软件，都达到了业内中上水平。两人顺着地面临时的引导箭头缓缓散步，两边的玻璃后面是一幅又一幅的字画。除了一些明清文人墨客的诗词，也有一些绘画类作品。在特别展览区的玻璃柜里，还有一些当代书法家与绘画家对前人作品的临摹在展览。

"同样的一首诗，用不同的书法写出来，意境有很大的差别啊，见识了……"江秋看得很认真，忍不住自言自语道。蓝晴很高兴，看样子他是真的喜欢诗词。

一年前，蓝晴也约过一个男性朋友来看展，对方却始终心不在焉，整个观展过程中，蓝晴都能感受到他时不时偷瞄自己的视线。

对方看起来斯斯文文还是文科毕业，不曾想到他只想早点从博物馆里出去，拉身边的年轻女人去吃吃饭，再看一场深夜档电影。蓝晴从博物馆出来后说自己有事，直接回家了。那次结伴出行让蓝晴倒尽了胃口，之后她就不再约男性一起来市博物馆了。

"同样的一首诗，不光写的人，看的人心态不一样，看到的也会不一样。诗歌应该就是别人用自身经历感悟做成的一面镜子，你是什么样的人，镜子里就会照出什么样的人。你变，镜子里的人也会变。"蓝晴心情好，接了江秋的话。

"是吗……"江秋眉头一缩，露出一副若有所思的样子，"你平时看起来怯生生的，原来说起话来竟这么犀利啊。"

"彼此彼此吧。"

"那今天这个展，最吸引你来观看的，是哪一幅作品呢？"江秋停下了脚步，"我也想看看。走马观花的话，估计也领悟不到什么精髓。不如请你给我稍微讲一讲？方便吗？"

"这个……可以吧。我是为了那首诗来的，吴梅村的作品。"蓝晴把手向前面一指，示意两人继续往博物馆深处走去。

"吴梅村？"

"也叫吴伟业。他有一句诗你肯定知道，叫'冲冠一怒为红颜'。"

"这个我知道。"江秋回答说，"这个指的是吴三桂吧。李自成攻占北京后，抢走吴三桂的小妾，一个叫陈圆圆的女人。吴三桂勃然大怒，引清兵入关跟李自成决一死战。这是民间故事，还是真实历史？"

"谁知道呢？"蓝晴笑嘻嘻地耸了耸肩，"写这首诗的人就是吴梅村，全诗叫《圆圆曲》。注意，陈圆圆是秦淮八艳之一，吴梅村自己跟秦淮八艳里的另一个女人卞玉京也有一段爱情故事。吴梅村临死前都对她念念不忘，还写了一首叫《听女道士卞玉京弹琴歌》的长诗。"

"女道士？这个叫吴梅村的人喜欢一名女道士？"

"人家不是一开始就出家做了女道士啊！"蓝晴撇了撇嘴。

两人移动到了博物馆的深处，人明显变少了，有不少人脸上露出兴趣索然的表情，转身往回走。古诗词的鉴赏还是有一定的门槛，需要观众有一定的积累。此外，如果陈列方式缺乏变化，也很容易引起观众的审美疲劳。博物馆在引导观众体验这一块，明显还有进步的空间。

蓝晴打算一会儿离开时，去意见簿那里留言。

"这个写下'冲冠一怒为红颜'的诗人，跟这个女道士到底又有什么故事？"江秋摸了摸下巴，转头看向蓝晴。

蓝晴不答，只是往自己面前的一幅书法作品努了努嘴。江秋顺着蓝晴的提示看过去，不远处有一幅字画。画上是一名女道士，旁边是一首长诗。两人加快脚步，走到了蓝晴来参加这次展览的目标地点——《听女道士卞玉京弹琴歌》字画的展柜。

江秋在展柜前，认真地打量着画中的女子。蓝晴站在江秋右手边，确认了一下身边没有其他人后，开始慢慢讲述画中人的故事。

"卞玉京原本是大家闺秀，因为家道中落，不得不带着妹妹一起去做了歌姬。作为才女，卞玉京琴棋书画无所不能，尤其擅长小楷和画兰花，人们夸她'一落笔尽十余纸'。当时很多文人骚客都对她心动不已。"

"明白。你刚说她也是秦淮八艳之一，想必跟陈圆圆一样，对男人有很大的吸引力。"江秋的视线从女道士身上移开，开始逐字逐句阅读长诗。

"是的呢。"蓝晴继续说道，"在一次聚会上，卞玉京遇到了已经名满天下的诗人吴梅村。聚会上，卞玉京应邀写了一首诗，得到了在座众人的夸奖。"

蓝晴双手背在身后，慢慢背诵：

"'剪烛巴山别思遥，送君兰楫渡江皋。愿将一幅潇湘种，寄与春风问薛涛。'卞玉京将这首诗题在了扇面上，笔迹也十分漂亮。当时在场的人都赞不绝口，吴梅村也很喜欢。"

"才子佳人，很般配的两个人啊。"江秋点点头。

"卞玉京对其他人的称赞并不怎么在乎，她站起身来，把手轻轻放在茶几上，问了吴梅村一句：'亦有意乎？'意思是说，你也对我有意思吗？在那个时代和文化背景下，她敢爱敢恨的一面表现得淋漓尽致。"

"那吴梅村怎么回应呢？"江秋不再看字画，看向蓝晴问道。

"吴梅村装傻，表示没听明白，哼。"蓝晴不屑地回答道，"当时有传言，有权贵要南下选美，可能会相中卞玉京。吴梅村一个想做官的读书人，怕跟卞玉京在一起后得罪了权贵，影响仕途吧。于是在卞玉京鼓起勇气当众表白的时候退缩了，他是大诗人，怎么可能真的听不明白。"

"嗯。那卞玉京也一定知道他在装傻。"

"是啊。"

蓝晴不再说话，开始认真打量眼前的字画。江秋很识趣地站在一旁，陪她静静观赏。他看见眼前的女子，思绪已飞去了另一个时空。

"走吧。"蓝晴看了一会儿，叹了口气，开始往回走。江秋不声不响跟在她身后。进博物馆后两人一直靠右走，看完了一侧的展品。回程时两人还是有默契地靠右走，可以慢慢看另一侧。

"故事还没讲完吧？"

又走了一段距离，江秋判断蓝晴的思绪收了回来。两人边走边聊。

"哦，对。吴梅村装傻伤透了卞玉京的心，两人这次之后就很长时间没见面了。之后吴三桂引清兵入关，时局动荡不安。两人再次见面，已经是顺治时期的事了。"

"那她一定过得颠沛流离吧。"

"是的，她过得不好。这次再见，是在双方一个共同的熟人家里。卞玉京来了之后，却一直在楼上，不肯下楼来见吴梅村。也许她不知如何自处，也许她心中苦涩埋怨吧。"

"那两人没有见着面？"

"没有。"蓝晴摇了摇头,"那会儿的楼又不是现在的水泥楼,都是木头修的呢。吴梅村那时候应该已经心生悔意了吧,但卞玉京一直不肯下楼。就隔着吴梅村头顶上那一层木板,明明两人近在咫尺,又远在天涯。卞玉京不肯见吴梅村,但她告诉对方,自己来了。"

"故事的结局呢?"

"那一次之后,卞玉京终于还是去见了一回吴梅村。但那个时候她已经身穿道袍,不再深陷红尘之中了。见面时,她为吴梅村弹了一次古琴。时过境迁,两人最终没能走到一起。倒是吴梅村经历过世事磨炼之后,对卞玉京心生悔意念念不忘,而且很自责,用一些严厉的词语批评自己。《听女道士卞玉京弹琴歌》就是两人久别重逢之后,吴梅村听了她的琴声所作。卞玉京出家十来年后就去世了。康熙年间吧,60多岁的吴梅村去无锡拜谒了卞玉京墓,作了一首《过锦树林玉京道人墓并序》来纪念他们的爱情。临死时,吴梅村希望自己的墓碑上注明自己是个诗人。"

两人轻声细语聊天,脚步也很悠闲。等蓝晴把故事讲完,才刚刚走到博物馆门口。

"这个故事有点凄凉。"故事讲完后,江秋就没怎么说话了。出了博物馆,江秋突然对蓝晴说道,"但我喜欢这个故事。尤其是喜欢卞玉京的作风,她自始至终都没有变质。"

"那你算不虚此行吗?"蓝晴眨了眨眼。

"那当然。那些书法作品很漂亮,而且还有你的故事。我原本以为写出'冲冠一怒为红颜'的诗人,自己一定也是个有勇气的人,没想到他只是在羡慕别人的勇气。"

"人总是会羡慕一些自己没有的东西。"

"是的。卞玉京竟然是跟陈圆圆一样出名的女子,想必追求她的人多了去了。比吴梅村更富贵的人应该也是有的。难能可贵她能一生都把对方放在心里,即便改朝换代了,也念念不忘。这种品质是一种永恒的美。我忘了在哪里看到的,有人说,爱情是永不过时的陈词滥调。如果卞玉京被其他人的甜言蜜语蛊惑,又或者贪图富贵享乐轻易委身他人,就会变得庸俗不堪,也就不会有这个凄美的故事了……卞玉京对自己内心的坚持,非常重要。"

江秋目光看向远方,像是说给蓝晴听,又像是在喃喃自语。他看起来心事重重。

"糟了……"蓝晴猛地反应过来,内心响起一个声音,"看起来江秋把自己给带进去了,他可能会拿苏米跟卞玉京做比较吧,苏米选了别的人,没能跟他走到底。但这也不能怪我啊,我事先又不知道你俩的事情,这个展览我早就打算去看的,不算故意揭你伤疤吧……"

"冲冠一怒为红颜……"江秋转头看了一眼脚步有些踟蹰的蓝晴,瞬间就明白了她的担心,"是我自己想多了,爱情故事嘛,忍不住跟自己做了一下对比。我又不是吴梅村,配不上卞玉京这么好的女人啦。"

"我原本就是想约你出来走一走,散散心。总比告诉你'天涯何处无芳草'要强吧?再说,吴梅村和卞玉京的爱情悲剧,他自己才是罪魁祸首,瞻前顾后患得患失的。你可是一点错都没有,要怪就怪运气不好吧。"

"哈哈。"江秋笑了,"谢谢你宽慰我。"

"义不容辞。"蓝晴故意粗声粗气地模仿男性的声音。

看完展览,两人各自回家。蓝晴本来想是不是一起去吃个饭,不过看起来江秋还没走出失恋的阴影,有点钻牛角尖,就不要去烦他了。

对于这次相约看展,蓝晴很满意,她喜欢这种朋友之间自然的相处。全程江秋的注意力也在展览上,没有因为身边有漂亮女性而走神。未来也许会慢慢发展超越朋友之上的感情,她也不介意。谁知道呢?一些都顺其自然好了,即便一直停留在朋友关系,也是一件很好的事。

没有邀饭,也没有约定下次见面,两人干脆利落地分道扬镳了。

## 2008年×月×日　××:××　第二次约会

# 1

"美女,裁纸刀能给我用一下吗,我拆个快递。"

蓝晴头也不抬,右手拉开抽屉,拿出一把裁纸刀隔着前台递了出去。对方拿了就走,一声谢谢都没有。

"蓝大美女,我看天气预报说今天下午可能会下雨,公司预留的伞还有几把,我能现在领一把吗?要是走的时候不下雨,我就再还回来。"

"好的。"蓝晴抬起头微微一笑,"你在这里签个字。"说完,蓝晴把一张表格递给了对方,又从桌上拿起一支签字笔。对方从自己手上接了过去,飞快地填了一个名字。蓝晴确认无误后,站起身从伞架上抽出一把伞,递给了对方。

QQ上有一个头像在闪烁,蓝晴刚坐回工位就看见了,是一名新来的策划,刚刚结束试用期转正后,就有事没事来找自己搭讪。刚开始出于礼貌都一一回应对方,很快对方就开始把话题转向了私人领域,比如爱吃什么,喜欢什么颜色,是什么星座,喜欢听谁的歌……次数多了,蓝晴就懒得回答了。

"大美女啊……你这周六有安排了吗?"蓝晴抬头一看,正是那名新来的策划。看样子QQ上不回复他,他就直接找上来了。

"你有什么事?"蓝晴面无表情地说道。

"想请你看电影,不知道你肯不肯赏脸?"对方毫无顾虑地问道,毫不忌讳公司对办公室恋爱的态度。想必家境优渥,觉得大不了换个工作。

"周六我得和男朋友出去。"

"男朋友？你不是没有男朋友吗？"对方吃了一惊。

"现在有了。"蓝晴微微一笑。

对方一时拿不住蓝晴是在调侃自己，还是在认真回答，总之无论如何是约不到了。他讪笑了几声，悻悻地离开了。

"蓝晴，请问你今天下班有空吗？"又有一个人来前台了。

"怎么了？"一听对方叫自己蓝晴就知道是谁了。江秋很少来前台找她，两人私下聊天一般都是在午餐间。蓝晴内心一个声音在小小地喊了一句："亦有意乎？"

"上次你请我看展，我想请你吃饭。"江秋小声说道。

"看展是不要钱的，我提前预约后到博物馆取的入场券。你不用破费啊……"看到江秋一本正经的样子，蓝晴突然想作弄一下江秋，其实她也想看看他心情到底好了没。

"别这么说，我知道你想让我散散心，当我是朋友。"

"那好吧，等你下班。"

到了下班的时间点，江秋没有来。蓝晴知道他要加会儿班，于是安安静静在工位上整理文件，争取把手上的工作做到尽善尽美。外面也并没有下雨，那个领伞的同事又过来把伞还给了蓝晴，都不知道他说的天气预报到底是不是真的。

19点15分左右，江秋来了。

"要请我吃什么呢？"蓝晴站起身来，穿好外衣，和背着包的江秋一并往公司门口走去。

"你有什么想吃的吗？"江秋背了个背包，扭头问道。

"随便。"

"那我们去那条小吃街逛一下吧，兴许你会看见自己想吃的东西。"江秋提议道。

"好。"

江秋发动了自己的电瓶车，很体贴地，他还特意为蓝晴准备了一个头盔。蓝晴戴上之后，坐上车后座，双手自然地搂住了江秋的腰。意识到不妥之后，蓝晴把手收了回来，握住了车上的铁架。她觉得现在的朋友关系对双方都是最好的，更不希望江秋有什么误会。毕竟，自从那次在午餐间看见自己和江秋一起吃饭后，苏米就再也没跟自己联系过了。一个人误会就算了，两个人都误会就有麻烦了。

半小时后，两人到了豆香街。

江秋找了一个电瓶车扎堆停放的地方，轻车熟路地把车停了下来。下车后，又递给看车的老大爷两块钱。

"看样子你最近没少来啊？每天晚上都来这儿吃？我记得之前聊天你说你不爱来这儿。"

"没，今天是特意请你来的，咱们逛逛吧。"江秋岔开了话题。

"其实我很高兴你请我吃饭，算是松了一口气。"蓝晴用皮鞋尖踢飞了一粒小石子，"因为你说你不怎么写古诗词嘛，我担心你会不会觉得无聊。还有啊，讲的那个故事气氛好像也不太好，勾起了你不愉快的事情。但如果你真的不满意，今天就不会请我吃饭了，对不对？"

蓝晴嘻嘻一笑。

"这话符合逻辑，想不到你还会推理。"江秋也淡淡地一笑。

小吃街充满了烟火气，吵闹得很，跟诗情画意完全沾不上边。但"柴米油盐酱醋茶"正是"琴棋书画诗酒花"的另一面。任何艺术形式都来源于生活，最终也要回到生活。看样子两人对这一点都有认识，怡然自得地在嘈杂的小吃街上漫步，感受这份喧嚣。

"啊，不好意思，我去一下厕所。你在这周边逛下，我出来后找你。"江秋指了指路边的一个小店。

"好。"蓝晴环顾了一下四周，街面不算太宽，街边有不少卖首饰、工艺品和杂货的摊位，去那些摊位前逛一逛，应该也不碍事，江秋一出来就能看见自己。

江秋点了点头就走了。蓝晴一个人在摊位前细细观看，摊主见是一个年轻漂亮的姑娘，也殷勤地推销起来。蓝晴笑着摆了摆手，默然不语。

时间过了大概10分钟，江秋还没出来。蓝晴有点纳闷，转身走到两人分开的地方张望。有个熟悉的人影从自己身边走过，蓝晴忍不住叫了一声江秋的名字，对方却没有反应。蓝晴又追着小跑几步，才发现认错人了。对方一头长发扎在身后，戴着眼镜，胡子也明显比江秋长。巧的是，对方穿的衣服跟江秋一样，下身也是一条牛仔裤。长发男走得很快，马上在小吃街一个拐弯处消失不见了。

为了避免江秋出来找不到自己，蓝晴也快步回到了之前的摊位附近。

"久等了，不好意思啊我刚认错人了，出来看见一个人跟你很像，就跟着走了几步。到面前才发现不是你。"又等了大概5分钟，江秋气喘吁吁地跑到了蓝晴的身边。

"巧了，我也看到一个人跟你很像，也误以为是你，追上去才发现认错人了。怎么样，你没唐突人家姑娘吧？"蓝晴笑了，她不介意多等的这几分钟。

"没有，我走近了发现你们的鞋子不一样，对方穿的是黑色高跟鞋，不是你这种皮鞋。你呢，你认错的那个人长什么样，跟我很像吗？"江秋看着蓝晴的眼睛说道。

"嗯，走路比你快。你走路喜欢低着头，那个人并没有。还有他是长头发嘛，胡子也比你多。只是穿的衣服和牛仔裤跟你一模一样。"

"这样啊，稍微仔细看就不太像了，对吧？那个人要是再走过去，你能认出来吗？或者说，下次再看见，你还会误认为是我吗？"

"能认出来吧，男的留长发的毕竟不多。不过跟你像也主要是衣服裤子，不然我也不会认错。你在意这个干吗？"看江秋这么认真询问，蓝晴有点意外。

"没什么……我觉得你平时认人很厉害，居然也会看走眼。"

"我在前台工作嘛，是得记住每个人的样子和名字，不然叫不上来挺失礼的。"蓝晴走了几步，"走吧，我们去吃好吃的。"

江秋站在原地没有动。

"让你等这么久怪不好意思的，你能允许我送你一件小礼物吗？"

"怎么这么客气？你钱花不完啊。"

"你可以这么认为。我没别的意思，但你是我来公司后第一个也是唯一的一个朋友，在我失落的时候还开导过我，我是真心想送你一个小礼物。"江秋指了指一个卖手链的地摊。

"好啊，那我就不客气了。"

地摊上的小物件都是几十元和百来元的东西，蓝晴也不喜欢推让来推让去的，礼尚往来就行了。她蹲下来，认真挑选了一串玛瑙色的手链。戴在手腕上，晃了晃，还蛮好看的。

"这个多少钱？"蓝晴选中它了。

"200元，这是玛瑙石。"摊主看着江秋回答。

"能便宜一点吗？"蓝晴开始杀价。

"不用了，就这个吧。你戴上就不要摘了。"江秋很爽快地把钱递给了喜笑颜开的摊主。蓝晴愣了一下，跟着江秋离开了摊位。

"你傻啊……这怎么可能是玛瑙。可能就十几元钱的东西，为什么不还价啊。"回头看了一眼地摊后，蓝晴小声责怪道。

"我知道。但我的钱花不完了嘛。"江秋耸了耸肩。蓝晴没好气地拍了一下江秋的肩膀。随后她又后悔了，觉得这个举止太过亲昵。可她就是觉得江秋这个人没什么架子，很平易近人，其实也很能开得起玩笑。自己在他面前不需要再扮演什么，随时可以做回自己。

两人有一句没一句地说笑着漫步。江秋的脸色依旧苍白，大部分时间也没有什么表情，只在蓝晴看向他的时候才勉强笑一笑，依旧是一副心事重重的样子。蓝晴也不想做什么判断和对比，诚然比起当一个伴侣，林嘉是比江秋更有竞争力的，江秋撑死了也只能算一个经济适用男。可爱情并不是通过比较得出的，不是对所有人而言，江秋都不如林嘉。

晚风吹在身上很舒服，蓝晴身材高挑，长发飘飘，迎面遇到不少异性钦慕的目光。漫步在豆香街上，快要走到街尾时江秋推荐了一家干锅鸡杂店，两人进去点了餐。

鸡杂比蓝晴想的要辣，辣到舌头有点痛，她叫了份啤酒。江秋一会儿还要开电瓶车，点的可乐。

除了两人之外，店里还有一桌染了头发的年轻人在吃饭，显得很吵。其中有一个，蓝晴似乎有点眼熟，又想不起在哪儿见过。这条街不大，也许就是在小吃街见过也不一定。那个眼熟的黄头发小子用下流的眼神扫了一遍蓝晴的腿，蓝晴下意识地把双腿并拢，转身背对那一桌人。对方似乎嘿嘿一笑。

"别理他们，会有报应的。"江秋正对着那一桌人，明显看到了对方那个下流的眼神。

"我不跟他们计较，一会儿小心他们喝多了闹事，咱们吃完就走呗。"蓝晴看了下手机，现在不算太晚，打架斗殴应该都在深夜吧？

"好。"江秋似乎在观察对方，眼神变得很锐利。蓝晴认识这个眼神，之前公司派发水果时，她送到过江秋工位。当时江秋正在认真工作，脸上就是这个眼神。

"没关系的，我不在乎。"蓝晴不愿意浪费时间在小混混身上，主动开启了新话题，"我还没问过，你有喜欢的诗吗？最喜欢哪一首呢？"

"当然是有的。"

"是哪一首呢？"蓝晴小口喝了一口啤酒。其实她酒量很好，但现在明显不是展现酒量的好时候。

"以后再告诉你吧。不好意思。"

"以后啊……"蓝晴心想,你的意思是我们以后还会经常这样出来玩吗?

似乎拒绝了蓝晴的问题让江秋过意不去,他也开启了一个话题,谈到了最近读过的书。"上次参展回来之后,我也认真去搜索了吴梅村和卞玉京的故事,确实很令人唏嘘。你的讲述也很精彩,让人印象深刻。"

"那你有没有感怀,也要写一首呢?"

"或许会吧……他俩的故事,其实魅力在卞玉京,而不在吴梅村。卞玉京之所以令人心疼令人钦佩,在于她的不善变与自重。比如你说到的那个例子,她跟吴梅村咫尺之遥,却在楼上不肯下来见他。她不是那种召之即来挥之即去的爱情乞丐。"

"那当然。吴梅村也承认了,自己是个薄情寡性的人,一生追悔。"

"如果卞玉京堕落了,那就不是卞玉京了。如果她要堕落,是不是应该阻止她?"江秋喃喃自语道。

"啊?"蓝晴没反应过来。阻止?什么意思?

"没什么,我就是感叹一下。"江秋抬起头来,对蓝晴笑了笑。"你等一等。我其实是有礼物送给你的。"

"礼物?不是给我了吗?"蓝晴晃了晃手上的石头手链。

"那是临时起意,让你久等我过意不去。这个是感谢你带我去看展的。"江秋背对蓝晴,从背包里掏出来一把折扇。

"你打开看看。"

蓝晴伸手接过来,轻轻将扇面摊开:扇面上是一幅字画,中间部分是一枝梅花。她再熟悉不过了,这是卞玉京的作品《暗香疏影》。

"哇……谢谢。"蓝晴忍不住轻轻欢呼一声,"你是拿我比作卞玉京吗？"

"这个……我没想过，但你会写英雄双韵体，也是个小才女吧？我觉得你既然这么喜欢卞玉京的故事，肯定也会喜欢她的画。扇子虽然是定制的，价格其实也不贵，你放心收下吧。"江秋这次不再说"英雄双行体"而是用蓝晴告诉他的"英雄双韵体"，看样子他是真的把自己当朋友，认真听自己说话，也是真的对诗歌有兴趣。

"那我会跟卞玉京一样，一辈子得不到喜欢的人吗？"高兴之余，蓝晴又想作弄一下江秋。

"那不会！"江秋一张脸涨得通红，急着摆手否认，"才华气质像她就可以了啊，前人的悲剧就不要在我们这些可怜的打工仔身上重演了吧。至少，在我身上就够了，千万不要在你身上。"

"我逗你的。"蓝晴扑哧一笑。

两人吃完这顿鸡杂，又从小吃街的街尾缓缓走向街头。

吃完饭之后，一些特殊场所开始营业，顾客开始频繁上门了。KTV的店门口聚集了不少吸烟的人，一些粉红色窗帘的小店也打开了玻璃门。蓝晴猜那些都是一些色情服务场所。

路过一家小店时，蓝晴注意到江秋竟然在打量一个姑娘。

顺着江秋的视线过去，蓝晴很快看清了对方的外貌。店不大，门已经打开，窗帘被摇头的风扇吹得时不时飘动一下。离店门口最近的沙发上，坐着一个个子不高的姑娘，她皮肤很白，胸部也很大。

"怎么？有兴趣啊？进去消费一下啊，我可以去奶茶店叫杯奶茶等你。我这人对朋友的个人生活不评价的。"蓝晴又顽皮了。

江秋没有说话。他只是停下脚步，转身正面朝向那个女的。似乎在辨认她。难不成是熟人？这也太尴尬了吧，还不装作不认识，赶紧走？蓝晴想去拉江秋的袖子。

那个姑娘明显察觉到了有人在注视她，放下了手机，抬头向江秋看去，脸上浮起一层笑意。很快，她的笑意就凝固了。江秋身边分明还站着一个蓝晴，就算是疯子也不会带着女朋友来找色情按摩吧。

大胸姑娘翻了个白眼，又垂头去玩手机了。

江秋似乎在确认什么，竟然敲了一下玻璃。大胸姑娘估计觉得这个人无聊，嘴巴发出"啧"的一声，扭过身子去了。

一刹那，蓝晴有一种异样的感觉，与其说江秋在辨识对方，不如说江秋在让对方辨识，看对方能不能认出自己。

"你认识她啊？"路过的人开始打量江秋和蓝晴，这一男一女站在粉红色的店门口有点古怪。蓝晴拉了一下江秋的袖子。

"啊，不是，我还以为是我的小学同学。吓死我了，还好认错人了。"江秋回过神来，一看蓝晴噘着嘴巴，脸上浮起红晕，赶紧拉着蓝晴走开了。

"就算是，你也不要去认啊。难道你想打折啊！"蓝晴好心提醒道。

"你说得对，下不为例。"江秋如释重负地长长吁了一口气，"我们回公司吧，你也该回家了吧。"

"嗯。我就不谢你请的鸡杂了，太辣，不好吃。但我谢谢你的便宜石头，和不便宜的扇子。嘻嘻。"蓝晴又晃了晃手上的石头和手链。

# 2

骑上电瓶车后，两人迅速赶回了公司。

电瓶车上不了高速，蓝晴打算坐公交车回市区。刚出公司门口，竟然发现江秋追了出来。

"这么晚了，我送你回家吧。你是女孩子，不方便随便让人知道家庭住址，到了市区，你说到哪儿分开，我们就在哪儿分开。"

"你要用电瓶车送我吗，我可不敢坐电瓶车上高速，起码得四个轮子。"

"四个轮子啊,那要几节电池啊?"江秋说了个冷笑话,"我陪你坐公交车吧,反正我今晚要去市区见我弟弟。大不了我在他宿舍挤一挤。"

"好吧。"蓝晴接受了邀请,两人从公司门口一直走到公交车站,安安静静等待下一班车。

车来之前,两人都没有说话。公司附近的草地里传出阵阵蝉鸣,更衬托出这份宁静,很是惬意。

公交车仿佛在照顾两人的心情一般,没有晚点,丝毫不差地开来了。两人依次上车,蓝晴刷了卡,江秋往收费箱里投了币。公交车缓缓出站,向市区开去,很快上了高速。

江秋调整了一下坐姿,蓝晴歪着头在发呆。

"能问你一个问题吗?"公交车通过好几站后就塞满了人。见离市区还有不少距离,蓝晴想和江秋闲聊几句,可以增进双方对彼此的了解。

"好的,什么?"

"你喜欢当程序员吗,为什么当程序员?"这也是她和江秋熟络之后,第一个问出的相对私人化的问题。想要了解对方的过去,就意味你对对方有兴趣。

"嗯……谈不上喜欢不喜欢吧,反正不讨厌就是了。程序员对我而言只是一份工作,我既不追求当什么技术大佬,也不是父母之命什么的。我也没有从小觉得跟计算机打交道就很帅,长大学会写代码觉得很厉害之类……我当程序员,除了可以有一份相对稳定且收入偏高的工作,多多少少也因为我喜欢逻辑推理吧。我喜欢动脑筋和逻辑推理的过程。写代码和实现功能是需要较好的逻辑能力的。"

"你喜欢逻辑推理啊,那你喜欢推理小说吗?就是和作者在智力上进行博弈,在书看完前就猜到谁是凶手,是吗?"

蓝晴脑子里出现了福尔摩斯和华生。

"嗯，算是吧，不过我对社会派的推理小说没有太大兴趣，既不关心罪犯在童年受了什么刺激和有什么悲惨遭遇，导致他走上犯罪的道路，也不太想去了解他们选择目标和施加犯罪时的变态想法。我单纯喜欢看一看罪犯犯罪的手法，以及设计这个手法的思路。"

"就是智力游戏吧。你看了很多这种类型的小说吗？"蓝晴问。

江秋不置可否地一笑，揉了揉自己的鼻梁："你看我这么忙，也没有什么条件去一周看一本书嘛。但参加工作前看得比较多，尤其是大学时期，那会儿去学校的图书馆看书很方便，也免费。"

"那参加工作后，就不看推理小说，改看诗词？发生什么事情了？"

"这两者完全不一样。"江秋愣了一下，"我从小到大都爱看推理小说，从古典到本格，又从社会派到新本格，不管是欧美还是日本的作品，我都爱看。高中和大学呢，也一直都是学校推理协会的会长，还在杂志上发表过几个短篇。可是参加工作以后呢，才发现小说里的推理元素有些纸上谈兵。而且写代码的时候人偏理性，注意力也很集中，对精神消耗比较大，看诗歌偏感性层面，不容易疲劳……"

"我不是很明白你在说什么，你自己最好知道。"蓝晴露出顽皮的笑容。

"这样，我们做个实验好了。"江秋偷偷把嘴凑到蓝晴耳边，"我右边那个男的待会儿会在建工大学那一站下车。等他下车了咱们再说。"

"好的。"蓝晴不明所以，不过听话地闭上嘴，偷偷打量了那男人一眼。

公交车行驶到建工大学那一站，江秋右边的男士果然站了起来，背着一个电脑包出去了。恰好江秋和蓝晴附近坐的都是大学生，陆陆续续下了好几个，两人的身边一下子空了出来，说话也不用再压低嗓门了。

"你怎么知道他会在这一站下车？"蓝晴奇怪地问道。

"我通过推理判断的,你要听吗?"江秋苍白的脸上有点泛红,神情很放松。

"洗耳恭听。"

"我是通过三步推理出来他的身份的。先说第一步,你也注意到了吧,他刚才坐我旁边的时候在用笔记本电脑玩游戏。那个游戏恰好我也玩过,是《文明:变革》。这个游戏有大量的数值需要关注分析,比一般的益智类游戏要复杂得多。他玩的是英文版,操作显得熟练又流畅。这说明他受过比较好的教育。"

"嗯,然后呢?"

"再看那台笔记本电脑,是IBM的商务本,定位并不是用来玩游戏。W、A、S、D四个游戏玩家的常用键没有特别的磨损,但Delete键却快磨光了。上、下、左、右四箭头键也显得很新,估计平时大部分情况下是连接鼠标在操作,所以我判断这台笔记本电脑是单位配备给他的工作用品,而不是他的私人物品。"

"有道理。"蓝晴点了点头。

"他受到良好的教育,用办公型的笔记本电脑。然后是第二步,他的外表。这个人头发很干净,几乎没有头皮屑。络腮胡子修剪得也很干净。胡子的痕迹表明他是个毛发浓密的人,而他又注重了很多IT男士不会注意的小节:他没有露出鼻毛,指甲整洁,脸上的皮肤和手背也很白净。他穿了长袖衬衫,浅色鞋面和白色鞋底没有灰尘,肩膀也没有头屑,全身的服饰守三色原则,说明他在室内工作也很注意自己的形象。"

江秋看蓝晴听得认真,少见地露出了一点小得意。

"在这种情况下,我又观察了一些其他细节。他的食指不太有鼠标手痕迹,眼睛里没有深夜加班后睡眠不足的血丝和水肿,我判断他不是程序员。经过第一步和第二步,我以自己的知识结构出发,推断他的身份有6种可能:1.产品经理,2.项目经理,3.商务人士,4.金融行业从业人员，5.公务员，6.教育机构工作人员。"

"好厉害……"

"这没什么。我自己是一名游戏公司的研发，也玩过不少游戏，所以对这个行业比较了解。第三步就是再进行排除。刚才那人衣服搭配比咱们公司的绝大部分人都要时尚，但牛仔裤的款式颜色又很保守，笔记本压在一个廉价的双肩黑包上，再加上这个时间点，我排除他是商务人士和金融行业从业人员。这些人讲究整体形象，不太会用这种包，也不会这个时间来挤公交车。再考虑到他玩英文版《文明·变革》这种颇具难度的游戏所需要的时间成本、他的熟练程度，以及没有使用更轻薄的笔记本，我排除他是一名互联网的产品经理。产品经理这个点出来给合作方做演示，选轻薄本的较多。"

"很精彩，请继续。"蓝晴手托着下巴，琢磨江秋的分析。随后她从包里拿出一小瓶水，拧开盖子喝了一口。

"他戴了一个全新的苹果线控耳机，掏出的手机却是个几年前的iPhone，又坐公交车而不是开车，经济未必太富裕。右手无名指带了个品味不错的戒指，但不是钻戒不是白金而是个银制品，有部分磨损及氧化，可能有一名恋人以上结婚未满的女朋友。包和鞋我都认识，也不是名牌，他在经济能力范围内做到得体干净，教育程度又高，项目经理的可能性很大。然而近些年互联网行业发展势头很强，项目经理的收入级别应该是要高于他的。现在iPhone正火热，项目经理很多都换成iPhone 3G了，他这手机在IT行业里显得有点落伍，所以冒险排除。"

江秋说完停顿了一下，用眼光确认了一遍蓝晴听得津津有味，并且在用眼神鼓励自己。她把矿泉水瓶收回了包里，搭起了一条腿，往后顺了一下头发。

"答案只剩下两个了，公务员和教育机构工作人员。后者的工作单位可能是培训学校、大学和社科院等等。公务员这个点已经下班了，所以我最终判断他是教育机构工作人员。所以如果他是学校的老师或者教务人员，应该会在这一站下车。嗯，基本上就是这样了，我说完了。"

"这个推理过程，听起来很像演绎法啊，让我想起《福尔摩斯探案集》。保险起见我先问一下，你真的不是在他坐你旁边的时候，看到了他的工作证件之类的吗？"

"没有啊。"江秋摇了摇头，"我也很喜欢《福尔摩斯探案集》，它是我读过的推理小说中文学性最好的作品，很多人把它当纯粹的古典推理小说看，真是暴殄天物啊。其实我刚才这段推理就是举个例子，回答你之前问的问题。"

"我没听明白，你的推理不是很成功吗？他确实在建工大学那一站下车了啊。我相信如果当时我们追出去问他，事实和你的推理就算不完全吻合，应该也相去不远。"

"你确定吗？我之前说了，推理和逻辑有时候仅限于纸上谈兵。刚才那段推理，咱们姑且看作是一段化学反应。那个下车的人，是一个信息集合体，他的动作、习惯，他笔记本电脑上的内容，都是一些在不同人眼里呈现出不同数量的信息点。而另一个信息集合体，就是我脑内的知识结构与记忆。我在互联网公司工作，也有各类游戏经验，能让我解读出他身上的信息点，再通过比对去得出结论。"

江秋揉了揉肩膀，侧过身来面对着蓝晴。

"嗯，如果你认不出他的笔记本电脑型号或者不知道长期通过电脑工作的人有什么特点，推理就不严密，无法得出选项，也无法排除已经得出的选项。对吗？"

蓝晴也侧过身，跟江秋讨论。

江秋点头，并伸出一根手指。

"问题就在于，双方的信息集合体是不稳定的。你刚刚说我的类似演绎法，'我问你确定吗'的意思就是说，在我眼里，这根本不是演绎法，连不完全推理都算不上。"

"不稳定？"

"对。比如说，我判断他受过比较好的教育是通过他很流畅地玩一个复杂游戏的英文版，对吧。其实，熟悉英文是不是受过良好教育的充要条件呢？恰恰相反，既非充分，也非必要。受过良好教育不一定会熟悉英文，国内有不少是通过俄语和日语晋升大学的。而熟悉英文的人也未必受过良好教育，不少游戏玩家会集中对少数偏爱的游戏攻克语言障碍，但受的教育很普通。同样的道理，我通过他的服饰搭配和个人卫生来推断他有较好的个人素养也是既非必要，又非充分的，也许他的母亲或者女朋友在替他打理呢？"

"可是你是积少成多，通过多个条件进行推理的啊，所以我才认为可信。"

江秋伸出了第二根手指。

"只要条件，不是必要或者充要，就谈不上是演绎法的运用。多个既非充分也非必要的条件，合起来也仍然是既非充分也非必要，无法发生质变。这个错误经常出现在我们中国自己的推理小说中。比如一个人乒乓球打得好，你未必觉得他是乒乓球运动员。但他乒乓球打得好，朋友圈里有很多与乒乓球运动员的合影，每天又去体育训练中心，你觉得他是乒乓球运动员的概率就上升了。对不对？但其实三个条件都非充要，他是个乒乓球打得极好的短跑运动员、他是个乒乓球打得极好的体育训练中心保安，都吻合条件。"

江秋把两根手指收了回来，咳嗽了一声。也许因为他一直话少，这次一口气说这么多显得有些兴奋，脸上的苍白不见了。

"简单点说，刚才我长篇大论推理出是个教育机构工作人士的人，也可能是个在读的博士生，或者是家住在建工大学站附近，买了笔记本电脑不久的媒体人士，这两个猜想也同样符合所有的条件。归根结底，那些条件都不是充要条件，所以真正意义上的推理并没有成立，它只是一个因为我的观察力比普通人强一点而出现的伪推理罢了。整个逻辑链条极度脆弱，每一环的前后接口都不是唯一的。"

"那你的意思是，就算你说中了，也只是运气好罢了？那这跟你说工作后发现推理和逻辑有点纸上谈兵有什么关系？"

蓝晴不得不承认自己有点震惊。

她想不到眼前这个大部分时间安静沉默的男性，脑子里有这么多古怪的想法。他枯燥乏味的表面下的内心世界竟如此丰富。

"因为脆弱的逻辑链条，就算找出谁是真正的罪犯，也无法证明啊。不知道你发现没有，传统的犯罪中罪犯其实也在推理，只不过是反过来逆推警察的破案流程。比如制造密室、伪造不在场证明、伪造死亡时间、掩饰杀人手法等。这些做法都是针对警方的，然而事实上你用这些方法去对抗警方你就会留下痕迹，再加上举头三尺有监控，被抓只是个时间问题罢了。对付这样低级的罪犯，警察依靠经验和成熟的流程就足够了。还谈什么依靠严谨推理来斗智斗勇，根本不需要。"

"你的这个观点让我想起了之前看过的一个新闻，很可怕。"

"哦？能说说吗？"

江秋的眼睛里有一丝好奇，他知道蓝晴也喜欢上网。

蓝晴歪了歪头，细细检索了自己脑中的记忆。

"没记错的话，是2002年的事情了。一个有化工经验的罪犯，在受害人办公室的天花板上放置了一个放射源，利用辐射让受害人患了白血病。因为在辐射源的照射下，人的免疫系统遭到破坏，既非外伤也非下毒，最后可能死于某一个疾病，所以罪犯以为这是神不知鬼不觉的杀人方法。当时媒体认为这是智慧型的科技犯罪，想必在你的眼里，我猜这跟用一根铁棍击杀对方没有太大差别吧？"

"嗯，差不多是吧。你想想，警察们除了本身是个经过训练拥有系统经验的团队之外，还有大量的社会资源可以调用。罪犯利用自己专业领域的知识来制造盲点很多时候真的只是一厢情愿。罪犯用辐射杀人，警察就算不懂辐射，也可以去大学，去科研机构找到懂这个专业知识的人来协助调查。罪犯精通物理化学，警察也可以找到同样精通物理化学的专业人才请教，再结合他们在罪案方面的专业知识，粉碎罪犯制造的障碍就没那么难了，增加点时间成本和工作量而已，我认为不会发生太大质变。人力有穷时，人智亦有穷。"

"那聪明的罪犯会怎么做呢？怎么样才可以不纸上谈兵呢？"蓝晴看了一下报站信息，快要到自己家附近了。她不想避讳什么，就在这里下车好了。

公交车驶入车站，江秋也跟着下了车。

蓝晴租的房子离公交站不算太远，江秋提议送她到小区门口，蓝晴想了想，答应了。

"聪明的罪犯，应该会做一些实验吧。也就是设定好计划后，会利用某些场景演练一下，看实际操作会不会跟自己想的一样。比如乔装成其他人，那就最好真的去试试看，看是不是会被人识破，给认出来。理论要联系实践吧。另一个是要设置观测点，这世上除了变化都在变化，有观测点，罪犯可以监测整个事态的发展是否符合预期，可以对一些变故做出一些反应。不过这些其实意义也不大，我觉得罪犯对抗警察，就是个人对抗集团，基本上赢不了的。如果能减少办案人员的人数或者时间，让力量均衡一些才可能有赢面吧。"

走到冷清的街道上，江秋继续了之前的话题。

"唉，我听起来都好累，难怪你工作后不怎么看了。还是看一些诗词歌赋好了，修身养性。"蓝晴到了小区门口，"我到啦，谢谢你送我回来。你快去你弟弟那里吧。"

"好。"江秋点了下头，转身离开。

夜色已浓，蓝晴走回小区后忍不住回头看了一眼。发现江秋穿过了马路，去对面等公交车去了，他走得很慢，路灯下影子被拉得很长。马路对面的班车是开往公司方向的，蓝晴恍然大悟，他并不是去弟弟那里，是专程送自己这一趟，现在要回家了。

"这个笨蛋。"蓝晴心想。

## 2008年×月×日　××:××　江秋死后第100天

逝者已逝，生者继续。

清晨，蓝晴打完卡，走进公司大门。

公司恢复了平静，地下车库早就修好了，看不出任何爆炸案的痕迹。齐经理招聘了新的程序员和新的制作人，他们接手了之前林嘉和江秋的项目。地球那么大，少了谁都会照样转的。

蓝晴一如平常地坐下，打开电脑。QQ上不少头像在闪烁，同事们有各式各样的琐事需要自己帮助，蓝晴一一回复。有人来领办公用品，蓝晴把登记本给递了过去。

不知不觉，到了午饭时间。蓝晴一个人去午餐间热饭，默默地把饭吃完了。

回到工位，午休时间还剩好大一截，她睡不着，点开了自己的个人空间，想着自己要不要写点什么，那个一叶知秋，不会再来留言了。晚上下班后蓝晴不怎么打开个人空间了，她买了应试教材，打算考英语翻译资格证。总得做点什么来改变现状。

蓝晴关掉个人空间的页面，又打开了市博物馆的官网，想着周末去看个展散散心。一个人去。

今天的官网页面跟往常一样，中规中矩，没有太多设计感，也没什么吸引力。突然，官网的右下角飘出来一片黄色的树叶。

很快，黄色的树叶由远至近，飘到了屏幕正中间，树叶上清晰有字。


蓝晴你好。

我这一生都如履薄冰，不知道能不能走到对岸。

也许你会问，我眼里的对岸，指的是什么呢？这才是重点，其实我也不知道。

那一份安定的工作算不算，或者说不断上升的人生？上升和变好会很大程度弥补人的不安全感。

我以为对岸就是婚姻家庭，又或者说人生的终点。但其实不是的。

冰块碎了最大的一块，剩下的也就都跟着一块一块碎掉了。我也挣扎过，但总觉对岸离我越来越远。我想要不就这么沉下去吧。一起沉下去，在另一个世界是不是就会不一样，就会得到宁静和救赎。我不会眼睁睁看着她变成一个庸俗的女人，我要阻止她。

即便这样，我很庆幸在沉没前，遇到了你。你很开朗，有如阳光。我知道你也有苦闷，总觉得所学所长难以施展。希望以我为戒，不要对生活逆来顺受，最终不知所措，无处可逃。去做点什么改变现状吧。我会祝福你到达属于你的幸福彼岸。

其实我也想过，最初遇到的人是你，又会怎么样。但我知道自己不配。我只是想感谢在离开前，从你那里感受到的温暖。哪怕你只是出自无心。

如果不希望一个好的故事结束，那么唯有不要开始。有一个问题我一直没有回答你，我最喜欢的诗歌其实也很平凡，想必大多数人都知道——

树叶很快在屏幕上开始消失，最终消散不见，不留任何痕迹。

"你还是食言了啊，对我用了小手段，不然怎么能这么巧刚好被我看到呢。"蓝晴轻轻叹了口气。树叶消散前，显露出最末尾的诗句，来自泰戈尔：

天空没有翅膀的痕迹，而我已飞过。

特邀监制：吴又
策划编辑：李泽
特约编辑：蒲末释
营销编辑：陈磊
新媒体运营：小白

© 中南博集天卷文化传媒有限公司。本书版权受法律保护。未经权利人许可，任何人不得以任何方式使用本书包括正文、插图、封面、版式等任何部分内容，违者将受到法律制裁。

图书在版编目（CIP）数据

零线索 / 胡超著 . -- 长沙 : 湖南文艺出版社，2025.4. -- ISBN 978-7-5726-1904-5

Ⅰ. I247.5

中国国家版本馆 CIP 数据核字第 202435YS56 号

上架建议：畅销·悬疑推理

LING XIANSUO
零线索

著　　者：胡　超
出 版 人：陈新文
责任编辑：张子霏
监　　制：于向勇
策划编辑：布　狄
特约编辑：王成成　张妍文
营销编辑：时宇飞　黄璐璐　刘　爽
封面设计：利　锐
版式设计：潘雪琴
内文排版：谢　彬
封面绘制：伟　达
出　　版：湖南文艺出版社
　　　　　（长沙市雨花区东二环一段 508 号　邮编：410014）
网　　址：www.hnwy.net
印　　刷：三河市天润建兴印务有限公司
经　　销：新华书店
开　　本：875 mm × 1230 mm　1/32
字　　数：235 千字
印　　张：8.75
版　　次：2025 年 4 月第 1 版
印　　次：2025 年 4 月第 1 次印刷
书　　号：ISBN 978-7-5726-1904-5
定　　价：59.80 元

若有质量问题，请致电质量监督电话：010-59096394
团购电话：010-59320018